我们都曾是霍尔顿

我们景仰、仇恨和为之困惑的奥地利人

米格尔街和“我们的胡同”

魔幻”之外我们还看到了什么

阅览室的女馆员和拉美作家

在“邮票”上写作不休恋爱不止

毛姆大叔的左轮手枪

生、成长与人类良知

我的“误读”史

有意思的批评和没意思的批评

纵然是美人迟暮到底情难舍

我一生都在适应这个名字

坐直了，日视前方

阅览室的女馆员和拉美作家

刘嘉陵 / 著

贵州出版集团
贵州人民出版社

图书在版编目（CIP）数据

阅览室的女馆员和拉美作家 / 刘嘉陵著. -- 贵阳 : 贵州人民出版社, 2022.12
ISBN 978-7-221-17420-8

Ⅰ. ①阅… Ⅱ. ①刘… Ⅲ. ①散文集－中国－当代 Ⅳ. ①I267

中国版本图书馆CIP数据核字(2022)第203612号

书　　名　阅览室的女馆员和拉美作家
著　　者　刘嘉陵

出 版 人　朱文迅
选题策划　黄　冰
责任编辑　张　晥
装帧设计　王丹丽
出版发行　贵州出版集团 贵州人民出版社
社　　址　贵州省贵阳市观山湖区中天会展城会展东路SOHO办公区
　　　　　贵州出版集团大楼（邮编：550081）
印　　刷　深圳市新联美术印刷有限公司
开　　本　889 mm×1194 mm 1/32
字　　数　185千字
印　　张　9.5
版　　次　2022年12月第1版
印　　次　2022年12月第1次印刷
书　　号　ISBN 978-7-221-17420-8
定　　价　48.00元

目录

上　卷　巨匠与人生

下 卷 独白与对话

上卷 巨匠与人生

我们都曾是霍尔顿

——为 J.D. 塞林格逝世十周年而写

这个坏小子的全名有点绕嘴：霍尔顿·考尔菲尔德。

有人把后面那一串译成了“考尔菲德”，也有人译成“考菲尔德”，还有人大概觉得“菲”字前后如果都有个“尔”，瞅着就更对称，于是译成了“考尔菲尔德”。

可谁在乎这些呢？有“霍尔顿”三个字足够了。不管你们喜不喜欢他，这个反着戴红色鸭舌猎人帽的被开除的大男孩比你们这些正人君子有名多了，而且，说不定他的名声也比你们的要好。我们这么些年过去了对他还没喜欢够，就是因为当年我们都曾是霍尔顿，《麦田里的守望者》之外的一个个坏小子。

这部十几万字的长篇小说出版于1951年，作者塞林格三十二岁了，身高六英尺二英寸，折算成我们习惯的尺寸应该是1.8796米。他二十岁时就这么高了，只是看上去更瘦一些，浓眉深目，鼻梁高挺，利落的黑色短发，额头正中发际线处生着“美人尖”，开口就是辛辣、犀利甚至尖刻的幽默，是个男孩容易产生敌意而女孩无一例外会为之着迷的英俊男孩。他有一半犹太血统，母亲据说是爱尔兰人（反正不是犹太人），对他非常宠爱。父亲就没那么好，老是用他不喜欢的那一套收拾他，还嘲笑他的演员梦和作家梦，逼着他去学杀猪，将来好做一名“火腿王”或“香肠大亨”。但那位大萧条时也不曾落败的犹太富商毕竟为家庭做出了大贡献，让全家日子越过越红火，从芝加哥搬进了大都市纽约（塞林格出生前七年），还是在曼哈顿富人区。要是没有与生俱来的优越感，塞林格怎么会有那样奇绝的幽默？就冲这，他对父亲也该领情。不过“半个犹太人”的确是件敏感的事儿，虽然身处上流社会，在一次次社交活动中他总听见身后的窃窃私语，还有一次他听到一位大人物称他为“纽约来的犹太小子”，这是不是他后来写《麦田里的守望者》时愤世嫉俗的源头之一呢？

二十世纪三十年代，美国社会也和全球多地一样，弥漫着一种反犹气氛，许多美国人把大萧条、经济衰退归罪于“贪婪的”犹太银行家——在纽约及美国各地，最声名显赫的金融家几乎都是犹太人（这也有悠久的历史），世界金融中心华尔街全部由犹太人掌控。这引起普遍的也是根深蒂固的嫉恨，好多大学和贵族化的私立学校都对犹太人的入学给出了限额。塞林格的境况似乎还不算太糟，他的确曾因几门功课成绩欠佳（还没到小说中霍尔顿四门不及格的程度）被劝退过，但别的不那么牛的私立学校因为他们缴得起学费，还是接收了他。去学校办手续时，老犹太人父亲故意回避，只让一头红发、皮肤白皙的非犹太人母亲陪着塞林格去。后来我们的老塞倒没在作品中涉及反犹这个敏感话题，可他笔下的霍尔顿对所谓的“上流社会”极尽挖苦嘲弄——“到处都是他妈的伪君子”“全他妈的假模假式”“所有名牌大学里的杂种外表都一模一样”“我老是在跟人说‘见到你真高兴’，其实我见到他可一点也不高兴”……这很难说与曾经的屈辱没有关联。

青年时代，塞林格曾在维也纳和一家犹太人共同生活了十个月，与之建立了深厚的感情，还和那家的漂亮女儿有了认真的初恋。那已快到第二次世界大战欧洲战场全面打响的1939年了。战后，塞林格重返故地，寻找初恋情人，得知那家人全部死于集中营的种族大屠杀，无一幸免。这件事影响了他的一生，两年后，他写下一个故事，题目叫《一个我所知道的姑娘》。日后他笔下为数不多的美好人物总是少女，《麦田里的守望者》中的霍尔顿的小妹妹菲苾，《为埃斯米而作》中的埃斯米，《与爱斯基摩人打仗前》中的吉妮，《逮香蕉鱼的最佳日子》中的海滩小女孩，等等。别的人物他几乎都半拉眼珠瞧不上，他只欣赏聪明可爱的美丽女孩，对她们一往情深。被潘西学校开除后，浪迹天涯的霍尔顿身上的钱快花光了，不得已深夜潜回家，想管小妹妹菲苾借点钱，当然最想的还是和这个世界上他唯一喜欢的人聊上几句。他把心爱的红色猎人帽送给了菲苾，小妹妹对哥哥也充满情义，把即将到来的圣诞节买礼物的钱全部拿给他。这时候我们吃了一惊，玩世不恭、嘲弄一切的坏小子霍尔顿居然在黑暗中哭泣起来！菲苾吓坏了，伸出一只胳膊搂住哥哥，霍尔顿也伸出一只胳膊搂住她，继续哭下去，什么都不说。我们好像知道也好像还是不知道他为啥哭，却都被这个场面打动了。塞林格其实只有一个姐姐，没有妹妹，但他笔下的菲苾小妹妹写得实在太可爱了，活灵活现，如在眼前：使性子，也善解人意，聪明，美丽，好玩。霍尔顿几天后约她出去见面，好把借的钱还给她，再陪她去公园玩玩旋转木马。小丫头居然拖着一只大手提箱，装着几套小衣服和零碎东西，也要随哥哥一道浪迹天涯！"我要跟你一块儿走。可以吗？成不成？"我必须承认，这些年我读过看过那么多文学影视作品，最喜欢的人物就是这个小菲苾了，巴不得也有这么个小妹妹，然后送她十顶红色猎人帽。我和塞林格一样相信，这世界就算再糟，只要有菲苾、埃斯米、吉妮这些纯真可爱、富于人性美的女孩在，就还有救，尽管她们都只是文学人物。

《麦田里的守望者》小饭馆中的两个修女也令我们意外地获得了塞林格——霍尔顿的温情，她们朴实，善良，自我牺牲，却不装腔作势，甚至和霍尔顿讨论起爱情悲剧《罗密欧与朱丽叶》。特别是，她们不把自己的信仰和道理强加于人。天主教徒们常要问人家信什么教，成人们总喜欢给他们认定的问题男孩讲大道理，两位修女却没那么做，只是像对待成人那样平等和气地对待他。霍尔顿把快花光了的钱捐出十块给她们做慈善，还抢着要为她们买单（当然没买成）。这时候我们才发现，这个坏小子其实没多坏。那也可算是塞林格本人的某种写照，如他军校时代的一位同寝室友所说："骨子里高人一等，但心地善良。"

2019年3月，塞林格的儿子马特·塞林格来中国参加纪念父亲诞辰百年活动时说，当年他读父亲这部小说时，第一感受是“超级好笑”也“超级感人”，“很少有哪本书能同时做到好笑和感人这两点”。

塞林格只是个家境优越因而目中无人、故意一副痞子腔的富二代吗？如果我们这样认为，就太小瞧他了。他参加过第二次世界大战，我们这些光会坐而论道的正人君子谁行？当然他比较幸运，他所在的队伍——第四反情报分遣队在德军的薄弱环节侥幸顺利挺进，别的队伍却遭受了严重的挫折，付出沉重代价。但幸运不能总青睐他们，第二次世界大战后期，塞林格所在的美军十二军团伤亡极大。塞林格奇迹般地九死一生，毫发未损，然而虽为幸存者，他的日子也并不好过，总有一种负疚感：那么多战友都不在了，为什么他还活着？还有一位在战争中幸存的战友本来可以好好活下去了，战争刚刚结束，他开车去执行一项任务，却意外地死于触电事故，这更加剧了塞林格的负疚感。1945年8月，德军投降，世界为之沸腾，驻守德国的塞林格却没参与街头狂欢，他独坐床边望着手中的一支点45口径的左轮手枪心想，要是用它开枪射穿左手，会是什么感觉?《逮香蕉鱼的最佳日子》里那个海边的退役军人那么爱他的少妻，他还会弹一手好钢琴，孩子们也都喜欢他，小说结尾时他好端端地在电梯里发起脾气，回房间后就举枪自杀了。许多读者既为之震撼，又觉得匪夷所思。可要是想想老塞的战争经历，就不会大惊小怪，用自己狭窄可怜的人生经验去评判这个“突兀”结尾了。

就在塞林格火得一塌糊涂的时候，远在大洋彼岸的中国，对“美帝国主义”那边的《麦田里的守望者》还闻所未闻。“抗美援朝”还未结束，“打败美国野心狼”的歌声响彻神州大地。朝鲜战争结束后，中国掀起“大跃进”的建设高潮，“三年困难时期”尚未迫近，全国上下对很快将“超英”“赶美”一片乐观。有一个周末，我所在的沈阳日报托儿所在俱乐部演节目，有个节目几乎所有小朋友都粉墨登场了，只有我羞怯地坐在观众席的母亲身边。她问我为何没同大家一道上台，我无地自容。他们在踏板风琴的伴奏下，拍着巴掌唱起一首歌：“人民公社好哇，红旗迎风飘，工农商学兵啊，干劲冲云霄”……

最后几句是——

全民都是兵啊，
江山保得牢。
那美国小鬼儿敢来动动土哇，
喊嚓咔嚓全……

“全”后面那俩字儿我实在没记住，“干掉”还是“报销”？说不上来，托儿所阿姨没让我上台是对的。

塞林格和他的霍尔顿活在另一个我们无从想象的世界，但是很怪，这完全绝缘的两个世界里，却发生了许多相像的事情。我大哥有一天放学没回家，次日凌晨天蒙蒙亮时，他才蹑手蹑脚进了家门，急了大半夜的母亲发起脾气。大哥是和同学看通宵电影去了，连看了四部还是五部。他比霍尔顿还小呢，才十岁出头，霍尔顿都十六了。是的，霍尔顿讨厌电影，但那是他看了以后才讨厌的，否则你怎么会讨厌你都不知道的东西呢？

霍尔顿也是夜里悄悄溜进家门，想看看这世上他唯一不烦的小妹妹菲苾，顺便向她借点钱。我大哥和霍尔顿的蹑手蹑脚如出一辙。

我自己呢，小学四年级时跟社会上被称为“小流氓”的孩子们学了几招跤术，就在班里忙着实践起来。早晨上课前，我把一个一个后进教室的男孩撂倒（女孩们我倒很绅士地放过了），有一个独生子被我撂倒后，没有咯咯笑，也没有爬起来，身体还一抽一抽的。不用说我当时吓成什么德性了，我在几个男孩的帮助下，把他一瘸一拐扶到座位上，让他继续在那一抽一抽。他的小腿骨折了，右腿，或者左腿，这是我后来得知的，起初我绝不信他的骨头还会出什么问题。我们教室是红油木板地，那时候我们都还矮小轻飘，谁中了我的跤术后都是那么倒下去的，后来又笑嘻嘻地爬起来，骂骂咧咧回座位了。是的，他很疼，这我想象得到，我恨不得也让他撂倒一回，也那么疼一疼。那一上午的课他没上好我更没上好。

放学后，我背起书包撒丫子冲出教室，和一位面色苍白的母亲差点撞个满怀，她也用同样速度往教室里冲呢。有人在我身后高喊：“刘嘉陵！老师让你回来！”我头都不敢回，跑得更快了。多年后我向母亲忏悔起当年糗事，说幸好没让她和我爸知道。我妈却说：“咱们咋不知道呢？老师打电话把我叫到学校去了，我好一顿赔礼道歉，还买东西上医院看人家，那家人真挺好的，这才把事情了结了。那几天你放学回家，我和你爸一见你那蔫头耷脑的样子，跟受了惊的小兽儿似的，就怕你太小挺不住，才没把事情说破。”

二十世纪八十年代中期，我刚出大学校门，还远不像今天这样老成。深秋我们下乡执行帮扶任务，行前带队的头儿开会，让大家制定好帮扶方案。头儿说："咱们集思广益，献计献策，三个臭皮匠，合成个诸葛亮。"我在底下就不爱听了，历史是英雄创造的还是人民创造的？应当奉行英雄史观还是人民史观？如果是前者，那以后咱就别老拿"人民"打镲了。诸葛亮是英雄，这我没脾气，我对他也一样崇拜得五迷三道，但我不赞同抬他时要压另一些人做垫脚石，比如三百六十行之一的皮匠，还要加上个"臭"字，这太势利了吧？我们一生中该感谢皮匠的地方可不少呢。人应当崇拜英雄，可也不能拿实实在在帮过我们的普通人太不当回事儿。头儿的话音刚落地，我就跟了一句："三个诸葛亮，合成个臭皮匠。"哄堂大笑中头儿有点不高兴了，倒不是为了一千多年前的诸葛亮，是因为威严受到了霍尔顿式的挑战。

我们都曾是霍尔顿，跟他一样满肚子的不安分和俏皮话，对逃学、泡妞、纵酒、浪迹天涯暗自渴望。但我们谁都不是塞林格，他才是一点不掺假的真隐士，骨子里往外地特立独行。与他相比，我们仍然俗不可耐。名声大噪后塞林格远离闹市，隐居乡间，过起朴素的乡绅生活（拥有九十英亩土地，自己砍柴，汲水，和农民温馨相处），不接受任何采访，拒绝随便哪个刊物发表曾被退稿或已发表过的旧作。我们总是以小人的花花肠子度老塞之腹，料定他在用这高招炒作自己，待价而沽，以便捞到更大的好处。但我们完全想歪了，1972年，五十三岁的塞林格退回了美国一家出版公司的七万五千美元预付款（相当于今天这个数目的六倍），从此不再出版作品。而那会儿，还有好多家出版公司排队等着，要出更高的价再版他的随便什么作品。他无数次地拒绝作品被收入选集，厌恶人家使用他的照片。好莱坞的制片人曾想把《麦田里的守望者》搬上银幕，本以为他会欢欣鼓舞求之不得呢，结果被他断然拒绝。百老汇也早就看中了《麦田里的守望者》，导演过电影《欲望号街车》的大名导伊利亚·卡赞想把它搬上舞台，可当他气喘吁吁地把意图说给塞林格听时，老塞却摇头说："我不能同意。我怕霍尔顿不高兴。"此前老塞还拒绝过"巨导"斯皮尔伯格的改编请求。

1962年春，时任美国总统的肯尼迪向塞林格发出邀请：去白宫参加名人宴会。塞林格担心会再一次（不止一次了）被邀请在政府出任公职，以及当众发表演说甚至接受某种表彰，便婉拒了。几天后，一个电话打到家中，塞林格夫人——比他小十六岁的科莱尔接的，却是第一夫人杰奎琳·肯尼迪亲自打来的！杰奎琳先对塞林格表达了敬意，之后正式邀请他和家人去白宫赴宴。塞林格再次拒绝了，后来跟他离了婚的科莱尔和孩子们为此事一辈子都没有原谅他。一年半后，肯尼迪总统遇刺身亡，塞林格坐在黑白电视机前默默注视着隆重的葬礼场面，潸然泪下。女儿佩吉说，那是她一生中唯一一次见到父亲落泪。

这个人是不是太矫情太不识抬举太装了？如果我们了解战争和犹太初恋情人之死带给他的心灵创伤，了解他对战友皆亡自己独存的"永远的愧疚"，了解他后来研究起东方禅学、晨起排除一切念头打坐，了解他祖上我行我素的叛逆传统，就会明白他到底是不是装出来的。他笔下的霍尔顿最憎恨的就是俗世的那一套——勤奋用功，考上名牌大学，将来出人头地，步步升迁，赚大钱，做成功人士，“买辆混账凯迪拉克”，“假模假式”“装腔作势”地四处招摇。塞林格成了自己笔下人物的忠仆，不敢违背后者的人生信条，不敢说一套做一套了。

《麦田里的守望者》从开始时的校内禁书（不禁倒还好）渐变为高中老师、大学教授的推荐书目，甚至成为课堂讲授内容。塞林格和霍尔顿已成美国文化不可缺少的一部分，好多美国青年都把他们视为自己的代言人，一位女子腼腆地承认初恋对象是霍尔顿·考尔菲尔德。有趣的是，塞林格在小说里开涮的学校原型福吉谷军校，却授予他“1952年度杰出校友奖”，虽然它曾被这位“杰出校友”大肆挖苦、嘲弄过，福吉谷军校却好像并不在意。已成为美国青年偶像的塞林格就是从这里走出去的，还有什么样的招生广告比这更具号召力呢？

年轻时，塞林格曾听从犹太富商老爹的“现实主义”教诲，暂时搁置了演员梦和作家梦，去欧洲一家肉食加工厂学习进口生意。天没亮塞林格就起床，和当地农民一块儿在屠宰场干活，上午还要一身疲惫地杀猪——那些刀下之鬼将作为罐装野餐火腿，进入美国市场。那家肉食加工厂在波兰北部的一个小镇，若干年后，那里以和塞林格的这段关系为荣，计划每年都在小镇举办“塞林格节”，还准备在他杀猪的工作场地前建一座雕像，雕像里的塞林格将站在一小片真正的麦田里。

1983年，迟到了三十多年的《麦田里的守望者》中文译本很快风行起来，中国已经进入改革开放的全新时代，以崔健和王朔为代表的叛逆、异质文化好似霍尔顿的彼岸和声，筑起“迷人的八十年代”又一道炫目的文化风景。主流文化仍然排斥“满满负能量”的霍尔顿，如同他们把王朔们的嬉笑怒骂斥为“痞子文学”一样。但霍尔顿“毒舌”的对象正是“头号帝国主义”和“老牌资本主义”美国，若趋利避害（“如果有个别青少年分不清两种根本不同的社会制度的界限，不珍惜祖国的社会主义精神文明，竟也去盲目崇拜或模仿霍尔顿的思想、举止和言行，那自然是十分错误的了。对此我们也应该有所警惕。”——《麦田里的守望者》施咸荣译本前言），为我所用，又何乐而不为呢？

2010年1月27日，九十一岁的塞林格逝世，美国各大报纸和世界多地报纸都在头版刊登了这个消息，美国卖光了塞林格的所有作品，网络上出现了成千上万段随机拍摄的视频，各个角落里的“塞迷”们都在高声朗诵他的《九故事》和《弗兰尼与卓埃》等作品，声音最洪大的当然还是《麦田里的守望者》。

2019年初夏，我从费城专程去纽约看百老汇经典音乐剧，租住在离中央公园不远的老式街区。据说当年奥黛丽·赫本曾在这片幽雅的住宅区拍过电影，塞林格他们家离这也不会太远。中央公园里大多是来去匆匆的青年人和学校的孩子们，黑人萨克斯手和鼓手在树丛间奏着炫技的怀旧爵士乐。湖面上，霍尔顿关心的野鸭们不见了踪影——“我一个劲儿琢磨，湖水冻严以后，那些野鸭到底上哪儿去了”……也许某一个冬天，动物园来了辆大卡车把它们全部运走了？或者它们自己飞走了从此再没回来？繁华喧闹的纽约依旧繁华喧闹，上流的依旧上流，高雅的依旧高雅，豪华的依旧豪华，犹太银行家的大片地产依旧气象非凡。然而，那仿佛都有一种美人迟暮般的感伤美。虽仍未衰朽，但的确年事已高，包括上百年来专演某一出音乐剧的一个个老旧拥挤的剧场吱呀的地板声，有百年历史的笨重的纽约地铁的巨大轰鸣，昔日富人洋房的一再翻修、粉刷……这就是我最真切的感受。

一百零一年前出生的塞林格已经逝去十年，他的霍尔顿也随纽约一块儿老去了吗？还有被骂得狗血喷头的“假模假式”“装腔作势”的上流社会，“冷得像巫婆的奶头”那样的冬天，全都老去了吗？

但霍尔顿的精灵还在，继续四处游荡。他可爱的小妹妹菲苾也在，偶尔会出现在我们身旁。《麦田里的守望者》没获过诺贝尔文学奖，没获过普利策奖和美国国家图书奖，由于老塞拒绝将它搬上银幕，它也没获过奥斯卡“最佳改编剧本奖”，但却获得了永久性的读者奖，累积印数在全世界文学名著行列里遥遥领先。老塞的信条一直是：读者之外，都见鬼去吧！

此刻，二十一世纪就快溜走五分之一的时候，我再次翻开《麦田里的守望者》最早的译本，施咸荣译，小32开，定价：3.95元（已较首印时提价）。我不知道自己翻过多少次了，但我知道我还会翻下去的。

“你好塞林格！你好霍尔顿！”我在心里说道，“请开始你们令人喷饭的神侃吧，中国的老霍尔顿已沏好茶，坐稳了，再度洗耳恭听。”

我们景仰、仇恨和为之困惑的奥地利人

1942年2月22日，巴西首都里约热内卢近郊的一个小镇上，奥地利犹太作家茨威格和第二任妻子脸对着脸双双服毒自杀，茨威格时年六十一岁，妻子三十三岁。这件事谁都知道了，用不着我再饶舌。问题是，他已经成功躲过了欧洲的排犹灾难，比那些对纳粹德国还抱有幻想的犹太文化人更有先见之明；"二战"血腥之外的巴西又恰似伊甸园，巴西人都很友善，狂欢节的巨大喜庆声浪尚未退潮，他死后，巴西总统还下令为他举行国葬……一切都和遥远的欧洲故乡不同。

美国的海明威六十多岁时用双筒猎枪把自己的半边脑袋都打烂了，因为对创作前景绝望再加上多种病痛的折磨；中国的老舍六十多岁时跳进了太平湖，因为忍受不了"红卫兵"的羞辱和殴打；可六十刚出头的茨威格完全可以在和平的巴西继续写下去呀，写出更多伟大的作品。但他就是不想活了，他的形象还不错的年轻妻子居然也不贪生。在那张单人床上，两人紧挨着，手都放在一起，他穿着半袖制服衬衫，打着深色领带，妻子的发式和裙装也很讲究。他们服的是催眠药巴比妥。

茨威格临终前一天写下最后的声明，感谢了巴西政府，声明用后来很有名的一句话结束："我祝福我所有的朋友！希望你们在长夜之后，能够见到破晓的曙光！我，没有耐心的人，先走一步了。"

他决意"先走一步"有几重原因：好多老友都在欧洲身亡，他对越来越狰狞的世界彻底心凉，但有一条可能更为致命——作为德语作家的他，作品在"第三帝国"被禁并被焚烧，而曾经，它们在德国是那样畅销！一位作家朋友从德国写信告知："要在德国继续发表或出版是不用想了！""我告诉过您的消息是真的：我们的书在'第三帝国'是绝不会被接受的。连替我们做个广告都不行，不会刊在书店的文讯报上，书商会拒绝我们。他们如果摆出我们的书，冲锋队会捣毁书店的橱窗。"（《焚书之书》）

1933年5月10日，阿道夫·希特勒的纳粹（民族社会主义德国工人党）政权刚开张三个月，即大肆焚烧"禁书"。柏林的歌剧广场上，一家烟火技术公司奉命操办此事，他们用一支支几米长的木柴堆出八座庞然大物，堆放前还铺上厚厚的沙子，以保护地面的砖瓦！焚书（近两万册）的火舌高达十一二米，市民们远远望着这个惊心动魄的场面。火堆旁，一个脸颊被烤得通红的胖女人紧握着丈夫（显然是位得势者）的手，对着人群激动地高呼："伟大的时代！美丽的时代！"而这一天，不止柏林，德国几乎所有的大学城都发生了焚书事件。资料表明，这个动议起初还真不是来自官方，它来自“德国大学生组织”“纳粹德国大学生联盟”，并被那些青年学子赋予极大的热情。他们其实上个月就开始了这项“伟大的”活动，茨威格的书4月28日已经在布雷斯劳被焚毁了。青年知识分子一向被认为是一个国家、一个民族的未来，茨威格在巴西得到消息后的悲哀和绝望可想而知。

但毕竟“二战”后的德国人对纳粹时代的反思还是真诚的，即使是无辜的年轻一代，在银幕上看见父辈当年的兽行时也羞愧无言，后来的西德总理勃兰特还在波兰犹太死难者纪念碑前下跪，代前人忏悔。不过也有些德国人出于一种“国家虚荣心”申辩说，希特勒不是德国人！是奥地利人！

二十世纪初，奥地利失意小子希特勒的最大愿望是成为艺术家（他还真是终生都自命为“艺术家”），但考了几次维也纳美术学院都因成绩太差落榜，虽然他画过好多素描，靠当“小画家”糊口，常为小店铺老板画招贴画，还为狐臭药粉画过广告。最穷困潦倒时，他穿着长及脚踝的破旧的黑大衣，戴着四季不换的油腻腻的黑呢帽，很少剃头修面。那倒霉时刻，他在维也纳街头目睹一个个衣着华贵的犹太富商与娇妻美女相拥出入豪华场所，会是什么心情？而那心情又植根于欧洲和他本人由来已久的仇犹情绪之上，那么若干年后他一旦走入纳粹党中心，纳粹党再走入德国的权力中心，会出现什么结果还难想象吗？

奥地利不仅出了个差点把世界毁掉的政治狂人，也出了一批文化巨人，比如音乐家海顿，他教过贝多芬，鼓励过莫扎特，是现代交响曲和弦乐四重奏的开先河之人。他和希特勒这样的“艺术家”可大不一样，但也时有惊人之举。一天晚上，他和另一位作曲家在街头闲逛，听见一家小酒馆里正奏着他的作品，是一群半醉的音乐家干的。他走进酒馆，问领奏的小提琴手：“这是谁的小步舞曲呀？”对方答道：“海顿的，这都听不出来？”他撇着嘴说：“什么破曲子呀？听着都烦！”小提琴手怒了：“你他妈说什么呢？”其他乐手也都围上来，纷纷举起乐器要教训他，为着他们无限崇拜的海顿。幸好海顿的作曲家朋友块头很大，赶忙抬起手臂，护着恶作剧的海顿离开了酒吧。

这类玩笑他开过不止一次。一天早上，有位身材矮小、衣着整洁的绅士走进一家书店，想看看钢琴乐谱。店老板把新出版的一些海顿的奏鸣曲拿给他，绅士看了几眼便还给他说：“不，这不是我喜欢的。”老板惊讶地说：“您没瞧见这是海顿写的吗？”绅士说：“可我想要更好的。”老板的脸拉下来，说：“您请便吧，我们伺候不了您这么高级的人物。”绅士扑哧一笑，说他就是海顿本人。老板惊喜地拥抱着他不肯放开，嗣后两人成了铁哥们儿。

十八世纪五十年代，海顿作为一位伯爵的音乐总监（那个时代的贵族和要员都喜欢做艺术赞助人），曾为美丽的伯爵夫人演奏羽管键琴（拨弦古钢琴）。中间，夫人靠近来看乐谱，柔美馨香的围巾忽然散开了。海顿怔在那里，停止了演奏，手指都像粘在了琴键上。“怎么了海顿？你在干吗呢？”海顿恭敬地答道：“尊贵的夫人，面对如此秀色，谁会无动于衷呢？”夫人闻言甚喜，飞红了脸。是啊，面对这位禀赋卓异的青年音乐家的恭维，她也不会无动于衷的——最后这段当然是我想象出来的，但估计八九不离十。

海顿离奥赴英前夜，莫扎特一直陪在身边，他们还一块儿吃了晚餐。临别时莫扎特说："也许这是我们最后一次说再见了。"两人都红了眼圈。第二年，莫扎特因过度劳累病逝，年仅三十五岁。

奥地利作曲家莫扎特四岁时就游戏似的写了一首钢琴协奏曲，谱纸弄得很脏，满是墨水团，但他父亲仔细看明白后，眼中涌出惊喜的泪水。德国诗人歌德后来说："当年我旅行的时候见过他，他才七岁，就开了一场音乐会。那年我大概十四岁吧，我现在还清楚地记得这小人儿头发卷卷的，佩着剑。"

少年莫扎特有一次去见奥地利女王，两位女大公（公爵之上的爵位）领着他。皇宫地板太光溜了，莫扎特滑倒在地。一位女大公没理会，另一位女大公把他扶起来，还哄他。莫扎特对她说："你真好，我将来要娶你。"女王听说这个趣事后，问莫扎特怎么会下这样的决心。莫扎特说："为了报答她，她太好了。她姐姐可一点儿也不在乎我。" 那位好心的女大公后来成为法国王后，路易十六的妻子。法国大革命爆发后，他们夫妻先后上了断头台，而她就是茨威格的传记名著《命丧断头台的法国王后》中的女主人公——玛丽·安托瓦内特。为了君主国家的利益，作为法、奥两个打来打去后没有结果只好言和的国家的一桩政治婚姻的不幸当事人，她十四岁时懵懵懂懂去了法国，成为王太子妃，十五岁时成为平庸懦弱、不通性事（但酷爱造锁头）的路易十六的王后，三十八岁时上了断头台。

莫扎特病逝后六年，音乐之神继续眷顾奥地利，1797年舒伯特降生于维也纳，但他比莫扎特活得还要短，三十一岁就病逝了，却创作了一千多件音乐作品——歌曲六百多首，其余是歌剧、交响曲、钢琴协奏曲、小提琴奏鸣曲、弦乐四重奏等。他总是不停地工作，工作，工作。音乐友人相聚时，他还不停地为大家弹钢琴，不停地饮酒，不停地讨论音乐。他写下的作品实在太多了，自己都记不住。有一天早上，他把刚写好的几首艺术歌曲交给一位男歌唱家，那哥们儿正忙呢，就把乐谱放在了一边。等他闲下来，翻开谱子瞧，发现一首很中意的，只是调定得太高，便换了个调，重新抄了一遍（五线谱，简谱就不必）。几星期后，这伙音乐高人聚会，大家都嚷着要听新作，歌唱家便把舒伯特那首换了个调的新歌谱放在钢琴上，边弹边唱起来。众人齐声喝彩，舒伯特用维也纳口音大喊："哦！太棒了！是谁写的？"

1827年3月，贝多芬逝世，有两万多人参加了葬礼。下葬仪式后，舒伯特和朋友们去了一家酒吧，他敬大家头一杯酒时说："为了我们刚刚埋葬的人！"敬第二杯酒时他又说："为了下一个离去的人！"二十个月后，舒伯特病逝。贝多芬享年五十七岁，但仍比舒伯特多活了二十六年。

这些作曲家都不可思议地极其高产，我一直想弄明白：究竟是因为他们太过劳累了才英年早逝，还是因为他们早预知时日不多才没日没夜地拼命，好把那些伟大的音符全留在人间？

奥地利还出了一对音乐父子，老约翰·斯特劳斯和小约翰·斯特劳斯，儿子比老子更厉害，人称"圆舞曲之王"，但那首每个新年音乐会结束时雷打不动的《拉德斯基进行曲》（相当于我们的《难忘今宵》），却是老约翰的作品。德国作曲家勃拉姆斯从未漏掉一场约翰·斯特劳斯的下午音乐会，然而一位法国作曲家比较他们时却说："勃拉姆斯是维也纳的精神，斯特劳斯是香水。"

这就怪了，勃拉姆斯明明是德国人啊。原来他和贝多芬一样，虽生于德国，后来却都移居维也纳，也逝于维也纳，贝多芬还名列"维也纳古典乐派"三大代表人物之一（另两位是海顿、莫扎特）。和我们今天的癖好大概相近：多地争一位名人的属地权，多家为一部作品报奖。在"资源共享"的时代，奥地利若把贝多芬和勃拉姆斯都记在本国音乐史的账上，也不算离谱，贝多芬二十二岁就移居维也纳了。

奥地利还有两位杰出的作曲家——马勒和勋伯格，都是犹太人。马勒"一战"前就逝世了（1911年），而那会儿，希特勒还在维也纳街头恶意满怀地流浪呢，他衣着邋遢，目光呆滞，冬季时手脚上都是冻疮。

马勒的父亲是犹太酿酒师，马勒的母亲原先有个意中人来着，她并不爱这个酿酒师，从前连见都没见过他，但两家长辈硬把他们捏到了一起。夫妻俩的差异如同水火，丈夫极其顽固，妻子温柔宽厚。不过马勒后来说："如果没有这结合就不会有我，也不会有我的《第三交响曲》。如此说来，他们的结合我觉得一定是天意。"1896年夏，三十六岁的马勒接一位指挥家到他居住的一处风景区，指挥家一路望着险峻山岩映衬着的迷人景致喜形于色，马勒却说："你不用看那儿了，我已经把它们写进了音乐。”他指的是正在创作的《第三交响曲》的第一乐章，引子题为“岩石和山脉告诉我的一切”。

希特勒上台后宣称，他所领导的纳粹运动是一场“大革命”，包括“政治革命”“思想革命”和“文化革命”。根据他的“文化革命”理论，犹太作曲家马勒和勋伯格的作品都上了被禁的黑名单，马勒“有幸”已逝，仍然在世的勋伯格就不好过了，他创造了“十二音作曲法”，是“无调性音乐”的鼻祖，西方现代派音乐的开山人物。什么叫“无调性”呢？换成我们耳熟能详的话，就是“不着调”，没有固定的调式。作曲之外，勋伯格还常画些油画作消遣，甚至公开展出。一位文艺评论家说：“勋伯格的音乐和画会让你的耳朵和眼睛一块儿崩溃。”纳粹政权非常仇视勋伯格，首先因为他是犹太人，其次因为他的作品反映了现代社会人的精神危机和复杂状态，希特勒把那斥为“颓废音乐”，并冠以奇怪的定语——“文化布尔什维克的”。

勋伯格很早就去了德国，在柏林的艺术院校任教，后来亡命法国，之后又去了美国，定居洛杉矶。此前他曾与会写脚本的妻子合写了一部戏剧《日复一日》，一位出版商开出十万德国马克的天价想买下。那时勋伯格一家已经一贫如洗，连公寓都住不起。听到这个数目两口子都惊呆了，出版商说：“我明天就要走了，你们得在十分钟内做出决定。”勋伯格夫妇就到隔壁房间商量，出版商以为他们在为讨价还价密谋，而那边的勋伯格夫人说的却是：“我不喜欢他给我们施加压力，逼着我们做决定，我们应该说‘不’。任何人对十万马克都会说‘好的’，可有几个人能说‘不’？”十分钟到了，他们走出房间，对出版商说了

“不”。以后的日子里，勋伯格夫人常说这个决定救了他们一命。“如果我们拿了这钱，就会买一栋大房子，装满漂亮的家具，最后像好多人那样，在希特勒上台后没有办法马上离开。”

1947年，谢了顶的勋伯格在美国用无调性的“十二音作曲法”写出了愤怒的刺耳之作《一个华沙幸存者》，狠狠鞭挞那个已服毒自尽的奥地利裔战争恶魔。

奥地利还出了位世界级的大指挥家卡拉扬，他十九岁时刚结束维也纳几家音乐学院的钢琴、指挥和音乐学学业，就去了德国一家很小的市立歌剧院任乐队指挥，后来地位越升越高，直至成为柏林爱乐乐团首席指挥。一位德国记者曾问他，为什么喜欢柏林爱乐胜于喜欢维也纳爱乐？卡拉扬说：“如果我告诉柏林人往前走，他们会照做。如果我告诉维也纳人往前走，他们也会照做，但接着他们还要问为什么。”

他还真说到了点子上，希特勒执政两个多月后，仪表堂堂的金发指挥家卡拉扬加入了纳粹党，党员登记卡编号为：1-607525。但日后他说自己是迫于无奈才那样做的。“我做过一些糟糕的事，可那是为了完成音乐使命不得已而为之的。”“造物主选择了某些人执行他的命令，为这个丑陋的世界创造美。我被赋予了特殊的工具、特殊的才能。”“摆在我面前的那张入纳粹党申请书等于是一道门槛……”“在亚琛歌剧院当音乐指导时，我在政治上也不那么引人注目，可是到了签订就任音乐总监的合同时，我的秘书来告诉我，亚琛纳粹党部的头儿已放下话，说我的合同难以通过，被提名当音乐总监的人居然不是党员！”

“二战”后，鉴于卡拉扬在音乐上的杰出贡献，新的德国政府没有追究他，他得以在指挥事业上登峰造极。1979年他还率柏林爱乐乐团访问过中国，那时中国还没有专门的音乐厅，观众又实在太多，便在首都工人体育馆演出。他对那里嘈杂的排练环境（人们不停地咳嗽、起来、坐下）很不满意，问组织者：“谁让这些人来看排练的？有的人还走来走去？这又不是咖啡厅！”首场演出获得极大成功，中国观众热烈鼓掌长达二十几分钟，但他仍坚持按晚年的规矩，只谢幕，不加演曲目。那以后，这位高傲的大指挥家拒绝再来中国。

奥地利的世界级诗人、作家、哲学家、心理学家也可列出长长的名单，他们“命该遇到这个时代”，每一位都有奇特的人生和作品。里尔克是西方现代派诗歌辈分最大的领衔主演之一：“仿佛力之舞围绕着一个中心，在中心一个伟大的意志在昏眩。”（《豹》）“看哪，星辰都是一团旧火，但是更新的火却在消没。”（《啊，朋友们，这并不是新鲜》）“从烈焰中窜出一条条响尾蛇，那是她伸展的赤裸手臂，打着响板。”（《西班牙舞女》）而在茨威格眼里，里尔克是那样平和低调：“千百个人从这个年轻人面前走过，根本不知道他是一位诗人，而且是本世纪最伟大的诗人之一。他的独特之处，他内心巨大的克制，只在更近的交往中才流露出来。他的言谈举止都难以形容地斯文。当他走进一个众人聚会的房间，形容是那样地轻盈，几乎没人发现他的到来。……当他开始发言，他从来不会装腔作势或者语气激烈，他就像一位母亲给孩子讲童话故事一样，语调自然、朴素，却那样亲切。”（《昨日世界》）里尔克自己也说：“那些像吐血一样要把自己的感受一吐为快的人，让我感觉很疲惫。”就连写一封最普通的信，他也要挑一张好纸，工整、清晰地用书写体写在格子里。只要觉得哪句话或某个词表述欠妥，他都会把整封信重写一遍。

卡夫卡也算是奥地利人，虽然他生在捷克的布拉格（和里尔克一样），但当时那都属于奥匈帝国，况且他还使用德语。“卡夫卡”在捷克语中是“寒鸦”的意思，那本是他暴君父亲的店铺（妇女时装礼品店）的店徽，但还真像他这个人。卡夫卡衣冠楚楚，黑发油亮，是位英俊的“中分发型男”，却一生背负那样大的心理压抑与“畏父情结”。他和后来获诺奖的奥地利女作家埃尔夫丽德·耶利内克都是犹太人，但耶利内克只有一半犹太血统，2004年度的诺奖颁奖词称她“以独特的语言激情揭露了社会庸常中的荒谬与强权”。这真令人惊异，好多人为之抱不平的诺奖“漏网者”卡夫卡，他的小说也恰恰在揭露“社会庸常中的荒谬与强权”！只不过他和“激情”仿佛从不挨边，更没有耶利内克《钢琴教师》中“声音和与之对抗的声音构成的一条音乐的河流”。卡夫卡的声音太过阴郁，比“寒鸦”还像寒鸦。他和这个世界的不合作更为彻底，甚至和自己都不合作了，临终前嘱其友人把他的全部手稿都付之一炬。

小说家、戏剧家托马斯·伯恩哈德，以《维特根斯坦的侄子》等作品确立了文坛地位，有“敌视人类的作家”“灾难与死亡作家”“以批判奥地利为职业的作家”等雅号，似笑非笑的眯缝着的眼睛里蓄满讽意。1968年在奥地利国家文学奖的隆重颁奖仪式上，三十七岁的获奖者伯恩哈德致词时没有一连串的感谢，开口却道，“想到死亡一切都是可笑的”，接着继续拿奥地利开涮：“国家注定是一个不断走向崩溃的造物，人民注定是卑劣和弱智……”结果前来颁奖的文化部长先生拂袖而去，社会名流也都纷纷离席，“盛大的活动”不欢而散。伯恩哈德五十八岁病逝。

2019年，诺奖再次眷顾奥地利，七十七岁的小说家、戏剧家彼得·汉德克因其“凭借着具有语言学才能的有影响力的作品，探索了人类体验的外延和特质”获奖。此公早就以“刀子般犀利的情感”（约翰·厄普代克语）享誉世界文坛，三十多岁时即开始获各项大奖，素有“国际知名老愤青”的美称，曾亮出两只大脚丫子面对记者的镜头。他和卡夫卡、耶利内克、伯恩哈德等奥地利作家一样，作品都具有极大的颠覆性，但他似乎更狂，二十四岁时就敢与天下观众为敌：“你们这些乌合之众，你们这些猪食，你们这些吝啬鬼，你们这些穷光蛋，你们这些爱生气的讨厌鬼，你们这些趋炎附势的小人，你们这些内心贫乏的可怜虫，你们这些爱摆阔的家伙，你们这些微不足道的家伙，你们这些无名小卒！”（《骂观众》）结果呢，都曾是潜在被骂者的人们倒被骂出了乐趣，在许多场合总要和他谈起《骂观众》，连他这个骂人者都腻了。那时刻他一定觉得自己也成了即将被罚点球的守门员，面对众生，焦虑万状。（《守门员面对罚点球时的焦虑》）

奥地利还有两个人深深影响了世界——哲学家维特根斯坦和心理学家弗洛伊德，两位都是犹太人，但金发碧眼的维特根斯坦只有四分之三犹太血统，少年时代与希特勒曾为中学同窗，

“二战”时一直在英国剑桥大学的高楼深院研究哲学，所幸没遭到希特勒排犹厄运。他家里极有钱，是欧洲最显赫的豪门之一，父亲是钢铁巨头（欧洲人嫉恨犹太成功者的又一例证），热心赞助文化事业，尤其是视觉艺术与音乐，勃拉姆斯和马勒是这个被音乐充满的家庭的常客。他们家有八个子女，从小就不服管的维特根斯坦是“老疙瘩”。关于这位哲学家，一部分人纠缠于他的同性恋问题，还有人极力为他辩护。但他曾像我们的支教志愿者一样，离开维也纳的安乐窝，到奥地利贫困乡村待了十年，大部分时间都在小学当教书匠，带着老托尔斯泰式的农民贵族的浪漫主义思想，试图教育农民，改造农民，培养农家子弟成为哲学家。农民却并不买账，对他公然蔑视物质价值大惑不解，也不领情他对他们子女的慷慨。由于他与学生发生的几次冲突，维特根斯坦被误传有虐待学生的倾向。这个农民眼中的“怪人”和“疯狂的家伙”，晚十点后喜欢在一个不到六平方米的小室里练习吹单簧管，还常请优秀的学生共进晚餐，吃可可和燕麦片熬的粥，但他从不刷锅，锅边嘎巴越积越厚，锅的容积则越缩越小，最后煮出的燕麦粥只够他一个人吃了。维特根斯坦的“支教志愿者”之举以失败告终，被农民赶出了小镇，只好重返高楼学院，继续他的哲学研究。他最大的贡献是用语言学和逻辑学对哲学加以实证分析，极其厌恶“被草率而粗暴地滥用的语言”和“令人作呕的夸夸其谈”，主张“凡可言说的都可以清楚地说，凡不可说的，我们必须沉默”。这样的学术较真影响力极大，好像都渗透到文学家作品的名称当中了，美国小说家雷蒙德·卡佛有篇小说叫《当我们谈论爱情时我们在谈论什么》，2019年“诺奖热”期间，网上还流传一篇文章，名为《当我们谈论诺奖时我们在谈论什么》。

另一位奥地利犹太学者弗洛伊德，他的精神分析和性心理学说不用我多说了，背负更多的却是骂名，但茨威格对他表达了极大敬意：“西格蒙德·弗洛伊德是一位伟大而严谨的学者，在我们这个世纪，没有人像他这样深入地研究过人的心灵，拥有如此广博的知识。我在维也纳认识他的时候，他被看作是一个我行我素的人，固执而怪僻，遭到四周环境的敌视。他狂热地追求真理，但同时非常清楚所有真理都有局限性，有一回他对我说：‘就像没有百分之百纯度的酒一样，也没有百分之百的真理！’”“如果我要为道德勇气找一个象征人物的话——这是世界上唯一不需要别人为自己做牺牲的英雄主义——我眼前总是浮现弗洛伊德英俊硬朗、富有阳刚之气的面庞，还有他那双目光宁静、直率的深色眼睛。”（《昨日世界》）1938年德国占领奥地利后，弗洛伊德逃到英国，次年在伦敦逝世，享年八十三岁。最后的时光他百病缠身，戴着假牙，但仍伏案工作，直至大限到来。

而在众多奥地利文化巨人之外，还有一位娇媚艳丽的奥地利女人，后来为了一桩政治婚姻成为法国王后，最终上了断头台，她就是玛丽·安托瓦内特。拜茨威格椽笔所赐，她从两百多年前的法国大革命动荡中走进我们的视野。茨威格内心蓄满矛盾，他赞同法国人民对波旁王朝和贫穷不平命运的抗争，也赞同共和制对君主制的胜利，但又反感任何过度的暴力和血腥，对作为“普通女人”的悲剧人物玛丽·安托瓦内特充满怜惜之情。我们的文艺理论称“这种矛盾现象正反映了作者作为一个资产阶级人道主义者在思想上的局限性和政治上的不成熟”，因而“一定程度地削弱了这部作品的思想意义和深度”。（《命丧断头台的法国王后·译者的话》）然而二十一世纪的今天，我们再次反思法国大革命留给人类的经验与教训时，会重新评估茨威格的“矛盾性”和“局限性”。他的“政治上的不成熟”或许反而趋向伟大，而那些“成熟”“一致”的单向思维也未必更具“深度”。

我真想知道：对于今日世界，和平主义者与人道主义者茨威格若地下有知，他会后悔还是坚持当初的选择？

米格尔街和“我们的胡同”

我有位老同学，在南方某高校当头儿，一来沈阳公干，晚间我就要在酒馆等他，或者他在宾馆等我。我们谈完官场的事，一定要再谈谈小说，就着酒和茶。他官运不错，却一直保持读小说的习惯，读得还不算少，趣味也没坏掉。这是我们友谊万古长青的原因之一。但不知米兰·昆德拉哪里惹着了他，他对老米可不怎么待见。他说过不止一次：“捷克才多大地方？能出什么特了不起的小说？”捷克国土面积是小了点，不到八万平方公里，没超过他效力省份面积的零头。可里尔克和卡夫卡也是在那儿出生的，还有个讽刺小说家哈谢克，都没来得及写完的《好兵帅克》仍名满天下，被译成六十多种语言。

对温度曾经过高的“昆德拉热”适当降温是对的，王朔列了个“我讨厌的词”黑名单，人名中就有“昆德拉”，还有“博尔赫斯”“杜拉斯”“海德格尔”诸君。王朔嘲讽的其实是常把那些名字挂在嘴边的本土时髦人士，骂他们“装孙子”“沐猴而冠”。而昆德拉说来也够背运的了，据传他曾是诺奖的热门人选，那时苏联还没解体呢，东欧也还是“社会主义阵营”。可“苏东”一巨变，他渐渐地就没戏了。“苏联老大哥”若咬牙再挺上几年，让瑞典学院的评委们对东欧问题兴趣不减，那枚金质奖章说不定早被老米抱回家了。

老米的话题就到此为止，现在说说另一个“米”——米格尔街。这个“米”也曾令我眩惑，我那位官员老友的“国土面积与小说价值的正比关系说”，动摇了我对小说的判断力，我甚至养成每读一部小说都先查查作者所属国面积的怪癖。他说得没错，美国的福克纳虽然一生只写“邮票”大点的家乡（“约克纳帕塔法”），但那枚小“邮票”可是贴在老大的“信封”（937.26万平方公里）上的。

直到有一天，我无可救药地喜爱上《米格尔街》后，才开始对我的朋友说“不”。2001年获诺奖的作家奈保尔，印度裔，后入英国籍。这两个国家的面积当然不算小了，尤其是印度，但奈保尔出生并在那度过童年的特立尼达，连捷克面积的十分之一都不到。那个加勒比海小岛国的全称叫特立尼达和多巴哥共和国，由特立尼达岛、多巴哥岛及若干更小的岛屿构成，加在一起才五千多平方公里。还就是特立尼达岛稍大些，也不过四千多平方公里。昆德拉的那么小的捷克，仍相当于近二十个更小的奈保尔的特立尼达！

那又怎么样？花白胡子的奈保尔还是健步走进了诺奖的颁奖大厅。六十九岁得诺奖年龄可不算大。好吧，不提获奖的俗事儿了，只提作品。奈保尔的著作太多了，近三十种，汉译本作品集封底折口处都快印不下了，只好用很小的字排出。我们读过他许多作品，对他的世界性见解、后殖民时代第三世界的生存状态和文化归属问题的深刻揭示、奇异的世相观感等早不陌生，而印象最深的还是他二十七岁时出版的《米格尔街》，文字那样简洁、利落，意味却又那样丰富、悠长。他笔下的垃圾车司机、注册会计、木匠、焰火师、拳击手、精神病患者、落魄诗人、前妓院老板、理发师、传教士的故事让你大笑也让你心酸，你笑那些可笑之人时会意识到自己也曾一样可笑过，你为他们心酸时又会为自己还能心存慈悲而高兴。

米格尔街不止装着奈保尔一个人的童年，也装着我们的，那也像是"我们的胡同"。奈保尔的讲述好似一缕清新的空气，让全世界的读者都眸子一亮地重回小街、小巷、大杂院的少年时光。而那只属于旧时代了，属于二十世纪和之前的传统手工业或旧工业时代，平房、低矮建筑，慢节奏的老式生活，张家长李家短，多子女家庭少年们粗粝、野性的成长……也就是经典片《美国往事》那样的感觉。如果像今天这样，城市里的住房越来越多（到处是遮天蔽日的高层住宅楼），孩子却越来越少，又整天窝在教室里一声不响，怎么可能还会有米格尔街，和我们当年纵横交错的一条条喧闹的胡同?

我现在要说的胡同在沈阳城南，早年曾有过一个旧称，像是来自某个大户的姓氏，但沈阳市区地图上从没标注过。二十世纪六十年代后期，我们家搬到那里，住了近三年。此前的三四年里，我们住在离那不远处的一个独门独院里。

那条胡同里也有个"机械天才"，是位肥壮的大叔，烟酒都重，家里三代同堂。他有个小脚的娘，身材玲珑，却生了个那样肥壮的儿子，腰带像戏曲人物穿的蟒袍外面的“玉带”。大叔上班的地方很远，可能是坐办公室的吧，否则就太不划算，可他最大的兴趣却在鼓捣机械上。那时一周只休息一天，大叔几乎都用来收拾他那辆自行车了，除非下雨或者冬天。整个胡同就没见过那么神气的车子，车圈锃光瓦亮，车身被打扮得花里胡哨热热闹闹，横梁和斜梁用紫红色大绒紧裹着，鞍座外面也套着紫红色外罩，外罩边缘的流苏金黄金黄！我们围观大叔修车时，我喜欢在亮如镜子的车圈上看变形的自己。星期天它也休息了，却被大叔像杂技团演员似的，玩一样倒着放在地上，鞍座下面垫着塑料布，旁边摆放着各种修车的家伙什儿，应有尽有。

米格尔街的“机械天才”哈库先生喜欢不停地修他那辆没毛病的小汽车，直到修出毛病。我们胡同的大叔也一样，总想方设法把他那辆九成新的自行车好歹修出点毛病来。他有三个儿子，无不觊觎那辆清高傲慢的自行车。那时候玩自行车比今天玩小汽车可酷多了，相当于玩私家直升机。但是大叔喝道：“把你们的脏手爪子拿开！”大叔没闺女，最小的儿子叫三儿，对自行车的兴趣之外还有个斗鸡的兴趣。他们家养了几只下蛋的母鸡，中间混杂着一只大公鸡，是从小一茬长大的，和母鸡们皆有青梅竹马之谊，翅膀长硬后，还兼任起护花使者。当然这事也是利弊各半，但总的看来，这只大公鸡的长处比短处更为突出：形象奇伟，器宇轩昂，积极报晓，音色醇厚，红冠似血，白羽胜雪……这些还都可以按下不表，更为人称道的是它斗遍八方无敌手。我们对这只大公鸡的倾慕甚至超过了大叔那辆自行车。

但是有个星期天，三儿紧紧抱着他的长胜爱鸡在家门口痛哭起来，那只渴望再创佳绩的大公鸡温顺而忧郁。三儿他爸爸，肥壮凶悍的大叔居然温柔得像个大婶，婆婆妈妈安抚着最小的儿子，而且破天荒头一回没修理他的宝贝自行车！我们弄明白了，三儿怀里的鸡中美男子死期已到。大叔那天实在是想吃鸡了，动这个心思已非一天两天，直拖到今日也算做到了仁至义尽。何况，一群喜欢攀比的母鸡里总留着一只仪表堂堂的大公鸡，会出现诸多麻烦。

那天的结局是这样的，三儿在大叔的循循善诱下，总算深明了大义，擦干眼泪将爱鸡双手交出。大叔则叫来他的两个哥哥，严令只准三儿一个人玩自行车直到天黑，谁都不得染指。这以外，晚饭的餐桌上，两只鸡大腿，大叔一只，三儿一只，事情就这样了结了。

下一个星期天，大叔照例津津有味地修他的爱车，并不时喝令儿子们“把脏手爪子拿开！”

那时候全世界都好勇斗狠，米格尔街有渣男打老婆的（《乔治和他的粉红色房子》），也有高大的老婆把矮小的丈夫夹在腋下教训的（《焰火师》），我们胡同里的夫妻们倒还恩爱，但他们的孩子却常常打来打去。“文化大革命”的武斗阶段过后，大人们终于消停下来，孩子们却迷恋上拳脚，动不动就要操练一番，争个高低，北京管那叫“拔份儿”，我们叫“拔梗梗（念第二声）”。我们胡同的大“梗梗”都到外面打天下，在更广阔的江湖上玩火药枪，黑吃黑，从不骚扰本胡同父老。小一点的“梗梗”却内外兼修，也吃一吃窝边草。有一位一天在外面喝酒喝尽了兴，回胡同后赶上停电，一帮半大小子正在一块打闹，他不觉技痒，就在家门口练上了，把一个乡下新搬来的住户的儿子当了靶子。

那是个独生子，他爸爸是公家的木匠，挺倔，有点跛脚。他妈妈是农村妇女，矮小黝黑，嘴唇很厚很紫，前额上时常挤出几排很小的血点子。他底下还有一堆妹妹。即使他们不是外来户，也不是个强势的家庭。他很壮实但个头不高，梳着土里土气的分头，穿着没有制服罩着的对襟棉袄和家做布鞋，一天到晚总像个长女似的抱着他的小妹妹。他的口才就更不值一提，发不好L音，便又雪上加霜地得了个“大舌头”的雅号。

那个停电的夜晚，胡同里一片厮打过后，孩子们都散去，两家的父亲渐渐走近。木匠儿子狠狠抹着泪（但一声不吭）站在楼道外面，他的乡下母亲在楼道内一句句逼问，他父亲和那个小一点的“梗梗”的父亲在近处听着。我们这才发现这个外来户并不像我们以为的那样窝囊，他的紫唇母亲显示出强大的语言能力：“他因为啥打你呀？……你倒吱个声啊！你得哑巴瘟啦？”儿子终于愤愤发声：“他说，有仇报仇！有冤报冤！”“他跟你有啥仇有啥冤哪？你给他妈下药了还是抱他孩子下井啦？”打人那个孩子的父亲想道个歉，那位倔木匠却不肯接受，上去给儿子一巴掌，狠狠骂了句娘，全家人一块儿撤了。

这不是重点。一年多后，大一点的孩子都下乡插队去了，我们这些小屁孩儿成了胡同里的大孩子，继续尚武，互相打来打去，打完了好，好完了再打。这也不是重点。有一天黄昏，胡同口走来一个壮实的家伙，面孔黑红，戴着绿军帽，穿着灰制服和绿军裤，脚踏一双黑皮鞋。我们全傻愣住，定定瞧着这位陌生的人物。他走到我们跟前时，冲我们咧嘴笑了下，还吹了声口哨。原来是那个木匠的儿子！大舌头田春水！他个子好像高了一些（要不就是皮鞋跟起了作用），从前的土气换上了牛气外加一点流气，再不是像抱着一只暖瓶那样抱着妹妹的乡下小子，再不是“哑巴瘟”了，能言善辩，一套一套。那段日子他莫名其妙地对我很好，总“罩”着我，不许别人欺负我，但那样的好有时让我不太舒服。为了显示一个青年江湖人士的老到，他还苦练起了“黄歌”，常把我拉到角落里，对我小声唱一唱，眼睛里放着一种不值得提倡的亮光，好像我是他的虚拟情人。那时有一首地下流行歌曲叫《精神病患者之歌》，深受荷尔蒙开始发作的男孩子喜爱，但歌词总难确定，什么乱七八糟的版本都有，其中一个版本有一句“过来吧，亲爱的”（本该是“姑娘哟，过来吧”），田春水却唱成“过来吧，老婆子”，还把“第一大黄歌”《莫斯科郊外的晚上》中“我的心上人坐在我身旁”，篡改成“我的老婆子坐在我身旁”。那些L音他还是发不好，却一点不耽误他深深地陶醉。

奈保尔的青少年时期是二十世纪三四十年代在离我们非常遥远的加勒比海的小岛国上度过的。在那个“弹丸之地”，他说自己“成长的过程中一直将残酷当作生活的底色”，“周围最简单的事物都承载着残酷的记忆”（《世间之路》）。而在我们六七十年代的胡同里，也有许多“承载着残酷的记忆”，田春水由貌似可欺的乡下小子成了个“人物”，还锦上添花地辅之以江湖习气，作为“生活底色”的残酷一定是重要的原动力。

他后来还有一个故事，那时我家已经离开那条胡同，几年后我才听说的。田春水的木匠爹在单位因为什么事被人熊了一把，回家就喝起闷酒，也得了回“哑巴瘟”。他的紫唇娘好不容易问出情由，田春水就不干了。那个熊人的人也是我们胡同的，外号叫大马靴。曾经有一次，他下夜班回来，发现昏黑的走廊上有个身体呈九十度直角的黑影，正研究他家的暗锁呢。大马靴人高马大，走路却像施了轻功，没一点动静。走廊很窄，他贴着墙躲过那只翘臀，去了里面的公用厨房，抄起一只生铁大勺回来，一家伙把那贼扣昏在地，胡同人后来就改口叫他大马勺了。该先生永远拉着脸，荤素不吃，天底下除了老婆，谁都不惧。但还就是田春水，把他给制住了。

一日黄昏，胡同里来了几十号陌生人，跟着一架手风琴的伴奏，在中央空场上一支接一支地跳起“忠字舞”。近旁的角落里，田春水和大马勺一人端坐在一只帆布小马扎上，正式谈判。大马勺先还挺强硬，舞者在音乐间隙不时问田春水谈得怎么样了，后者都很有派头地向他们摆手，意思是再等一等。最后，田春水站起身，对众舞者抱拳说，弟兄们辛苦了！改日相报！

那天他仍凭着嘴头功夫兵不血刃就达到了目的。大马勺后来向田木匠道了歉，可能还摆了回酒。那个初秋的黄昏，人们听到田春水这样对大马勺开的场：“在您面前，我只是个吃奶的娃娃……”

我后来再没见过田春水，一点他的消息都没听到过。不知这半个世纪里，他又混成什么样。

米格尔街那个少年的“我”是因为成绩优秀，得了笔奖学金，离开特立尼达岛，到英国去念书。我们那条胡同里的少年的我呢，是因为爹妈“走五七”，我不得不跟他们上山下乡的。那个“我”从米格尔街走得很荣耀，街坊邻居都去他家相送：“我离开的前一天晚上，我妈搞了个小小的酒会，有点像遗体告别。人们进门便满脸悲伤地告诉我会多么想念我，而后就把我忘到脑后，专心致志地吃喝起来。”（《告别米格尔街》）我呢，没有什么家庭酒会，甚至没人登门说几句送别的话。我爸爸自己倒兴奋地认同了“光荣的五七战士”这个新身份，但在街坊邻居眼里，他跟从前那个“有问题的人”没什么两样，一点都不“光荣”，否则为啥城里都待不了却要到乡下去，让不识几个大字的农民继续教育？我们家搬离那个胡同时，也就是我们住过的旧宅子和对面那个旧宅子的几个邻居，向我父母浅浅点了点头，算是别过。

我才不在乎那些大人呢，但我在乎的那个小人儿却没在场。在远行汽车的忧伤颠簸中，我眼前时不时闪现那张小圆脸和他身上的紫色碎花罩衫。他爸妈工作太忙，就花钱把他托付给我家对门的一个老太太。她家是南房，一铺大炕，很暖和，也很热闹，常有一屋子乡下亲戚炕上炕下谈天说地，还比上幼儿园时间自由，早点接晚点接甚至不接，都行。他爸爸是中学的语文老师，他长大后语文一定不错，能成个诗人最好了，就像《米格尔街》里的布莱克·沃兹沃斯，写“往昔深邃而奇妙”那样一个月才写成一句的“世界上最伟大的诗篇”。但最好别沦落到各处兜售四分钱一首的诗歌却没一首成交。

小人儿喜欢清静，老太太家却太过热闹，满屋子针对时势、政治、生计的争吵。小人儿喜欢家里的书香和一册册书本排队的样子，老太太家却是浓重的烤烟味和一色的黑棉袄。小人儿最喜欢的当然还是亲情，但在那个“火红的年代”，亲情必须服从“斗争的需要”，摒弃一切温馨、脆弱，淬炼成钢铁一样的精神。他就只剩下一种选择了：哭泣。“像诗人一样，看到什么都想哭。”（《布莱克·沃兹沃斯》）

我们家搬走之前，我其实比他更孤独。爸妈全在城郊的“五七干校”，姐姐哥哥们都下乡插队去了，最小的姐姐也在中学住校，我一个人蒸一大锅窝窝头分几天吃，在冰窖一样的小室里钻又凉又潮的被窝。这都不算什么，最让我害怕的是孤独，贝多芬当年在五线谱纸上谱过一个很短的乐句，歌词就是“孤独，孤独，孤独……”有人说伟大诗人之所以成为伟大诗人，不仅需要愤怒，更需要孤独。可我才十四岁，不该过早地玩孤独，我宁愿永远是诗盲甚至文盲，只要别孤独。这时候，又一位潜在的诗人出现了，他就是邻家老太太照看的语文老师的儿子，年龄应在两岁上下，多愁善感而又勇于孤独。

那天，我在胡同里转悠了几圈，见没什么孩子在玩，只得悻悻而归。我们的旧宅子里走廊幽暗，早没了油漆的地板嘎吱作响，一阵哭声从走廊里传来，是那男孩在哭。老太太开门向他喊道：“回屋来！快回屋来！啥孩子呀这是？”他不听，继续在昏暗中抒发悲情，自己哭给自己一个人听。老太太只好又把门关上，她们家照旧是闹闹哄哄，满屋子火炕、烤烟味。

我往里面走，他穿着那件碎花小罩衫，抬起圆圆的小脑瓜望着我，暂停了哭泣，我们四目相对。我比他大出整整一轮，但这绝不意味着我就不该再思念亲人，我就没有悲情可抒。我蹲下来，脸和他的脸一般高了。忽然他上前一步，紧紧抱住了我，脸贴着我的脸，又哭起来，好像我就是他正在苦苦思念的亲人。他的圆脸蛋上全是泪水，身上一股奶味，碎花小罩衫上也一片潮湿。但他不松手，我也只好蹲在那儿，和他相拥下去，直到老太太再次把门打开。

他今天应已年过半百，不会记得这些了。就算记忆早到两岁，也不会记得了。我可还记得他身上的奶味，他脸蛋、前襟上的泪湿。

少年奈保尔离开了米格尔街，向更大的世界走去。少年的我离开“我们的胡同”，向更小的穷乡僻壤走去。中间隔着二十几年光景，隔着太平洋、加勒比海。

人们说奈保尔既是“天才的作家”，也是“生活中的混蛋”，尖刻，各色，不随和，牛哄哄，说话不招人爱听，对妻子和情人也一点都不好，有家暴倾向，还酷爱嫖娼……但他二十多岁写《米格尔街》时也许还没那样。他虽然走出了小小的特立尼达岛，前程远大，可心情并不怎么好，身份焦虑，文化认同紊乱，自卑，无根化，祖上虽属高贵的印度婆罗门种姓，但那荣耀已很遥远。因此，他怀念起昔日的米格尔街，怀念起糗事不断的童年，怀念起卑微、古怪、可笑、暗藏琐屑的世俗野心而又境况悲凉的街坊邻居们。那时的奈保尔还不会是个“混蛋”，虽然已经身材魁伟、气度不凡了。

多年后，我们那条胡同已变成一个新型街区，被一幢幢高楼填满，人们匆匆过往却互不理睬，没有孩子出没。街区的名字取自南方某个“州”，显得大而无当，离题太远。

那日午后我又散步过去，想再怀怀旧，寻一寻昔日胡同的影子。高大的楼群夹缝间，一个花发稀疏、穿着黄格衬衫和旧西服裤的老头哼着小曲儿，喷着酒气从我身边走过。我打量再三，试探着喊道：“三儿！”他站下，回头，问我：“你谁呀？”我说出我的乳名，他想了会儿，“哦”的一声想起来了。

我们又互问了彼此的大名，都觉生疏。从各自的脸上，可以看出岁月的刀砍斧斫。当年他红润的小脸蛋光滑如丝绸，抱着那只大公鸡哭泣时，泪珠晶莹透亮。

衣着俗艳的穷记者兼文学青年

——为加西亚·马尔克斯逝世六周年而写

从加勒比小镇走来的男孩马尔克斯怯懦而忧郁，长长的黑头发支棱着，扎眼的绿裤子、红袜子土里土气，喜爱紧身瘦腿裤，以后还会喜爱花花鸟鸟的热带衬衫和领带。他的家乡在炎热的加勒比海边，阴凉地的气温也在摄氏三十度以上，地域辽阔，民风豪爽热情，乐曲多，女人也多，因此有一天，他去哥伦比亚首都波哥大继续求学，那里的阴冷凄凉、高海拔、灰暗的天空、装腔作势的英国人、言语晦涩的官吏、过分讲究的衣冠楚楚者、女人很少（或者被藏起来了），令他忧郁到骨髓，再加上孤独。他的笨重的铁皮大箱里装着抵御波哥大寒冷的已故参议员的驼皮大氅（贱价得来，后来他当了十比索再没去赎）、衣帽灰暗的首都人眼中花哨的红色衣物、准备重读的文学书籍……

马尔克斯的父母都是白人，但却是拉美土生土长的西班牙后裔，只能算二等公民，一等公民是从伊比利亚半岛来的正宗西班牙人。他们之下还有三等、四等、五等公民：印欧混血人种、印第安人、黑人。马尔克斯的外祖父曾是当地有名的首饰匠，能打戒指、耳环、手镯、小动物，为自由派南北征战后成为受人尊敬的尼古拉斯·马尔克斯上校。虽然国家一直不兑现承诺给他的退伍金，性格倔强、心地善良、有十九个私生子的老上校却始终注重仪表，自豪地佩戴着军衔直到逝世。马尔克斯的电报员父亲肤色黑了点，家庭地位低于外祖父家，政治上又属于保守派，但人很帅，也很傲，身材修长，谈吐幽默，会拉小提琴、写诗，还是已经没落的“顺势疗法”的医生。他全无计划生育观念，和妻子生下十一个子女（还不算外面的若干私生子——他本人也是私生子），家里的生活永远拮据。

马尔克斯出生时因脐带缠脖险些窒息，患有先天性幽闭恐惧症，童年很受外祖父老上校宠爱，母亲也高雅、时尚，长着罗马人的漂亮鼻子，穿着象牙白真丝长裙，受过富家小姐般的良好教育，这些都带给马尔克斯某种程度的优越感，但他仍是个家境贫寒的小镇孩子。作为长子，他十一二岁即开始用一手好字挣小钱补贴家用了——给十字路口的商家写招牌，还为顾客写些告示：“今天不冷，明天冷”“赊销的人出去讨债了”“看不见的话请你提问”……有一次他为公交车写了块站牌，得到一笔大钱二十五比索，平素总是粗茶淡饭的全家人吃了顿丰盛的午餐，还添了几样家具。

多年以后，成了大名人的马尔克斯在回答记者提问时说，他最讨厌的历史人物是“一脸倒霉相”的哥伦布。哦？世界探险史上赫赫有名的航海家兼殖民者哥伦布的雕像遍布伊比利亚半岛和美洲大地，哥伦比亚的国名即是“哥伦布之国”的意思，美国第十四大城市就叫“哥伦布”，马尔克斯为何这样讨厌他？是因为作家认同的左派的（虽然左派教条主义者也攻击他）、人民的、反帝反侵略的政治立场？还是因为“一脸倒霉相”的哥伦布导致了他祖上背井离乡去做二等公民？

在马尔克斯的前半生，贫穷一直如影随形，但好运也时常不期而至。他（还没到十六岁）在去波哥大求学的小船、大船、小火车上和一伙学生娃一路狂歌，乘客中有一位衣着考究、温文尔雅的人始终一本接一本地在读书，即将到达目的地时，他求马尔克斯把他们唱的那首博莱罗小调的歌词抄写给他，以便送给在波哥大的未婚妻。马尔克斯抄好后，还稍微教了教他曲调。那是首貌似感伤实则诙谐俏皮的西班牙舞曲。几天后，这个加勒比穷孩子正在波哥大寒冷的街头愁眉不展地排着长队（长得望不见尽头），等候登记参加争取奖学金的考试，旅途上那位不停地读书的乘客恰好路过，认出他来，弄清楚怎么回事后，那人说：“别犯傻了，跟我来吧。”他把马尔克斯从队列中拉走，随他去了一个地方，将棘手的入学问题轻易为马尔克斯解决了。原来此君正是国家奖学金委员会的主任。

1950年，二十三岁的马尔克斯为巴兰基亚《先驱报》工作时，过于菲薄的酬金令他不得不在一所雅称为“摩天大楼”的四层旧楼里住了近一年。“摩天大楼”就在报社对过，没有电梯，下半部分是公证处，上半部分是妓院。马尔克斯的房间是正方形，九平方米面积，里面只有一张行军床，四壁全是硬纸板，朝向街道，市井噪音不时传来，但一天二十四小时只收一个半比索。即使这样便宜的房钱马尔克斯也时常缴不起。“摩天大楼”的门房是位黑人，每天马尔克斯从外面回来——下午、晚上或凌晨，黑人达马索都一面接过一个半比索，一面把房间钥匙交给他。有一个夜晚（另外还有好多次），马尔克斯摊开双手向达马索描述自己的惨境，并从胳肢窝夹着的皮夹（好像也是捡来的）里掏出写在新闻纸上的《枯枝败叶》手稿说：“您瞧吧，这是我身上最重要的东西，比一个半比索可值钱多了，我把它押在这儿，明天再给您钱。”达马索居然同意了，以后还把这作为仅仅适用于马尔克斯的一个规矩，要么他交出一个半比索的宿费，要么把《枯枝败叶》的手稿抵押在柜上。

马尔克斯不仅有了便宜、稳定的落脚点，还和黑人达马索及妓女们做了朋友。妓女们如对兄长般敬重他，喜欢他，帮助他，遇到难心事也求他帮着出出主意，有时求他代笔给她们那些“没良心”的情人写信，之后也成为“没有人给她们回信”的人。她们还常请他一块儿分享有啤酒和煎蛋的简单早餐，借他肥皂洗澡用——他从来不预备那玩意。作为回敬，马尔克斯有时也把她们请到房间，吹六孔箫或唱民歌小调给她们听。半个多世纪后，马尔克斯出版了他最后一部小说，中文版的书名由于种种考虑译成了《苦妓回忆录》，却把他的原意弄反了，他的原名是《追忆我可怜的妓女们》。而马尔克斯作为抵押物一写再写的《枯枝败叶》投稿后，并未得到黑人达马索那样的优待，而是收到一封措辞尖刻的退稿信，写信人吉列尔莫是阿根廷出版社审稿委员会主席，知名评论家，也是博尔赫斯的妹夫，西班牙人。他先假惺惺地夸了马尔克斯一生中第一部重要作品

“还算有些诗意”，随后便断言他不是写小说的料，不会有任何前途，最好改行干别的。一直在做作家梦的马尔克斯一下子病倒了，新结交的朋友们纷纷伸出援手，为他打气：这部小说不管怎么说也还是挺棒的，身为知名评论家，吉列尔莫做出如此愚蠢的判断，迟早会在文学评论界玩儿完。

马尔克斯奉为小说师傅的福克纳当年在接受《巴黎评论》记者采访时，曾有个著名的断言：“艺术家最好的工作环境是妓院”，因为那里“上午清静，便于写作；晚上人多热闹，还有烈酒，便于交谈”。马尔克斯比他的师傅走得更远，隔开每个房间的薄薄的硬纸板墙壁，使他得以偷听到嫖客和妓女的私房话，从妓女的诚实和嫖客隐蔽的人性中学到了不少东西。他惊异于一些尊贵体面的知识分子和政府官员不只是来寻欢作乐，也会向露水情人们倾诉衷肠。

马尔克斯一生与女人的关系仿佛更深，他的姓氏“加西亚”和“马尔克斯”都来自母姓，前者是私生子父亲从祖母那儿得来的姓，后者则是母亲的姓。他一生最大的遗憾是没有生女儿。马尔克斯喜欢女人，这他一点都不隐讳。“只要我置身妇女中间，我就感到不会遭遇任何坏事。妇女使我产生某种安全感，而如果没有这种安全感，我这辈子所做的美好的事情一件也做不了。我认为，我尤其不能写作。当然，这也就是说，我和妇女相处比和男人更为融洽。”如此“热爱妇女”自然给他带来过麻烦，但后来都奇迹般的化险为夷了。一次是他遇到的来算账的情敌竟是他的小学同学，暴怒的对方假装没认出他来以免尴尬，但也没再难为他，一走了之。还有一次，马尔克斯搞了个未满二十岁却很风骚的、可可色皮肤的有夫之妇，次日凌晨醒来发现有个身材伟岸的军士站在床头，一对野鸳鸯吓得魂飞魄散。军士对他说："抢女人的事得用枪子儿解决。"说着把左轮手枪放在桌上，还开了瓶甘蔗酒，放在旁边。他们面对面坐下，光喝酒，不说话。那妇人跑出去躲开了，室外大雨倾盆。他们喝完了一瓶酒，军士又起开一瓶，之后拿起手枪，把枪口对准自己的太阳穴。他们玩起"俄罗斯轮盘赌"。军士那枪没打响，该穷小子马尔克斯的了，他冒出冷汗，没敢扣扳机。军士嘲笑着他，打开枪膛，取出仅有的一颗子弹，却是颗空弹。军士命马尔克斯穿上衣服，自己却坐下来，开始抽泣，直至哭得稀里哗啦，最后狠狠在马尔克斯背上一拍，放他走了。原来这位人高马大、声音娇嫩的军士也是个浪荡儿，还患上了淋病，治了三年都没治好，最后是被"顺势疗法"治愈的，而医生正是马尔克斯的父亲。那种流行全球却一直有争议的"顺势疗法"，简言之就是以毒攻毒，"同类治愈同类"，没完没了地稀释并剧烈震动药物，使患者大量饮水……（请勿模仿，笔者提示。）

1955年，二十八岁的马尔克斯被波哥大《观察家报》派驻欧洲工作，一度挺风光（参加华沙电影节之类），却好景不长，次年由于国内军人独裁者下禁令，这家民主派报纸被迫停刊，马尔克斯断了生活来源。他一面在巴黎街巷搜集旧报纸杂志和瓶子换几个法郎，一面开始创作《没有人给他写信的上校》。原打算写一个喜剧，写着写着才意识到，小说主人公（与他等了三十五年退伍金直到死的外祖父有关）和他本人，都成了"没有人给他写信”、没有人给他们生活保障金的可怜人了，喜剧渐渐写成了悲剧。这部马尔克斯最满意的中篇小说他九易其稿，精益求精自然是原因之一，实在无事可做也是个原因。有一天，马尔克斯（法语很蹩脚）在巴黎地铁里向一个法国人讨要一法郎，虽然得到了，却也遭受了对方的白眼，连他的解释都不屑于听。那时的马尔克斯瘦骨嶙峋，胡子拉碴，眼球凸出，面色苍白，除了一如既往的扎眼衣着和俗艳的亮色袜子，破旧开线的皮鞋上也灰尘暴土。还有更糟心的呐，他常被认作阿尔及利亚人，被法国警察追打得满街跑。阿尔及利亚百年来一直是法国殖民地，国民反抗不断，马尔克斯最穷困潦倒那会儿，正是戴高乐政府残酷镇压与阿尔及利亚激烈反叛（再过几年他们就争取来独立了）之时。本来就走了背字的马尔克斯偏偏又像个“危险人物”，招谁惹谁啦？但细想想也是其来有自，西班牙历史上曾被地中海南岸的北非阿拉伯人侵占，有过漫长的“阿拉伯西班牙”时期，后来他们也南渡地中海入侵过阿尔及利亚，反反复复折腾几百年后，西班牙人早就是多种血统的混合体了。

这位喝口凉水都会塞牙的倒霉的“阿尔及利亚人”天天这样想：苦日子熬一天，正在写的书稿就会增加一页。不久，在朋友的帮助下，他又有了为杂志撰稿的机会，另外还找到一个可以体面地维持生活的营生——去夜总会卖唱。巴黎那家夜总会名叫“梯子”，好多没有固定职业的拉美专业歌手和业余歌手都在那里唱歌。马尔克斯当然属于业余歌手了，甚至暂时也只能算业余小说家，但写作之余，他的拿手好戏是在吉他和六孔箫的伴奏下，字正腔圆地唱民歌小调，他自己也能弹高音吉他。在“梯子”（很像一个隐喻）夜总会，他和一位也急于挣钱糊口的委内瑞拉画家搞了个二重唱组合，摇头摆尾地唱兰切拉（墨西哥）民歌，每晚居然能挣五百法郎，合一美元还多些，比卖破烂的赚头大多了。

1962年，《礼拜二午睡时刻》发表了，三十五岁的马尔克斯不会因这篇几千字的东西得到太多报酬，但那却是他最喜欢的短篇小说，也是他一生作品的重要底色之一，即对拉美下层无助百姓的深切悲悯。故事原型就出自他儿时的家乡，一个小偷深夜入门行窃，被女主人用老式左轮手枪打死了。小偷是在黑暗中，女主人从没开过枪，双手握枪扣动扳机时还闭上了眼睛，但小偷却被打个正着，子弹穿过鼻子，从耳朵里出来，脸被打得稀烂。那是马尔克斯第一次见到死尸，他早上七点钟上学时看见了暴尸街头的小偷，穿着法兰绒彩条水手服，光着脚，用一根龙舌兰绳当裤带。几天后的一个炎热的中午，小镇人正在午睡（将持续四五个小时），一个身穿重孝的妇女牵着一个十几岁的小女孩远远走来，女孩捧着一束枯萎的花，用报纸包着，她们打着黑色的伞遮蔽毒日头。她们就是小偷的母亲和妹妹，要去为亲人上坟。“这一幕在我脑海中萦绕多年，是趴在窗口的所有人共同的梦境。后来我写了篇故事，才算解脱。”马尔克斯说。在《礼拜二午睡时刻》中，小偷扎裤腰的“龙舌兰绳子”改成了“麻绳”，马尔克斯只是不动声色地描述一对母女坐着三等车厢从小镇下火车来到神父家求取公墓钥匙这样一个过程，而拿到钥匙后，她们在毒辣的日光和人们的目光中向大街走去，小说就完了。作家并没把同情直接说出来，只是让那位母亲说自己的儿子："他是一个非常好的人。""我告诉过他不要偷人家的东西吃，他很听我的话。过去他当拳击手，有时候叫人打得三天起不来床。"小女孩插话说："他没有办法，把牙全都拔掉了。"母亲接着说："那时候，我每吃一口饭，都好像看见礼拜六晚上他们打我儿子时的那个样子。"

马尔克斯后来说，他当年感觉自己就是那个小偷。有意思的是，在为巴兰基亚《先驱报》工作时，马尔克斯参加了巴兰基亚文学小组，小组常去书店活动。有一个热爱文学的小偷也参加他们的活动，小偷喜欢写情诗，有点自卑，但每次都神情专注地倾听他们关于艺术和书的讨论。有时候趁他们不在，小偷会把新写的情诗念给其他客人听。周末文学小组要活动一个通宵，临近午夜时，小偷会穿戴着入室行窃的芭蕾紧身裤、网球鞋、鸭舌帽，携带着轻型工具箱赶到书店，参加完活动就去"上班"，专偷高档住宅区，三四个小时后满载而归，值钱的东西自己留下，把一些小玩意送给马尔克斯他们。"给闺女吧"，他总要这样讲，也不管他们结没结婚，有没有闺女。有时候，小偷还会送给他们一本他自己感兴趣的书。

三年后，三十八岁的马尔克斯开始创作《百年孤独》，每天从上午九点工作到下午三点，用两根食指（永远这样）不停地敲着老式打字机，连抽三包劣等烟（一说四十支，用头一根烟屁股点燃下一根）。刚吃力地写完后来被盛赞并纷纷模仿的经典开头（"多年以后"），他非常心虚，暗想："下面还会写出他妈的什么玩意儿呢？"即使在经济最吃紧的时候，妻子梅塞德斯也要隔几天就为他备好五百页稿纸，他有文字洁癖，只要打错一个字，整页稿纸都要撕毁，换张新的，否则就写不下去。他还有个怪癖，花瓶里必须插上一朵黄花（黄玫瑰则更佳），一朵就够。有一次他写得非常不顺手，烦躁不安，原来花瓶里的黄花没了。妻子把一朵新的黄花插好后，他的写作又顺畅起来。为了这部酝酿多年的小说（曾是一部永远也改不完的《家》），夫妻俩筹了笔款子，而一年半的写作时间超出了原先的生活费预算，只好把几个月前买的一辆小汽车卖了。等到他们带着《百年孤独》的打印稿和最后一点钱去往邮电局时，梅塞德斯说："要是到头来这部小说被认为很糟可咋办？"临行前她已对丈夫流露出了不安："现在就看它写得怎么样了。"在镇邮电局，梅塞德斯带的钱不够支付整部书稿的邮费，只好先寄走前一半，有个传闻说她慌乱中寄走的是后一半。但谢天谢地，出版社很快有了回音，让马尔克斯速将另一半寄去，还预支了部分稿酬。不难想见这对患难夫妻得到消息后紧紧相拥的场面。

1982年马尔克斯获诺贝尔文学奖，三年后他的另一部杰作《霍乱时期的爱情》出版，扉页上他写道："自然，本书为梅塞德斯而作"。马尔克斯写的是以父母为原型的爱情，却把它献给了在她十三岁（他大她五年零八个月）那年就决意娶她的妻子——曾经很清高的药剂师女儿。妻子持家之初动辄把米饭烧焦，当年马尔克斯追求她时，常去她父亲的药店用六孔箫为她吹小夜曲（马尔克斯的父亲追求他母亲时炫技的可是小提琴）。

马尔克斯获诺奖的消息传到哥伦比亚后，举国欢腾，所有车辆从汽车收音机里听到消息都停下车，按响了喇叭。由于时差的缘故，那大概是早上，满街人群中，一个疲惫的妓女下班回住处，被一位喜气洋洋的记者拦下了，对方问她："小姐，知道发生了什么事吗？"妓女回答："咱们的人获了诺贝尔文学奖。""是谁呢？""马尔克斯。" "以前知道他吗？""当然！我读过他的书。""那您是怎么得到的消息？""刚才在床上，一个客人告诉我的。"记者后来报道消息时，称这是对马尔克斯"最伟大的恭维之一"。

二十多年前，波哥大《观察家报》被查封后，这位刚刚风光不久的"驻欧洲记者"吃饭都成问题，住店就更不必说，只好捡破烂换几个法郎勉强度日。他被巴黎一对开小旅馆的好心夫妇收留在阁楼上，一次也没管他要钱。一年后，在朋友的资助下，马尔克斯去还欠下的十二万法郎，老板娘却说数目太大，不能要这么多，只收了他六万法郎，另一半让他以后再说。在那家破旧的小旅馆里，所有拉美房客都夜夜酗酒狂歌，只有"住在八楼的记者马尔克斯先生"夜夜不停地写作，这给老板娘留下深刻的印象。马尔克斯获诺奖后重返巴黎，又特意去了趟那家小旅馆，还另一半房费及多年来的利息。好心的老板已经作古，老板娘抹着泪谢绝了他，说剩下的房钱不要了，就当是对世界文学做贡献了。

马尔克斯自幼受外祖母幻觉、预兆、招魂、鬼神、灵异故事的影响，不仅打下"魔幻"思维的写作基础，更令他非常迷信，由此生出一些怪癖，比如必须有一朵黄花才能写作，还确信裸身却穿着鞋子走路要倒霉，做爱不脱袜子准会坏事。《百年孤独》一版再版并一获再获各项大奖后，马尔克斯举家迁往遥远的故土西班牙巴塞罗那，以后时常率家人在巴黎、巴塞罗那和墨西哥城等世界名城居住。有一次，他在巴塞罗那街头正俯身系鞋带，忽然预感到他在墨西哥的住宅发生了什么事情，他害怕了，那天他儿子罗德里戈正驾车赶往某地。他急忙让妻子给家里打电话，却原来是为家里干活的姑娘生了个男孩。

这样神奇的魔力几十年后仿佛也附着在我身上。2013年早春我去西班牙、葡萄牙旅游，曾在巴塞罗那逗留了几天，参观了二百年来一直在修的奇绝无比的圣家族大教堂、达利纪念馆和毕加索纪念馆，在色彩多变、曲里拐弯的老巷子里帮人家拍照也接受人家的回拍，晚上和同去的朋友们豪饮一千毫升装的巴塞罗那啤酒。一年后，加西亚·马尔克斯就要在墨西哥城病逝了，而若干年前，他就在这里的某条街上神神道道地系过鞋带。那是我和大师距离最近的一次，虽然不在同一时间。我一定与他发生了某种神秘的联系，从伊比利亚半岛旅游归来后，我才真正喜欢上了马尔克斯，对他的《百年孤独》《霍乱时期的爱情》等作品再无阅读障碍。大约是2014年吧，我给哥哥刘齐发了条手机信息说：“直到今天读第三遍《霍乱时期的爱情》，我才开始有了放声大笑。”

这位昔日的穷记者（他曾尊崇的海明威也是记者出身）足迹遍布欧美多地，同拉美动荡生活（革命、独裁与反独裁斗争）纠缠在一起的记者生涯，大量的实地采访与勤奋写作，再加上“不死就不会停止修改”的顽强精神，造就了他的世界性大视野和非凡的文学功力。他最痴迷的当然还是小说，从小就是，曾把外祖父送给他的词典当作小说，按字母顺序一条条读下去。

马尔克斯幼年曾因“夸大其辞、谎话连篇”受到诟病，只有一位大夫颇具远见地为他辩护：“孩子的谎言是天才的标志。”中学时代，他的文学启蒙老师——英俊优雅的卡尔德隆·埃米达鼓励他写小说，因为他的诗更长于叙事，更适合表现现实世界。一次马尔克斯严重违反了校纪（晚间用床单绑床单溜下宿舍楼跑出去看戏），有被开除的危险，埃米达老师凑巧是纪律督察员，他改用另一种更为严厉的方式惩罚马尔克斯——第二天必须交出一篇短小说！由此，马尔克斯写出平生第一个短篇小说《无法摆脱的精神变态》，讲的是一个姑娘变成蝴蝶，飞呀飞，遇见了各种各样奇怪的事情。小说经埃米达老师的热心推荐，在校园内传开了，后来传到校长秘书手中，他读完说，写得像卡夫卡的《变形记》。而那时候，马尔克斯还不知道卡夫卡是何方神圣呢。记者生涯中，他经常在凌晨报社下夜班后开始写小说，一直写到天亮。他在小说方面的功课算是做到家了，能把他钟情的经典小说如胡安·鲁尔福的《佩德罗·巴拉莫》倒背如流，习惯将喜爱的前辈大师的小说反反复复从前往后读，再从后往前读，最后“开膛破肚”，把关键章节拆开细加分析，挖出结构中最深的奥秘。用他的话讲，“我喜欢琢磨一篇小说文字背后的‘木匠活’”。

他还患有严重的“考证癖”，桌上总摆着各类杂书：关于炼金术的文章、介绍航海家的故事、菜谱、民间土方手册、中世纪瘟疫史、毒药与解药手册、西印度编年史、关于坏血病脚气病糙皮病的论文、关于哥伦比亚内战和古代火器的专著、大英百科全书及各种辞典。无论天文地理，还是人间百态，他都要弄个明明白白（还研究过虾的性别、昆虫的习性、中世纪消灭蟑螂的办法），难怪他笔下那样摇曳多姿、妙趣横生、堪称史诗和百科全书式的书写，准确又结实，经得住时间之水的淘洗。

评论家们给《百年孤独》戴上了“魔幻”等若干顶帽子，马尔克斯并不买账，也许是年轻时受到过他们的奚落吧，一谈到评论家他就冷嘲热讽：“他们总是摆出一副主教大人的臭架子”；“他们在小说家的作品里找的不是他们能够找到的东西，而是他们乐意找到的东西”；“他们忽视了这部作品极其明显的价值，即作者对其笔下所有不幸的人物的深切同情”。

“对其笔下所有不幸的人物的深切同情”——这才是马尔克斯小说中最重要的东西。他的好友——曾多次帮助过他的记者兼作家门多萨曾对他说：“我觉得，你的欧洲读者往往对你所讲述的事物的魔幻色彩更为关注，但对产生这些事物的现实却视而不见……”马尔克斯回答：“在我的小说里，没有一行字不是建立在现实的基础上的。”

1999年，七十二岁的马尔克斯被确诊为淋巴癌后，写了篇《告别信》，准备跟这个世界说“拜拜”了。但他继续活了下去，并写出最后一部小说《苦妓回忆录》。他让主人公活到九十岁，这是否也是他对自己生命极限的最大渴盼？早在《霍乱时期的爱情》里他就写到了人的衰老（老男人像女人一样坐下或蹲下小便的细节已经用过一次了），一对老相好在分手五十三年七个月零十一个日日夜夜后，重新坠入爱河，用爱挑战衰老，也挑战死亡。在马尔克斯被医院“判了死刑”的五年后，他再次用小说主人公的高龄为自己祈福。他还真差不多就做到了，离九十岁只差了三年。从1999年直到2014年4月17日午后，受尽化疗之苦却始终保持幽默感的马尔克斯才最终阖上双眼，静卧在棺木、花丛和妻儿好友含泪的目光中。

这位加勒比小镇走出的伟大作家在《告别信》中写道："明天不会向任何人作保证，无论青年或老人，今天可能就是你最后一次看到你所爱的人。因此，别再等待了，今天就开始！因为如果明天永远不来，你也许会遗憾今天没来得及微笑，拥抱，亲吻，会遗憾自己忙碌得只能把它们归为一个最后的愿望。保护周围所有的人吧，告诉他们你多么需要他们。爱他们，善待他们，用些时间对他们说：'对不起''原谅我''劳驾''谢谢'，以及你知道的所有爱的话语。没有人会因为你秘而不宣的思想而记住你。向上帝祈求力量和智慧来表达它们吧，向你的朋友证明，他们对你来说是多么重要。"

有一种说法称这封信是假的，可那字里行间的情意一点都不假，否则我们为什么会热泪盈眶？就算马尔克斯真没写过这封信，我们也宁愿相信，那就是他最后想说给世界的话。

“魔幻”之外我们还看到了什么

——马尔克斯小说叙事特点再解读（演讲稿）

1982年获诺奖的马尔克斯过时了吗？比他晚三十年获诺奖的中国徒弟莫言好像都不再时髦了呀。

不错，历史上好多获诺奖的作家的确都过时了，我们只能抱歉地向他们挥手道别，但马尔克斯例外。如果我们真认为马尔克斯过时了，那不是他的悲哀，是我们的悲哀。他留下来的小说遗产很丰厚（他的纯创作量并不很大。巴尔扎克一生写了九十一部小说，两千四百七十二个人物，平均每年四五部的高产量，平均每天十几个小时的工作量，最高可达十八个小时；莎士比亚流传下来的戏剧就有三十七部，还有一百多首十四行诗；同是拉美的获诺奖的大师巴尔加斯·略萨，创作的长篇小说就大约有马尔克斯作品的一倍；但马尔克斯的经典性、影响力和流传潜力巨大的作品数量却少有人能匹敌，仅他的《百年孤独》《霍乱时期的爱情》《族长的秋天》三部长篇小说，就值得我们做终生的学习范本），他的长中短篇小说水准都很高，我们还不能说已得其精髓。

“魔幻现实主义”是懒人为了省事，给马尔克斯等拉美作家贴的简单的标签（马尔克斯本人也不接受“魔幻”的标签），那也的确满足了更多懒惰的人，只是省事地学学“魔幻”的皮毛，便在自己的二三流小说里装装神，弄弄鬼，搞搞怪，就以为很马尔克斯了。

从现在起，我们不再做懒人了，勤勤恳恳地向包括“魔幻”在内的更为完整的马尔克斯学习。

的确，马尔克斯的小说不大容易读进去，当年，他的《百年孤独》和《霍乱时期的爱情》我曾读过几页就束之高阁。他的小说同我们的小说观太不一样了，当然也因为我不喜欢凑着热闹读书，直到马尔克斯冷下来几年后，我才重新捡起，那时候我的阅读水准和鉴赏力不消说也提高了，高到可以好好读一读马尔克斯的程度。《霍乱时期的爱情》我直到读第三遍时，才开始有了放声大笑，真正抵达了马尔克斯小说艺术的精髓之处。人们通常都认为这部小说节奏太慢，也许是的，至少开头部分是这样，但也同我们太注重结局的传统小说观有关。这部经典作品的精华其实主要在独特有趣的过程上，如果我们真正深入欣赏到那些精妙的过程描述中，就不会觉得有什么快慢问题了，如同在一个旅游胜地深度游一样，你不会急于到达目的地的。

马尔克斯为什么会写出《百年孤独》等伟大作品？在我看来，主要有以下几重原因：

一、美洲殖民地的惨痛历史、动荡生活（千日内战——虽在二十世纪初却恶果深远）及奇异的风俗、传说、地域风情给作家的馈赠。遥远的宗主国西班牙和世界上最伟大的航海家也是最可恨的殖民者哥伦布把美洲和欧洲连接起来，这给了包括马尔克斯在内的“拉美文学爆炸”光荣得主以得天独厚的条件，即由大西洋此岸至彼岸的世界级大目光、大视野。但殖民者后代与境遇沦落且也受盘剥的二等公民的双重身份（马尔克斯是土生白人，美洲殖民地的二等公民，小镇走出的穷作家，在拉美重量级作家中他的家世最清贫，类似的还有他崇敬的墨西哥的胡安·鲁尔福）令他对欧洲持有一种复杂的心态：认同与抵抗，文化寻根时的优越感与被现代文明遗弃的孤独感和自卑感并存。马尔克斯家的社会地位处于中间状态，与“上流社会”不完全绝缘，又很接近底层生活。

二、外祖父外祖母的重要影响。尼古拉斯·马尔克斯上校传奇的一生给了马尔克斯最大的创作原动力，他的好多作品都源自外祖父的亲身经历。马尔克斯清贫的家境构成了他的底层意识，但他祖上又有着光荣历史和传奇人生，这也赋予他精神上的优越感和孤傲气质。他的外祖父很倔强，但为人善良，注重仪表，虽然永远没有人给他写信，但始终自豪地佩戴着军衔直到逝世。外祖母自幼给他讲的幻觉、预兆、招魂、鬼神、灵异故事，为他打下了最初的“魔幻”思维的基础，他小时候待过的宅院里也充满神秘感，好多角落里都死过人，后来似乎常有他们的鬼魂出现。此外，马尔克斯的父母也是很有故事的人，他们当年的爱情就启发了马尔克斯创作后来的《霍乱时期的爱情》。

三、少年时代一批热爱文学且修养高深的教师、校长们对马尔克斯的启发帮助。当年在寄宿学校，每天就寝时，值班老师要高声朗读一章世界名著，《魔山》《基督山伯爵》《三个火枪手》《包法利夫人》等，一直念到估摸学生们已经入睡，老师才合上书，疲惫地躺在自己的小角落里。卡尔德隆·埃米达是马尔克斯的文学启蒙老师，对马尔克斯一生影响很大。他自己也写诗，但没有马尔克斯的诗好，他鼓励马尔克斯写小说，因为这名学生的诗更像散文，更长于叙事，更适合表现现实世界。中学一二年级时，马尔克斯严重违反了校纪（偷偷到校外看戏），差点被开除，埃米达老师碰巧是纪律督察员，他改用另一种惩罚：让马尔克斯写出一篇短小说交上来抵过。马尔克斯只好从命，写出了人生第一个短篇小说《无法摆脱的精神变态》，令全校师生的眼睛都瞪大了。小说写的是一个女孩变成了蝴蝶，飞呀飞，遇见了各种各样奇怪的事情。由于卡老师的热心推荐，这篇小说在校园内迅速传开，后来传到校长秘书手中，他读完，说写得像奥地利作家卡夫卡的《变形记》。而那时候，包括马尔克斯在内的老师和同学们都还没听说过卡夫卡是谁呢。在那个感觉压抑、喜欢不起来的校园环境里，马尔克斯遇见的文学贵人和宽容师长十分难得。他曾画过一幅校长的漫画，校长是个非常严厉、苛刻、令人生畏的人，马尔克斯不无“冒犯”的漫画居然得到了被“冒犯”者的欣赏，还要推荐他作为免费生去首都的美术学校学画。

四、同“拉美文学爆炸”光荣榜上的作家们一样，记者出身的马尔克斯（他曾崇拜的海明威也是记者出身）足迹遍布欧洲、美洲多地，广泛汲取了欧洲文化文艺营养，与拉丁美洲动荡生活（革命、独裁与反独裁斗争）缠绕在一起的记者生涯，大量的实地采访与勤奋写作，造就了他的世界性大视野、高屋建瓴的思想格局及超常的文学功力。

五、当然，最重要的原因还在于马尔克斯自身的天赋，但他也真是勤奋执着，痴迷于小说，天分加拼命。记者时代，马尔克斯经常在凌晨报社下夜班后开始写小说，一直写到天亮。他在小说方面的功课算是做到家了，能把他喜爱的经典小说倒背如流。他喜欢先从前往后读，再从后往前读，“开膛破肚”地研究，他说他“喜欢琢磨一篇小说文字背后的‘木匠活’”。

马尔克斯还有一点非常值得我们敬重，那就是他的“考证癖”。他的桌上总摆着一大堆五花八门的杂书，天文地理，人间百态，甚至虾的性别、昆虫的习性、脚气病、糙皮病、中世纪灭蟑螂的方法等等，他都要弄个明白。难怪他笔下的文字那么摇曳多姿，妙趣横生，却又精准结实，经得住推敲。王安忆曾批评我们一些作家功课做得不好，好多细节都不准确，胡编乱造。我们真该好好向马尔克斯同志学习。

下面暂列几条他在“魔幻”之外的叙事特点，咱们也琢磨琢磨马尔克斯小说文字背后的“木匠活”：

一、史诗和百科全书式的大视野书写，具有高度的概括力，信息（思想、风俗、历史、地理等）密度大、表现力超强的复杂完美的长句子源源不绝，文思和笔触像植物的根须一样蓬勃旺盛，却又放得出，收得回，拿捏得体，恰到好处，繁复却又节制，与慢节奏、不厌其烦铺叙的十八九世纪的小说迥然相异，和二十世纪的大多小说风格也不一样。

《霍乱时期的爱情》第一章，讲到美洲殖民史和航海史时有一段："那批躺在海底珊瑚间的财富和斜着身子漂在指挥台上的船长的尸体，经常被历史学家们作为那座被淹没在记忆中的城市的象征提及。"这个长句子就很牛，信息量大，画面感强，我们都仿佛置身海底了，带着一种古老的惆怅。

《苦妓回忆录》中写到妓院老鸨罗莎时，寥寥数语便把她的家世、经历和性情概括出来："她仍旧在为与之共度半世纪光景的亡夫服丧，此外还戴着一顶黑色圆帽，以纪念曾在她的不法勾当中给予她协助的已过世的独子。"这一小段话信息含量也很大，可见这个无耻亦无情的妓院老鸨在个人亲情上的细节，多年后她依然怀念亡夫和亡子，而她和亡子曾经干过不法勾当，什么不法勾当呢？他就是死于母亲的那个"不法勾当"吗？

统而观之，马尔克斯小说早期以详写为主（对话较多，直接引语），后期以略写为主（对话少，间接引语），但略中寓详，信息量超大，让人眼花缭乱，应接不暇。这也正是我们一开始不大容易读进去的原因之一，当然也和我们不熟悉拉美历史有关。一旦有一天我们真读进去了，且真正读出了味道，那时节我们的写作也一定又上了台阶。

二、奇绝的想象力和夸张，还有隐藏得很深的大讽刺、大幽默、大嘲弄，让人浑然不觉的"恶作剧"（马尔克斯自己就说，《百年孤独》绝不是一部一本正经的小说）。

《族长的秋天》："据说他直到百岁都在发育，一百五十岁时还经历了第三次长牙期。"对独裁者的被神化、个人崇拜和无耻的包装辛辣而不动声色地嘲弄。

《格兰德大妈的葬礼》写一个女土豪临死前的故事："她占有所有的水，无论是活水还是死水，是落到地面的雨水，还是没有落下来的雨水，都归她所有。所有乡间的道路和电线杆子就更不在话下了，连闰年多出来的那天，还有所有带热气儿的也全都归她。"对贪得无厌而又蛮横霸道的拉美独裁统治者（格兰德是个象征）极尽讽刺。

《苦妓回忆录》写到一位刚满二十九岁、会四种语言、有个国际认可的硕士学位的报社社长时，说"他态度随和，相貌俊美，举止稳重，唯一有损他优秀形象的是他声音中的虚伪"。

《霍乱时期的爱情》第一章里有一段讲到乡间别墅里盛大的社交午宴，那个热浪袭人的中午，讲究出身和身份的女人们却穿着华丽的夜礼服，戴着贵重的宝石首饰，男人们也都西服革履打着领带，有的还穿上了呢料大礼服，只有见惯大场面的人才穿便服。正在音乐欢快、气氛热烈之际，忽然暴雨骤降，狂风把豪华午宴搅得一片混乱，客人们狼狈不堪地纷纷跑进屋里。"来宾们毫不掩饰他们对那场劫难的沮丧。屋里热得有如轮船上的锅炉房，因为他们不得不关上全部窗户，以免大风再度把雨水刮进来。在院子里，桌上本来都摆好了来宾的名签，按照习惯，男女分座。桌子移到屋里来后，名签全乱了，大家只好随便就坐，乱糟糟的，很不雅观。"马尔克斯在此对装腔作势、繁文缛节的上流社会极尽嘲讽。

《霍乱时期的爱情》第三章，一个二十八岁的寡妇开始和弗罗伦蒂诺私会，从前，她丈夫曾经对她不忠，丈夫死后，"躺在一个用十二颗三英寸长的钉子钉好的棺材里，埋在离地面两公尺深的地方”。寡妇于是说：“我感到幸福，因为只有现在我才千真万确地知道，他不在家里的时候待在什么地方。”

此外更有大悲悯，大忧伤，与整个人类同在的大孤独（《礼拜二午睡时刻》《没有人给他写信的上校》《总统先生，一路走好！》《玛利亚·多斯普拉泽雷斯》《百年孤独》）。

三、文本的混沌性、多义性，褒贬难辨，小贬大褒。马尔克斯在小说中展示了形形色色的爱情，在那里，爱情和性爱没有明确的界限，“腰部以上的灵魂之爱，腰部以下的肉体之爱”，而这都属于“霍乱时期的爱情”。令我们惊奇也困惑的是，《霍乱时期的爱情》男女主人公的原型来自马尔克斯的父母，如果是我们在写，通常有个“为尊者讳”的古老习惯，多少得忌讳点吧？当然，小说里的男女主人公和马尔克斯的父母已有质的区别，但毕竟仍有原来的影子，如电报局报务员在追求女主人公时拉小提琴、写情诗等。可是很多时候，马尔克斯对书中男主人公不动声色的嘲弄却实在叫人忍俊不禁，比如，费尔米娜的丈夫死后，始终未婚却一直在和各个年龄段的女人性爱的阿里萨想尽办法靠近她，被一再拒绝他又一再争取后刚有个转机，他就要同爱了半个多世纪的费尔米娜相见时，患有先天性便秘的阿里萨却忽然腹泻了！年轻时他写下的诗意盎然的情书好不容易到了费尔米娜手中，对方刚要看时，一坨鸽子粪却落在洒了香水的信上。

对费尔米娜的讥讽也随处可见，她出身富家（暴发户）却并不高贵，父亲是投机商，当过盗马贼，靠贩卖骡子起家，还造过假币，在军靴生意上也大耍花招。但嫁入名门后，费尔米娜的矜持和我们常说的那种“装”啊，则时时被马尔克斯不动声色地戏弄（“这个阶级不是她出身的阶级，但最后变得比任何其他阶级更像她出身的阶级”）。

在我们看来，一对爱了大半辈子的七老八十的老人，最后在游轮上扭扭捏捏，终成好事，实在滑稽。（马尔克斯真够可以的了，那好歹是从你父母那引申来的旷世爱情啊。）但全书看完，我们还是在褒或贬上下不了断言，亦贬亦褒？小贬大褒？依我之见，马尔克斯用一大串嘲讽、戏弄却惊世骇俗地完成了他对这桩爱情的真正赞美。

阿里萨早在五十三年七个月零十一个日日夜夜之前就准备好了答案。

“永生永世！”他说。（《霍乱时期的爱情》六）

马尔克斯对造成美洲和哥伦比亚几十年痛苦动荡的独裁统治深恶痛绝，为了写《族长的秋天》，他阅读了大量独裁者的传记和参考资料，一定也发现了历史和人性的复杂与多面性。许多独裁者的确非常残暴荒唐，有的甚至下令杀掉全国的黑狗，因为他认为他的一个政敌已经化身为黑狗隐藏起来。但也有些独裁者早期不是那样的，比如农民出身、牧人出身的独裁者，早期学过法律的独裁者，哲学家的独裁者（拉美的好多军事独裁者都有博士头衔），自由派军事首领后来蜕变成的专制野蛮的暴君……因此他笔下涉及独裁者的时候，并不简单化，都是在一块块大的文字混沌体中把书写对象包裹进去。

马尔克斯还有一篇小说也值得一提，题目叫《总统先生，一路走好！》。这是一个含意复杂的短篇小说，那位被推翻的落魄美洲总统，流亡海外时意外遇见昔日的崇拜者，受到很高的礼遇，但崇拜者的妻子却是随家族一道一直仇视、反对这个总统的。落魄的前总统有一天受邀到崇拜者家中做客，崇拜者的妻子虽然很不高兴但也对曾经仇恨的总统以礼相待，后来这两口子还到车站送别得了绝症的前总统回家乡。简朴的家宴中，崇拜者的妻子坦率地问前总统："您知道别人是怎么说您的吗？"崇拜者即刻说："那全是谎言。"前总统却异常平静地说："是，又不是。就一个总统而言，最狼藉的名声可以既是事实，又是谎言。"马尔克斯给了那个年轻的崇拜者一个很有意思的名字，叫荷马。对！就是古希腊那位伟大史诗盲人作者的名字。

从这个小角落可以发现，马尔克斯对复杂大历史的解读和表现都不是简单的、单向度的、褒贬清晰的。如果用我们的思维，就会说，你得有自己的立场啊，而且要立场坚定、旗帜鲜明。但是，十九世纪独立后的拉美，军事独裁的传统也很顽固，动不动就军人政变，然后大开杀戒，即使是被寄予厚望的自由派的总统，上台后也得搞暴力镇压这一套，否则也站不住脚。自由派、保守派就像一枚硬币的两面，打来打去，你方唱罢我登场，你要是不铁血，就可能被刺杀或推翻，所以谁上台大半还是那一套。《总统先生，一路走好！》中的那个前总统，谁能说得清"他到底是姓蒋还是姓汪"啊？马尔克斯这位小说大咖肯定比我们有更深的历史洞察力，比我们更有发言权，但他并不轻易下结论，只提供混沌一片的文学形象，让读者自己判断，让历史去下结论，因为时过境迁后，好多所谓“结论性”的东西都经不住历史的检验。“真相后面永远都有另一个真相”（《族长的秋天》），仅这一句话，就足以颠覆我们既有的史学观。

四、回旋曲式的小说结构。马尔克斯在音乐修养方面也有一套，二十世纪六十年代他在墨西哥写《百年孤独》时只有两张唱片，反复听，都听坏了，一张是德彪西的《牧神午后前奏曲》，另一张是披头士乐队的《一夜狂欢》。后来在西班牙的巴塞罗那他终于拥有了几乎所有想要的唱片。大提琴是他的最爱。（他曾在夜总会卖过唱，可惜没有录音留下来，否则准会畅销，我一定买来收藏。）

他没白喜欢音乐，他的《一桩事先张扬的谋杀案》结构就类似音乐中的回旋曲式。真实故事发生在1951年，被杀者是马尔克斯的好友，甚至也是杀人者的好友，悲剧全由愚昧、偏见、保守、自私引起。当年马尔克斯非常受刺激，一直想写，却苦于没找到更合适的表达方式，直到三十年后，小说才写成，引起了轰动。据说瑞典文学院早在1967年马尔克斯出版《百年孤独》后，就开始关注他了，但觉得重量还差一点，直到马尔克斯为抗议独裁者封笔五年后，又写出了这部中篇小说，瑞典文学院才决定把文学诺奖授给他。虽然马尔克斯自己认为他最好的中篇小说是1961年发表的九易其稿的《没有人给他写信的上校》，但外界更一致的意见还是认为《一桩事先张扬的谋杀案》（1981年）是他最好的中篇小说。素材搁置多年以后，他终于决定要写了，还特意回家乡又认真详细地采访了一段时间。

这部作品除了思想层面的价值以外，“文字后面的木匠活”也值得我们研究，即类似音乐中的回旋曲式（A+B+A+C+A+D+A……）。它的故事主线是圣地亚哥·纳赛尔被杀，在整部六万字、五个章节的叙述中，这条主线反复出现，再引出相关部分。第一章第一句：“圣地亚哥·纳赛尔被杀的那天，清晨五点半就起床了，因为主教大人将乘船到来，他要前去迎候。”像马尔克斯的许多小说开头一样，这个开头也很经典，这段话里没一句虚设，后面的叙述中将反复出现这里的内容，并同主人公的死紧密相关。第二章的第一句：“那个休掉妻子的人叫巴亚多·圣·罗曼。”这像是回旋曲式的重要引出部分，没有这个休妻故事，就不会有后面的杀人故事。第三章、第四章，当年的律师辩护、法庭争论、若干年后的作者采访、当年的验尸等等过程，也都是“圣地亚哥·纳赛尔被杀”故事主线的进一步延伸，直到最后一章——第五章，作者才穿插着他的采访、当事人们的追述，一步步走向故事的核心部分，也就是圣地亚哥·纳赛尔被杀的详细过程。小说结尾处，挨了不知多少刀的英俊的意大利青年圣地亚哥，倒在厨房前说了句“他们把我杀了，维内弗里达”，之后还想“用手掸掉沾在肠子上的尘土”。

《霍乱时期的爱情》也有这个特点，弗罗伦蒂诺·阿里萨和费尔米娜的爱情主题反复出现，随后引出相关的部分——乌尔比诺医生和费尔米娜夫妇的故事，或者也可说，爱情主题是那对夫妇的故事所引出的相关部分，彼此互相穿插，此起彼伏。又可以理解为，以上是三角恋大结构的两大主题，它们还会再引出其他的相关部分，之后两大主题之一又出现，又消失，再出现，再消失，循环往复，奇妙无穷，把拉美那段纷繁的历史以爱情作为叙事引擎，全天候、万花筒般的旋转出来，并且作者回旋曲式的严谨结构，使一切都井然有序，成为有机整体。

马尔克斯接受采访时曾一度谈起过《族长的秋天》，说他读了拉美地区多个独裁者的大量传记，为了高度概括，用我们的话说，高度地“典型化”，他用了好长时间酝酿和确定结构方式，最后决定不用线性的方式，因为那样会写出一部过于冗长的沉闷无趣的小说，于是采用了“螺旋方式”，“压缩时间，可以讲更多的事情，仿佛把更丰富的内容紧紧压缩在一个胶丸里”。这其实也是回旋曲的结构方式。

马尔克斯小说的混沌感令人困惑也令人着迷，以我们的传统思维方式看，美化什么、丑化什么似乎都不明确，但这位拉美文学大师对世间的假恶丑、对拉美军事独裁者的讽刺抨击、对愚昧、落后、黑暗、残忍势力的谴责嘲弄其实深藏其中，不像我们那么直白浅显罢了。

好，今天的讲座就到这儿，一家之言，仅供参考，谢谢大家！

阅览室的女馆员和拉美作家

她穿着鲜黄的二十世纪八十年代流行裙装，白色高跟鞋，胸前捧着一本书，袅袅婷婷向我走来。远处的篮球场上，一些男生在跑跑跳跳，球击地面和篮板的声音嘭嘭响着，从教学楼侧倾泻过来的夕阳之晖柔和优美。是这本书吗，作家？她问，我点点头。

书还挺新呐，棱角分明，蓝色书皮上有两个外国军人做着奇怪的动作。大概没什么人读过——她那儿是艺术学院音乐系的阅览室。你不是说你看过了吗，她说，怎么还要看？我翻着书说，去年我们都吃过粽子了，今年就不吃啦？她斜了我一眼说，这书名好怪。刚查登记卡时，她还以为我要写城市里养狗那些事呢。

她凑过来，也打量起我手上那本蓝皮书，洗发香波味的发梢把我的脸和脖子弄得挺痒。这个巴尔加斯·略萨是哪国作家？她问。秘鲁作家，我说。是个大老头子吧？不是，五十刚出头，这本小说出版时他才二十六岁。那他在里面都写什么了？写一所军校的男生们一天到晚瞎胡闹，偷考卷，偷军服，偷鞋带，往正在睡觉的老实孩子身上撒尿，搞性游戏，互相打来打去，后来还闹出了人命，反正都是些乌七八糟的故事，因此惹恼了秘鲁军方，他们把好几千册《城市与狗》都堆到军校操场上，当众烧掉了。

她说，老天爷！那他写爱情了吗？我说，当然了，这个作家不但笔头子硬，长得可能还挺帅，你想他会少了爱情吗？他的书里会少了爱情吗？她说，你抓紧看，看完了我也看看。我瞥了她一眼，她说，哎呀我的作家！我不是让你还书，是说我也想看看。跟你说吧，我们阅览室那几十本小说几乎就没人碰，孩子们专业书都看不过来，谁还不务正业地读小说？家长也不答应啊。得！瞅你那嗜书如命的样儿吧，我也不看了，你看完给我讲一讲就行了。我说，是个明智的决定。这本小说看着的确费劲，东一榔头西一棒子的，犯不上浪费你那一点五的眼睛，擎现成的挺好，爱情段落大不了我多讲几句。她捶了我一拳说，你直说我水平洼得了，你直说，我不会跳楼。

这是二十世纪八十年代后期的事情，我和她作为省里一支扶贫工作队的战友，刚在乡下完成为期一年的扶贫任务，回单位不久。我们都叫她小唐。

那个贫困县素称“七山一水二分田”，仲秋过后，寒霜一降，一座座大山的树叶就都红了。我们一群工作队员穿着军大衣、大棉鞋，东张西望，大呼小叫，纷纷嚷着还去啥北京香山啊，在这儿看红叶，又省事又省钱！

第二年，上边总结了第一年的经验教训，决定再组建扶贫工作队时须实行“两不要”：不要大学应届毕业生，不要女同志。第一年里，我们工作队这两样都占了，扶贫力度的确弱些，但这怨不得我们，好些单位都把下派名额摊给了新来的年轻人，我们除了正副队长和几位等着提拔的中年同志以外，至少有一半第二年的“两不要”。那一年我读研刚毕业，进省作协创研室才一个多月，去北京为刊物组稿归来，就听到了消息。我没二话便答应了，与其臊眉耷眼地求领导们复议，不如来个痛快的。我早就是插队老知青了，还怕再插一年队吗？领导们果然对我很满意，在大会上表扬我，说该同志思想境界高，无条件服从组织安排，而且三十多岁了，领了结婚证却毅然推迟了婚期，是个值得学习的好青年。这都是同志们在信上转告我的，领导们表扬我时我早穿着军大衣和大棉鞋下乡去了。那地方晚秋已经很凉，隆冬最低气温可达零下四十度。我曾在零上一度的一间小房子里戴着棉帽、呵着白气睡过一宿。

我们的队伍平均年龄太低了，扶贫效率是差了些，但大家一天到晚说说笑笑，热热闹闹，倒有了意外的收获。我们没闲着，除了十里八村调查研究访贫问苦外，经我们的手，当地产的豆腐皮、猕猴桃酒、林蛙、玛瑙什么的也都推销出去不少，一位在省经协办工作的战友还为乡办工厂弄来些城里大厂淘汰的旧设备，并帮忙确定了好多协作单位。但总体看来，我们这支队伍太文了，好几位大专院校未来的教师，甚至还有艺术院校的。我自己呢，更是让乡亲们困惑，他们闹不懂我一个“做鞋”的还下来扶啥贫？他们那儿的确很偏僻，离铁道线和国道都太远，交通不发达，极大地限制了经济的发展，这都是事实，可也不至于连鞋都穿不上啊。

我们分散到三个乡，我去的乡有四男三女，除了组长，全是年轻人。我虽然也刚毕业，但比他们都大，学历还高了点，就任副组长。那三个女孩成了我们的宝儿，最小的小唐才二十出头，总喜欢和我斗嘴，跟我说，刚组队时她对我印象可不咋的，以为我是省经协办的呢，戴着副老土的黑边眼镜，穿着“坌沟呢”（趟绒）大布衫子，瞅着挺能装。而另一位西装革履、背头高耸、侃侃而谈的中年同志（皮包里一直装着德莱塞的大部头《美国悲剧》），才更像是作家协会的。她知道我不是经协办那个“怪怪”单位的之后，有事没事便逗弄我。哎作家，你这眼镜框老值钱了吧？我说，一个塑料的，值啥钱？她说，不对吧？分明是犀牛角的！有党的富民政策你还怕露富？过会儿她又说，哎作家，你这棉皮鞋是一战时期的还是二战时期的？我说，是旧了点哈，可包子有肉不在褶儿上啊。她说，那你也好歹打上点鞋油啊，没鞋油吱一声，妹妹我有哇！瞅你那鞋面坑坑洼洼的，是你来扶贫啊，还是让人家扶你的贫？我说，谢你好意，我已经不敢往上打鞋油了，否则一跺脚，那些鞋油就又飞起来，弄得满天都是半球体。她哈哈大笑，对着我的后脊梁做了个拳击的动作。我也做了个中招的动作，假装她的铁拳已穿透我的身体，在前胸处露了出来。三个女孩全都大笑。

当地同志常请我们喝酒，小唐总自相残杀地摽着我喝：来，作家，我敬你一个！来，作家，好事成双，我再敬你一个！

一年时间很快过去，国庆前夕，我们就要回省城了，县里设宴为我们送行。酒过几巡后，小唐抹起眼泪，大家都安慰她，说去年这时候你还一脸愁云呢，现在终于要走了，你倒……她抽泣着说，回沈阳以后，谁也不许光忙着往上熬官儿，就忘了咱们一年的情分！大家都说，哪能呢？那叫啥人哪！

但后来，我们只是小范围地聚了几次，渐渐地就疏远了。小唐和我倒是电话不断，她们学院一有音乐会，就邀我过去看。我们照旧不逗不说话，有一次她打电话说，有个姐妹生了个儿子，想取个好名字，她就说她有个作家协会的老大哥，这还不是小菜一碟？我问孩子姓啥？她说姓沈。当年中东那边海湾战争正打得欢，我就说叫沈海湾吧，仨字儿都带三点水，还有纪念意义，警示我们永远不要战争。她在电话那头便说，作家，正经点好不？当年沈阳的第一条高速公路刚刚建成，世称沈大高速，我又说，要不就叫沈大高！这个更有纪念意义，辽沈的经济腾飞就始于此路。她一面训斥我，一面忍不住嘿嘿乐。两个方案在她那就被毙了，以后她也再没为我揽过这类活。

小唐重回单位后，去了音乐系的阅览室，掌管一批音像资料和专业图书，其中有一部分文学书籍。那时候我的阅读已从传统的“世界名著”转向西方现代派作家，并开始关注拉美。最先接触的拉美作家就是略萨，他更对我的口味，马尔克斯我暂时还不大适应。我急于重新细读《城市与狗》，因为手头正在完成起笔于乡间的写校园的中篇小说《硕士生世界》。但《城市与狗》一时买不到，那时候所有文学名著印数都很高，却还是一抢而空，很难在新华书店从从容容买到。我借了几个地方，也都没借到。小唐听说后，倒很快帮我把问题解决了。

又有一次她打电话，邀我晚上参加一个聚会，我去了才知道那天是她的生日。我怪她不说实情，弄得我空手而来，在人家一一呈上生日礼物时不尴不尬。她说，我的亲哥哥！你能来就是最好的生日礼物！那天晚上，艺术院校的青年教师们、省歌舞剧院的合唱队员们、电脑一条街的个体经销商们济济一堂，纵酒欢歌，非常热闹。坐在我身旁的小唐不时逗我开口，我都有几分窘迫地草草收兵。一片嘈杂中她低声对我说，他们都知道你是侃大山的高手，都想领略一下青年作家的风采，你咋还放不开了呢？我说，可饶了我吧妹子，我的社交恐惧症已进晚期，就让我安乐死吧。她捂嘴乐起来，狠狠捶了我一拳，之后起身，到什么地方取来一本书，是她们阅览室的另一本略萨的小说《绿房子》。那天她统计图书情况，偶然发现略萨的书还不止一本。我说，你过生日，倒送我礼物。她说，那你再敬我一个。

接着我们又聊起《城市与狗》，聊起秘鲁校园和中国校园，聊起帅哥略萨，聊起《绿房子》。小唐弄明白“狗”指的是军校受欺负的低年级学生后，又问我“绿房子”是啥意思。我说就是妓院的意思，她看了我一眼说，作家！你可别学坏了，让人民省省心吧。我说，“绿房子”还真是个批判性的象征，略萨在向逼良为娼的秘鲁社会和拉美军事独裁叫板呢，小说的史诗性深度、广度和艺术上的尝试都和他的年龄不大相符。《城市与狗》出版时他二十六岁，《绿房子》出版时他也才三十岁。而实际上，这部更复杂的小说写成时他才二十九岁。小唐说，她找到这本书时先翻了翻，觉得比《城市与狗》更难读。我说，这不怨你，专业人士也没几个人一字一句真正读完的，它被略萨故意搞得支离破碎，五条线索绕来绕去纠缠不清。但没有谁小瞧过它，起码我还没听说过。

小唐说，原来你这么熟悉它了，那书我收回！我忙把书夹到腋下说，我那叫啥熟悉？不过略知一二。她嘻嘻笑道，看把你吓的，我逗你玩呢！这种书还就应该归你这道号的，否则天理难容。

几个月后，小唐再次打电话约我去听音乐会，我正在赶一篇稿子，便犹豫起来。她在电话里说有个讨厌的家伙总是纠缠她，让我帮个忙过去晃一晃。我一听更犹豫了，她说，哎呀我不会趁机赖上你的，本姑娘还嫌你年龄偏大呢。我只好去了，她又带给我一本书说，喏，没白来吧？却是略萨的另一部小说《潘达雷昂上尉和劳军女郎》，她订购新书时一块儿买来的。为这事，领导还把她批评了，说经费越来越紧张，全系上下都在节省开支，她却购买与专业无关的文学书！

音乐会中间，我不时翻开那本新书瞜上几眼，她说她也大致翻了一下，觉得这本书更有意思，也更好读，可把秘鲁军方嘲弄坏了！中间休息时，她出去一趟，回来脸上有喜色，告诉我，那家伙离老远打量我好几次，还想过来会会我，她就对他说，你别过去，我男朋友脾气可不好，咱们同事一场，你有个三长两短的，谁负这个责？她见我还在翻那本新书，便笑嘻嘻地说，这才真是写妓女的呢，作家呀作家，你说我老供你读这类书，不成教唆犯了？你让我咋向嫂子交代呀？

那以后，小唐安稳的阅览室馆员的日子又持续了一段时间，她把学院的艺术人士碰也不碰的几十部文学名著几乎都读了，特别是“拉美文学爆炸”的两大主将——略萨和马尔克斯的作品，和我电话聊天时，已能把“魔幻现实主义”和“结构现实主义”两大标签准确安放，再不会张冠李戴了。

但生活中不可能都是文学和幽默。我女儿即将两岁那年，我去辽北追访知青时代病故的大哥的插队之路，第三天晚上吧，辽北一位朋友打电话告知，我母亲突发心梗住院了。那时候通讯还不太发达，他是接到我妻子的长途电话后又打给我的。我在当地朋友的帮助下，打通了家里的电话，却是小唐接的。我们第一次非常正经地对话，她说老太太的病很重，我妻子去了医院，晚上不能回来了，我女儿由她来照顾。我流着泪感谢她，她则哽咽着嘱咐我，下雪了，回来的路上多加小心。

次日我辗转赶回省城后，母亲所幸已脱离危险，我的小女儿也学会了一个重要的汉字，小唐一指天花板，她就扬头奶声奶气地喊道：灯！小唐自己的感情生活可没什么实质性进展。

世纪之交，全国高校都在搞机构大调整，小唐她们艺术学院升级为“艺术大学”，音乐系也升级为“音乐学院”。艺术大学还跑马占地，四处扩张，在多地搞分校，头头脑脑和教研室越来越多，阅览室便被撤销了，只保留了几个没有窗户的资料库，原先那个亮堂堂的向阳大房间就派作别的用场，文学名著都被当废纸卖了“破烂”。事先小唐打电话让我过去挑几本，并说从前借我的那些书永远归我了。她被分配到半岛校区，做学生管理工作。姐妹们为她饯行，她又邀我参加，像当年扶贫工作队吃散伙饭时那样再度落泪。她还塞给我一个牛皮纸口袋，里面装着一本略萨的《谎言中的真实》，她是在领导三令五申不许进文学书的情况下，明知故犯购进的书。她已细细通读两遍，几乎成了半个略萨专家。

她也有好多姨妈和舅舅，都很宠爱他们的第一个外甥女，小唐的母亲是家里的大姐。当她读到略萨最爱的鲁乔舅舅那段时吃了一惊，因为她小舅和他一个样，英俊风流，又慷慨侠义，敢作敢为，很讨女孩子喜欢。

鲁乔舅舅聪明绝顶，在教会学校读书时成绩出色，每年都获优秀奖，是略萨外公家族的骄傲。但他没能把学业继续下去，因为他长得太帅了，电影明星般年轻漂亮，身边总少不了美女，刚要考入大学时，就把一个表妹的肚子搞大了，不得不离乡避祸，去了秘鲁首都利马。麻烦好不容易过去后，他娶了个大他二十岁的女人，不得不双双去了智利，在那开了一家书店。没多久，他又离婚了，继续为生存奋斗，也继续他的逸闻趣事。他承包过农庄种植棉花，推销过汽车，走私过橡胶，为几家公司代理过法国香槟酒（赚的钱都买了香槟酒招待当地美人）。等到他真正成熟定性，娶了最后这位奥尔卡舅妈时，曾经的恋人们全被惹恼，其中最极端的一位美女也叫奥尔卡。婚礼前的一天下午，这位愤怒的奥尔卡骑马持枪，来到另一位奥尔卡窗前，向里面连开了五枪。“所幸没有人员伤亡”，媒体报道中出现这句新闻套话后，人们悬着的心落了下来，凶险旋即变为脍炙人口的美谈。

但还不能把鲁乔舅舅认作堂璜那样的花花公子，他是个铁杆书迷，年轻时写过诗，常为略萨朗诵心爱的诗歌，一直支持外甥不计后果实现作家梦，因为一个人一生最大的不幸就是做不喜欢的事而放弃了喜欢做的事。略萨童年最贪玩的时候，鲁乔舅舅常帮他做作业，还为他辅导数学。他认为鲁乔舅舅才是他真正意义上的父亲。

略萨一出生就没见过父亲，那个傲慢易怒的美男子抛弃了他们娘儿俩不知去向，这给外公家带来巨大的心理阴影，略萨母子只好寄生在外公家。那个大家庭有太多舅舅和姨妈，大家一块儿帮衬着这对不幸的母子，加上略萨从小就聪明漂亮，全家上下便不遗余力地宠着他，尤其是两位隔辈人——略萨的外婆和姨外婆。在那个大家庭里，他既骄傲又任性，成了特权在握的小魔王。因为对外祖父母来说，他是第一个宝贝外孙，对舅舅姨妈们来说，他是第一个宝贝外甥。他还是可怜的多丽塔的儿子，一个没爹的孩儿。

几年后，从人间蒸发的父亲忽然又出现了，重新和母亲生活在一起，这反而带给略萨更大的不幸。他没少吃父亲的拳脚，有时因为他读课外书，有时因为他写诗——“那不是男子汉的勾当！”父亲的易怒、暴力、专制，对外公——略萨家族的仇视（父亲那边是巴尔加斯家族），对他热爱诗歌的轻蔑，反而坚定了略萨当作家的决心。如果没有这个混账爹，他可能还不会对文学那么虔诚。略萨有一句名言：“假如你的作家之路不算成功，多半因为你的老爸还不够混蛋。”

鲁乔舅舅的冒险、传奇人生也深深影响了略萨，真像老话说的那样，外甥随舅。鲁乔舅舅年轻时娶了个大他二十岁的女人，而十九岁的略萨发疯要娶的胡利娅姨妈才大他十岁！没错，正是当年引起多角恋风波的那个奥尔卡舅妈的亲妹子！亲人们的所有哭泣、劝说（来自母系）甚至威胁（来自父亲）都无济于事，生米到底煮成了熟饭。

2011年春，略萨获诺贝尔奖次年，我和部门同事参加完单位的篮球赛，去一家酒店吃饭，与小唐重逢。我们已经多年未见，我都快退休了，她也早步入中年，穿着过于庄重的深蓝色职业裙装。双方的聚会都结束后，小唐又找了张小桌，邀我过去。酒店里一直在放克莱德曼的钢琴曲，分贝恰到好处。

她居然成了“略萨通”，谈起好多我都不知道的略萨的逸闻趣事。和首任妻子胡利娅结婚五年后，二十四岁的略萨又爱上十五岁的表妹帕特丽西娅——鲁乔舅舅和奥尔卡舅妈的女儿，也就是胡利娅的外甥女。又过了几年，无法再忍受他们“眉来眼去”的胡利娅和平退出。1968年，略萨认识了瑞典美女丹娜，便抛下第二任妻子和刚出生半年的孩子，跟对方私奔到瑞典。二十三岁的帕特丽西娅不肯离婚，联系到略萨的好友马尔克斯，恳请他劝说略萨。马尔克斯应允了，但他的劝说没有奏效，帕特丽西娅伤心欲绝，接受了马尔克斯的邀请，去哥伦比亚散心，受到对方的悉心照料。几个月后，和略萨一样为爱疯狂的帕特丽西娅提出，要嫁给大她近二十岁的马尔克斯（刚因《百年孤独》享誉世界），被这位老大哥拒绝了。帕特丽西娅去找他的妻子梅塞德斯谈判，三十六岁的梅塞德斯平静地告诉帕特丽西娅，马尔克斯认识她时十八岁，那时她才十三岁，他就一直等着她长大。“我们俩二十多年的爱情你根本无法想象，你不过是他无数爱情小插曲中最不起眼的那个。”

帕特丽西娅又去质问马尔克斯，对方却发了火，当晚她就吞了整整一瓶安眠药，幸好被房东及时发现。得知帕特丽西娅自杀，最先赶来的竟是略萨。原来那位瑞典美人和他热恋不久便频频红杏出墙，直到把他给甩了。

1976年2月，在墨西哥的一场电影首映式上，两位拉美文学巨匠相逢。当马尔克斯看到老友略萨时，亲热地上前打招呼，还做出拥抱的姿势，略萨却挥起拳头，吼道，你在巴塞罗那对帕特丽西娅做了什么？还有脸来见我！

马尔克斯被打倒在地板上，略萨拂袖而去。作家和知识分子朋友们都傻在那里，他们无法适应一对“拉美文学爆炸”主将“爆炸性”的重逢。一位女作家跑到对面的餐厅，想弄点冰块帮马尔克斯消肿，却只找到一块冰冻的排骨，只好用它代替冰块，敷在老马的左脸颊上。

三十多年过去，这对银发老友终于和解。2007年，七十一岁的略萨同意为纪念版《百年孤独》提供序言，八十岁的马尔克斯也接受了这一安排。2010年，略萨获诺奖后，马尔克斯在社交平台上留言，表示祝贺。略萨当年读的大学就叫圣马尔克斯大学，他的博士论文题目则是《加西亚·马尔克斯：弑神者的历史》。他们都是从小生长在外公家的精灵外孙，与同是电报员的父亲关系都不怎么样，“马尔克斯”和“略萨”也都是母姓。他们在西班牙的巴塞罗那还是邻居，都喜爱福克纳、博尔赫斯、加缪，甚至想合写一部小说……

我也说，在咱们眼里，略萨的确很不像话，风流成性，但看看他那些作品，包括后来的《世界末日之战》《酒吧长谈》《公羊的节日》《天堂在另一个街角》《胡利娅姨妈和作家》《坏女孩的恶作剧》，又会觉得这个人也还是值得研究的。五十多岁时他还竞选过秘鲁总统，不知是否又在异想天开。可最终还是败在日本裔秘鲁政客藤森手下。藤森抓住“诋毁国家军队”的《城市与狗》和略萨小说中的“淫猥”段落大做文章，激起选民上街焚烧略萨画像，抬着写有略萨名字的棺材游行，有人甚至向他们夫妇身上扔石头和臭鸡蛋。当年略萨外公在秘鲁西北部一个省份（皮乌拉）当最高行政首长，他对那里很有感情，《绿房子》就以那儿为背景。小时候他没少跟外公参加重大活动和宴会，自豪感和食欲双双满足。一开始竞选时他在皮乌拉得票还不少，可最后动真格了，投过他票的人又不投他了，这让略萨既来气又伤心。人民不愿意让文学家治国理政，这算好事呢还是坏事？

那个春夜，小唐和我频频谈及拉美作家，频频举杯。她熟练地点火吸烟，不时抽出一支让我也要要烟。我问起她的个人生活，她说她还单着呢，这个话题戛然而止。

停会儿她又说，姐妹们都讲，你那个老大哥可把你给坑苦了。我问，谁？哪个老大哥？小唐凄然一笑说，你别装糊涂了。

我们再次举杯，克莱德曼手指尖上的音符继续轻柔地流淌着。灯火辉煌的酒店里客人已经不多，就快打烊了。

音符与文字一道见证

这本书在一个抽屉里沉睡多年后，又被我翻了出来。它的封皮是黑灰色的，中间用亮色突出着一双眼睛。书的名字叫《见证》，是苏联作曲家肖斯塔科维奇的口述回忆录，一位叫伏尔科夫的年轻音乐家记录并整理。肖斯塔科维奇看完整理稿后表示认可，在每一部分后面都签了字，但要求年轻人必须在他死后再出版，在苏联之外的国家。

1975年8月9日，六十九岁的肖斯塔科维奇因心力衰竭，在莫斯科逝世。几天后，他的灵柩下葬，好多官员都出席了官方举行的葬礼，而他们中的一些人一直以罗织他的罪名为主业。肖斯塔科维奇是个争议人物，但很不幸（在他们看来），他更是个享誉世界的伟大作曲家。即使在“大清洗”的极端年代，他的好多艺术家朋友，包括艺术圈外的英勇善战的红军将领们，都被以“人民的敌人”名义处死，肖斯塔科维奇这个“人民的敌人”却活了下来，因为他的世界性影响实在太大了。在严密的控制下，令他再写些曲子，比处死他“更符合人民的利益”。

“二战”期间，苏联最高当局决定新创作一首国歌，以更换一直代替国歌的《国际歌》，新歌词中“斯大林培育了我们”一句若干年后改为“列宁培育了我们”。肖斯塔科维奇作为五位应选作曲家中的一个，参与了创作。层层审查、数次修改后，要员们在大剧院试听最后几首备选国歌，以定取舍。每一首都听三遍：只用合唱队不用乐队的一遍，只用乐队不用合唱队的一遍，既用合唱队又用乐队的一遍。这样就能知道每首歌在不同情况下的演出效果了。肖斯塔科维奇在口述回忆录中说道：“他们还应该试试在水下的效果，但是没有人想到这一点。”

肖斯塔科维奇有位演员朋友，“新经济政策”时期在莫斯科一个小剧场演出，但灯光亮起后迟迟无法开演，一个胖子正站在观众席第一排大声训斥着一个人。那位演员朋友只好在台上等待，等待，等待，但胖子滔滔不绝，无尽无休。那位演员朋友只好说：“请允许我开始演出，同志……”胖子却恶狠狠怼他一句：“鹅可不是猪的同志！”那位演员朋友于是张开双臂，做出扇翅膀的样子说：“那么，我只好先飞走了……”他像《天鹅湖》中的天鹅那样，踮着脚尖走下了舞台。观众哄堂大笑，胖子“像射出的子弹似的”狼狈地窜出了剧场。

肖斯塔科维奇还有位才华横溢的音乐家朋友，叫索列尔金斯基，有一次在小剧场庆祝一出歌剧首演的宴会上，遇见一个傲慢的女人，她丈夫是列宁格勒的一个大人物，她自己却屁也不是。宴会上，索列尔金斯基故意用兴奋急促的语调忽悠她：“好漂亮啊，您今天实在令人陶醉！”那个下巴颏上扬的官太太却绷着脸挖苦他："对不起，我对您却不能说同样的话。"索列尔金斯基笑嘻嘻地回敬她："您为什么不跟我一样说说谎呢？"

肖斯塔科维奇的确孤傲、清高、愤世嫉俗，他不喜欢好多人，比如炙手可热的大诗人马雅可夫斯基。在一个社交场合，有人向大他十三岁的马雅可夫斯基介绍了他，高傲的诗人只向他伸出两根手指，肖斯塔科维奇更为吝啬地只伸出一根手指。他们的手指碰上了，诗人也愣住了。但肖斯塔科维奇还是有他欣赏的作家，比如前代小说家果戈理、契诃夫，同代幽默讽刺作家左琴科，诗人阿赫玛托娃（他家里就挂着阿赫玛托娃的画像）。音乐界他推崇的数人中，有他毕业于此的列宁格勒音乐学院院长格拉祖诺夫，因为那老头正派善良，"没有一点卑鄙的念头"，还博学多才，具备真正高水平的艺术鉴赏力，"他总是努力理解一切音乐，因为他是作曲家，不是官僚"，"遇到可怜的小人物，他并不显示他的高度原则。这些原则他是留着对比较重要的人物和事情用的"。青年时代，格拉祖诺夫曾被藏在隔壁听一位钢琴家演奏，之后被叫过来，凭刚刚的记忆又把那首曲子从头到尾弹了一遍。此公钢琴弹得相当好，右手中指和无名指间还常夹着一支雪茄，但最难的段落仍弹得分毫不差。格拉祖诺夫自己也写交响曲，熟知多种管弦乐器的性能。有一次他去英国指挥自己的作品，英国乐队的队员觉得这老家伙像个知识短缺的野蛮人，很瞧他不起，跟他捣乱，戏耍他。肖斯塔科维奇在回忆录中说道："我想不出还有什么比排练时控制不了乐队更可怕的事情了。"排练中间，有个圆号手忽然站起来说，有一个音他吹不出来，因为那根本没法儿吹。格拉祖诺夫安静地走到他跟前，拿过他的圆号，用嘴对准了号嘴子，一会儿就把那个音按规定吹了出来。乐手们都鼓掌欢呼，捣乱失败了，排练继续下去。格拉祖诺夫是名副其实的公认的音乐权威，因而“成吨的乐谱把他埋在里面，上千次的音乐会他不得不出席”。但他有好多问题需要思考啊，于是据说，这老头每次经受“音乐折磨”之前都先在耳朵里塞上棉花，之后在第一排中间位置上正襟危坐，目视乐队，装出全神贯注的样子。演出结束，他去后台向音乐会的主角们表示祝贺之前，趁人不备，偷偷取出耳朵里的棉花。到了那儿，他对主角们客客气气地说起赞扬话：“好极了，第一部分尤其精彩……”

好了，仅凭这几个段落（当然不止于此），这本书就成了我打算反复读下去的几十本书中的一本。

现在我又重读这本书，这已经是第四次了。像前几次一样，这本由南方一家出版社1998年出版的旧书装订上有些问题，我正读着苏联的前尘往事、乐坛奇闻、荒诞闹剧，不时即有书页从书脊上脱落，我只好用胶水把那些地方涂满，用力粘好。可过一会儿，又一些书页接续着脱落，我就接续着涂胶、粘好。我记得这本书里曾经夹着一张小白纸，上面写着“如有印刷、装订问题，请和印刷厂联系”。二十多年过去了，世间发生了太大的变化，我不相信那家印刷厂还会存在。书页继续脱落，我继续涂胶、粘好，再脱落，再粘好，不再指望一劳永逸。我这么说没有矫情难伺候的意思，只是想证明我太看重这本书了，生怕丢掉哪一页，或不小心让哪些部分错位。

第一次读这本书还是二十世纪八十年代，刚好是中国的十一届三中全会和苏联解体中间的时段。那时候该书还是内部出版，只供够级别的干部"参考"，那就是传说中的"白皮书"吧。我哥哥刘齐说，你抓紧看，我得快点还给人家。那时候，他已经拿到了当年稀少的文学硕士学位，我还正在"拿"的途中。他读过好多"白皮书"了，为何要把这本书推荐给我呢？因为这是一位作曲家的回忆录，而我曾经也想当个作曲家。我还真写过不少曲子（幼稚可笑者居多），且用音乐学院作曲系的几本教科书狠狠折腾过自己，在五线谱纸上做过好多和声题，最晚时干到次日晨光熹微。我也读过中外几种版本的《乐器法》，为工厂文工团的乐队一次次配器。但作曲家的梦我到底还是没做成就醒了。回过头看，那真是乐坛和我本人双重的幸事。那倒也留给我一个副产品，我成了文学圈里的"音乐通"，凡与音乐相关的什么文学作品朋友们都推荐给我，"你应该读读这个""你应该读读那个"……后来，我哥哥刘齐就把肖斯塔科维奇的《见证》放到了我的手上，带着一种责怪的神情。我哥哥向我推荐任何书（包括产品说明书）时都带着责怪的神情，那意味着我早该读了而不是现在。我爸爸当年向我推荐鲁迅全集的某个单行本时，也带有类似神情。我不知道他俩之间谈起书来用不用这样的神情。当年我为何总要另搞一套、在音乐上杀出一条血路？就是想逃脱父兄那种社科类的责怪神情。结果如前所述，我的"越狱"没成功，只好继续在他们的眼神中一本一本读下去，直读到那眼神完全消失（连我爸爸也早都消失）的今天。

肖斯塔科维奇的音乐作品没有顺从我们的审美习惯。二十世纪八十年代，我们这些大学里的时代宠儿刚开始恶补贝多芬、莫扎特、柴可夫斯基等作曲家的古典交响曲，在各个演出场所我们勉强做着“我已经听懂”的样子，耳朵里却仍然是“革命样板戏”、《战地新歌》的一统天下。说老实话，就连我们本土的“革命交响乐”如钢琴协奏曲《黄河》，我们都还没太适应呢。古老中国有着五声音阶和单旋律为主体的漫长的音乐传统，多少代集体无意识形成的品乐习惯，不支持我们很快接纳西洋多声部管弦乐。今天的情况不一样了，交响乐“已经走入千家万户”，至少报上的文娱新闻是这么说的。但几十年前的二十世纪八十年代，我们还只是迫切地想了解我们所不知道的一切，包括西方交响乐，而要说真正发自内心地彻底喜欢上了，除了音乐界人士（音乐学院的学生都不完全算）之外，谁这么说你都别信。我也算文学圈里的“音乐家”了，在和友人的纵酒欢歌中，我永远扮演核心人物。我曾借着酒劲口出狂言，宣称自己可以从此刻一首接一首不带重复地直唱到明天这时候，列位轮班监督我，两小时一换岗，其他人该睡就睡，监督我的人请放心，我不会贿赂你，但你得隔会儿给我递口水喝。这当然是笑谈，但基本靠谱。可你们看看，就连我这种文学圈的“音乐通”也不得不承认，交响乐尤其是那些四个乐章的正宗大曲子，时至今日我仍无福消受。我当然可以说出个子午卯酉一二三四来，但实话说，我一直觉得听它们不是在休息而是在劳动。二十世纪六十年代初吧，中国刚刚走出大饥荒阴影，李德伦率中央乐团来沈阳演出，我妈妈兴冲冲弄来两张票，想带她最小的儿子去受受熏陶。因为有一次我从“周托”的托儿所回到家，听见一段悲伤的音乐，曾指着收音机说，这个人想爸爸了。于是我爹妈认准我是个音乐苗子。但在我那次的赏乐印象中，满台永远不变的橙色和金色（前者是各类提琴，后者是各类铜管乐器），却始终不见有人扮装上来演点啥。我一会儿就打瞌睡了，醒来擦掉口水便问："妈这是啥呀？"我妈妈凑近我的耳朵轻声说："这是音药（乐）啊。"好吧好吧，我接着打瞌睡。

所以后来，让我们在古典交响乐都消化不良的情况下，再接受肖斯塔科维奇的现代（或新古典）交响乐，的确有些勉为其难。苏联的听众也分化成两大阵营，喜欢或者不喜欢甚至憎恶。这其实很正常，如同苏联导演梅耶霍尔德反复强调的："假若一部作品使所有人都感到满意，那就应该认为它完全失败了。另一方面，如果所有人都批评你的作品，那么这个作品里也许还有些有价值的东西。要是人们对你的作品展开争论，有一半观众拍手称好，另一半想把你撕成两半，那么，你就是真正成功了。"肖斯塔科维奇曾在列宁格勒音乐学院受过正统的作曲专业训练，他完全有能力写出正宗的"无产阶级音乐"，但他不想走作曲家们都在走的老路，总是顽强地想要做"自己"而不是"他人"。他更心仪马勒、斯特拉文斯基的新型音乐，执意剑走偏锋。这本来是艺术领域、艺术市场范围内的事情，却被解读为严重的"政治问题"，他成了"资产阶级形式主义"的典型。就连他的全球上演率极高的代表作《第七交响曲》（又名《列宁格勒交响曲》），也难逃这样的指责。

1941年7月起，德军大兵压境，围攻列宁格勒近九百天。在最艰难寒冷的日子里，列宁格勒市民每天的食物配给量仅一百二十五克（二两半）面包，战壕里的士兵们每天配给一盎司（不到一两）伏特加取暖。总共有四十三万（一说六十万）饥民死于饥饿。肖斯塔科维奇那会儿在干什么呢？他也按战时需要被编入了“防空监视队”，同时，在隆隆炮声中开始创作《第七交响曲》。

在我有限的听曲经历中，《第七交响曲》是最长的，四个乐章下来足有八十分钟。肖斯塔科维奇一个月左右写完了前三个乐章，之后，他和家人被撤离列宁格勒，去了莫斯科东南几百公里外的“战时首都”古比雪夫（又名萨马拉）。在那里，他完成了第四乐章。指挥家伊利亚斯博格刚开始召集列宁格勒广播乐团，准备公演《第七交响曲》时，乐团里仅剩下十五个人了，其他人或是饿死、失踪，或是抄起武器参加到保卫城市的战役中。音乐会组织者们在街上贴出布告，让城内所有音乐家立即到广播电台报到。一位组织者后来回忆：“我们想尽一切办法找到音乐家，只要他们还活着，还有一口气，就送他们去电台。”“我们把他们从昏暗的公寓里一个一个找出来，他们瘦骨嶙峋，十分可怕。但当他们听说要去演奏《列宁格勒交响曲》，眼睛里即刻有了光芒，身体也仿佛恢复了生机。当他们抱着乐器来到电台冰冷的排练厅时，我们全激动得热泪盈眶。”

前线指挥部也接到命令，将正在作战的演奏家们一一抽调回来，以补充严重缺员的交响乐队。我当年所在工厂的文工团的一位老团员（乐队竹笛手）曾经跟我说，他学生时代读过一本书，其中记载了那段历史，那个著名的前线指挥部命令大意是：“某某同志，请您接到命令后，立即将手中的武器换成从前使用的乐器，去列宁格勒广播乐团报到！”前线指挥部还安排一架运送药品的飞机，从莫斯科把肖斯塔科维奇刚刚完成的总谱带进被围困的列宁格勒。

1942年8月9日（三十三年后的这个日子肖斯塔科维奇逝世），在伊利亚斯博格的指挥下，广播乐团把这部不朽的交响曲献给了这座城市，也献给了全世界。为确保演奏的安全，苏军事先向德军炮兵阵地发射了近三千发炮弹。《第七交响曲》在列宁格勒的街头、楼群间和掩体附近的广播喇叭里响起了，人们从四面八方走向大喇叭，扬起头，神情庄严肃穆……

这场战时的特殊演出鼓舞了苏联人民的斗志，也赢得了世界性的声誉。在英国，六万听众在大剧场狂热地聆听着这部作品的首演。在美国，好多指挥家都想争来《第七交响曲》的首演权，他们纷纷给苏联大使馆写信、拍电报，他们的朋友和代理人也出面活动，劝说苏联代表把首演权交给各自的指挥朋友，大家甚至互相揭短、说起对方的坏话。托斯卡尼尼稍后才参与到这场激烈的竞争中，但他得到了美国全国广播公司的支持，最终胜出。他是怎样拿到《第七交响曲》总谱的呢？那真像谍战片中的一个情节：乐谱被摄入一个小小的胶卷，之后由一位神秘人士乘军舰带到了美国。1942年7月19日，纽约无线电城首次播放了这部作品，数以百万计的美国人收听了广播。其后，它又在美国的第一个音乐季中演出了六十二次，一千九百三十四个广播电台和拉美的九十九个电台也相继播放。1942年9月，旧金山举办了“肖斯塔科维奇音乐节”，托斯卡尼尼在一个大型露天剧场再次执棒。哥伦比亚广播公司为抢先拿下肖斯塔科维奇《第八交响曲》的首次广播权，付给苏联政府一万美金（是今天这个数目的不知多少倍）。

作家阿·托尔斯泰说："《第七交响曲》是从俄罗斯人民的良心中呈现出来的，他们毫不动摇地承担了对邪恶势力的殊死搏斗。"然而战争硝烟刚消失不久，战争废墟仍在清理当中，主管部门的官僚们又批判起肖斯塔科维奇来了，宣称他和普罗科菲耶夫、哈恰图良等作曲家"坚持形式主义的、反人民的倾向"。在官僚们作出的"历史性决议"中，这些最有才华的音乐家被一笔抹杀，因为"在他们的作品中，音乐方面形式主义的滥用和反民主的倾向特别严重，与苏联人民和他们的趣味格格不入"。肖斯塔科维奇回忆说："他们认为《第七交响曲》中只有第一部分是有效果的，而这个部分，据评论家们说，是描写敌人的，其他乐章应该表现苏联军队的强大和力量，但是肖斯塔科维奇缺乏完成这个任务所需要的感情"；"他为什么不写柴可夫斯基《1812序曲》那样的作品？"

在这点上，那些苏联官僚说的并非全无道理，我听了多遍第一部分也很困惑，先以为是在歌颂从红场上接受检阅后直接开赴前线的苏军战士呢，但那行进的段落实在过长了点，持续、变奏了十多分钟，而且显得有几分怪异。肖斯塔科维奇的朋友、指挥家莫拉文斯基回忆说，当他初次在收音机里听到那段"著名的进行曲"时，觉得肖斯塔科维奇创造了一个带有普遍性的"极其愚蠢、庸俗的音乐形象"。肖斯塔科维奇后来告诉友人，他写的不仅仅是德国这个敌人，也包括所有人类的敌人（不知包没包括那些残酷打压他的苏联官僚们）。

肖斯塔科维奇一直在思考“音乐内涵”问题：“音乐能打击犯罪吗？它能使人停下来想一想吗？它能发出呐喊，唤醒人们注意他们已习以为常的各种卑鄙行为，注意那些他们已熟视无睹的事物吗？”然而1948年以后，他的作品从演出的节目中消失了；报纸上每天都刊发“工人来信”，痛斥他的“资产阶级腐朽音乐”；课堂上，孩子们背诵着他给“人民的艺术”带来“巨大损失”的课文。肖斯塔科维奇难得在公开场合露面了，但私下里仍坚持创作。他有个本事，可以脱离钢琴创作，“我无论在哪儿都能写东西，不管周围有多吵，只要桌上有块地方，别人别太挤我就行”。如同苏联人所言，他是在“为他的桌子”创作。1953年以后，苏联历史上的“解冻时期”开始，肖斯塔科维奇的境况才稍稍好转。

前些时间，微信上有个视频：印度籍指挥家祖宾·梅塔正在维也纳金色大厅指挥我们耳熟能详的一段音乐——“鬼子进村”。那是中国黑白老电影《平原游击队》中的著名音乐，视频上却注明这是从肖斯塔科维奇的《第七交响曲》中照搬过来的。这个视频被津津乐道地大量转发，但我从头到尾细细听了几遍《第七交响曲》，都没听到这段“鬼子进村”。后来方知这又是个“恶搞”，祖宾·梅塔从未在金色大厅指挥过肖斯塔科维奇的《第七交响曲》。中国作曲家雷振邦创作这段音乐时，只是借鉴了“肖七”著名的“进军曲”节奏，音乐材料仍取自日本民间小调。说到家，《列宁格勒交响曲》无论怎样都不可能同日本音乐发生关联，如此“恶搞”是对已经仙逝的雷先生的不敬和不公。不过也好，那以后我们对任何微信视频都留个心眼了。

肖斯塔科维奇是波兰后裔，历史上波兰一直受俄罗斯奴役。即使到了革命年代，波兰仍被苏联紧密控制。肖斯塔科维奇的祖父曾参加过1863年的波兰起义，这次起义被俄罗斯军队击溃了，肖斯塔科维奇的祖父被流放到西伯利亚。“波兰”在俄罗斯直至后来的苏联，几乎就是“叛乱”和“煽动者”的同义词。我们不清楚肖斯塔科维奇这个“波兰佬”一直不受信任、饱受敌意，跟这段历史有无关系，但更有可能的是因为他在“资本主义西方”的巨大声望。西方听众迷上了肖斯塔科维奇，他们通过报刊照片和杂志封面一睹作曲家的风采：圆圆的黑框眼镜，镜片后拘谨的双眼，紧闭的薄嘴唇，孩子般的脸型，蓬乱的头发。他在万众景仰中显得有点手足无措，笨拙尴尬，一只脚还向旁边一拐。“不像个作曲家”，但这更让他们喜欢他了。1942年，他戴着消防帽的侧脸还上过美国《时代》杂志的封面，那成了正义力量抗击德国法西斯的一个象征。

二十世纪八十年代中期，我首次读作为“白皮书”内部出版的《见证》时，中国正在从“阶级斗争为纲”走向“经济建设为中心”的新路上。在我们的研究生宿舍里，有一个房间总在用录音机播放邓丽君的歌曲，中间有一首我后来再没听到过，歌词是“为什么你会有烦恼？烦恼会使你身体有些不太好……”那一年暮春，我们借着长影的地利，迎来了全国首映的美国电影周。有四个午后，高楼深院的学子们缕缕行行嘻嘻哈哈走在去往影院的路上，共看了四部美国影片：《矿工的女儿》《转折点》《金色池塘》《克莱默夫妇》。全部是英文原版片，中文字幕。除了《转折点》，那三部都获过奥斯卡奖。那是我们头一次离开上影和长影译制片厂的配音大师们提供的拐棍，刚开始不大习惯，但很快就适应了。克莱默的儿子到底判给前妻后，父子就要分手了，儿子坐在草坪栏杆上抽泣着问爸爸：“以后我睡醒了，你再不会在我眼前出现了对吗？我再也看不到天花板上你画的云彩了对吗？”《金色池塘》里那个可爱的老头到底把顽劣外孙的敌意融化了，因为他一点不粗暴，不居高临下，自诩一贯正确，还幽默、平等、善解人意。有一次他说了句什么，那个臭小子没大没小地说：“屁话。”老头问他在说什么，他又重复了一遍，等着长者大发雷霆。老头却乐了下，说：“这词儿不错。”这些个情节啊，当年都给我们留下了美好的印象。

圣彼得堡，1914年改称彼得格勒（因为“堡”是“一战”时敌对国德语的发音），位于俄罗斯西北部，距它东南方向的莫斯科有几百公里。1703年，身高两米多的彼得大帝在大片沼泽中一块叫兔子岛的土地上，用战剑画了个十字架，对兵士们说：“在这儿建一座城市！”为获取巨量的建筑用石，他签署命令：所有贸易商船每次必须携带规定尺寸的若干块石头方得入港。为使俄罗斯强大，彼得大帝号令学习西方，连俄罗斯人喜留大胡子的习惯也在学习之列：若再留，须上税。为了掌握造船和航海技术，他还以一个下士的名义随团出访，在荷兰、英国多地的一艘艘船上实习、苦干（包括跪下来擦洗甲板）了三年。1924年列宁逝世后，彼得格勒更名为列宁格勒。1992年1月，圣彼得堡的旧称又正式恢复。这座最初的战略要地，后来的西化的旧俄帝都，打从它诞生时起就让这个民族付出了沉重的代价。建城过程中死伤无数；1941年，德军围困的八百七十二天里，它又让苏联人民付出了更为巨大的代价。

2012年5月我去俄罗斯西部旅游，曾到过圣彼得堡。深蓝色的涅瓦河，白夜期将近的明亮的深夜夕照，列宾美术学院的环形雕塑长廊，大街上普希金铜像头顶久久不飞的一只鸽子，只有后两条马腿着地的奇伟的彼得大帝青铜骑马雕像，无不记忆深刻。

夏宫门前，一位三十上下的俄罗斯男子正摆摊卖画册，金发寸头，红色连帽套头上衣。要价还都不高，我买了本《圣彼得堡及近郊》，我的一位老大哥买了本《夏宫》。我们离开时，俄罗斯男子用半生不熟的汉语笑眯眯地说了句："毛主席万岁！"我们向他挥手致意。一会儿，我们又返回来找厕所，他正整理着他的画册，好开心的样子。准是我们让他开了张。我那位老大哥哼了两句《喀秋莎》，红衣男子也随之吹起了口哨。老大哥向他喊道："列宁乌拉！"双方再次挥手致意。

圣彼得堡开阔寂寥的战神广场上，几十年来一直未熄灭的纪念无名烈士的"长明火"静静地燃烧（不愧为天然气大国）。有激昂的音乐在远处响起，是不是肖斯塔科维奇的《列宁格勒交响曲》？应该是，但愿是。

世界上最伟大的教书匠

他算不上文学艺术巨匠，但却是“世界上最伟大的教书匠”，三十年的教学生涯中教过一万两千多名学生，获过“全美最佳教师”的教育界最高称号和“约翰·杜威教育奖”，被誉为“老师中的老师”。

他退休后才开始的文学成就同样令我们惊奇：六十六岁出版了自传体处女作《安琪拉的灰烬》，在没什么宣传的情况下靠读者口口相传，荣登《纽约时报》畅销书榜第一名，后获普利策文学奖、全美书评奖、洛杉矶时报图书奖、美国年度好书奖等奖项，一年内重印四十七次，印数达一百五十万册。六十九岁时他又出版了第二部作品——长篇小说《就是这儿》，七十五岁出版了第三部作品《教书匠》——这本书也登上了《纽约时报》、亚马逊网站等畅销书排行榜榜首，并被迅速译成二十多种文字，人称“自传体故事中最真诚的作品”“教师的《圣经》”“每个学生需要至少熟读十遍的温馨文字”。如果七十八岁时他没患癌症去世，或许还能写出第四、第五部作品来。

“畅销书”今天已算不上什么“重大事件”，在一些评论家和研究家口中，那甚至被赋予某种讥诮的意味。因此我们不谈《安琪拉的灰烬》连续一百一十七周的畅销书在榜纪录了，只谈这个爱尔兰穷孩子的传奇人生，只谈他的酒鬼父亲和伟大的母亲，只谈他的作品中“巨匠型”的文学品质：“我可以责怪他人。我那悲惨的童年并不是简单的偶然事件，而是由别人——一些黑暗力量造成的。但即使我要责怪，也会本着宽恕的态度。因此，我宽恕下列人士：教皇庇护十二世、英国人尤其是英王乔治六世、麦克罗里红衣主教（他在我童年时期统治着爱尔兰）、利默里克主教（他似乎认为世上的一切都罪孽深重），以及爱尔兰前任总理和总统埃蒙·德·瓦勒拉。……他下令爱尔兰全体教师逼迫学生学习民族语言，却让我们丧失了好奇的天性；老师用木棒将幼小的我们打得遍体鳞伤，让我们遭受几个小时的痛苦，他却视而不见、态度冷漠。我还宽恕那位在我承认犯有手淫、从母亲钱包里偷钱等罪行时，将我赶出忏悔室的神甫。……我宽恕各种各样横行霸道的老师，宽恕他们抓着我的鬓角将我拖离座位，宽恕他们在我结结巴巴回答天主教《教理问答》，或者不能心算937除以739时，用木棒、皮鞭和藤条抽打我。我的父母和其他成年人告诉我：那都是为我好。我宽恕他们那弥天的伪善。……”（《教书匠》序）

这个人就是弗兰克·迈考特，爱尔兰裔美国教师、作家，长期因贫穷而眼疾不愈（那句土话怎么说的来着？——癞眼儿咕唧）。

迈考特是家里的老大，他爹妈共生了七个孩子，贫病夺走了一个女孩和一对双胞胎男孩。双胞胎男孩病死一个后，另一个天天望着窗外，说他看见他的另一半在外面玩呢，他也要去。后来他真的也去了，在一天早上大家醒来的时候。他们总是排长队等救济过活，在送父亲出国打工前母亲赊账买来些牛奶、黄油、糖和一枚鸡蛋。她把鸡蛋煮熟给了父亲，父亲拒绝独食，剥开蛋壳，把它切成五块分给全家。他们为了便宜房租，曾住过一套离恶臭的茅厕最近的房子，但在父亲外出打工却迟迟不寄钱的日子里，他们因拖欠了房租被扫地出门，只好暂寄一位远房表舅的篱下。那位表舅对这些“累赘”很烦，常打骂迈考特（称他“疤瘌眼”），支使他干这干那包括倒尿盆。有一天他喝得烂醉回到家，手拿一包煎鱼和炸薯条，边吃边骂骂咧咧，最后说家里没吃的了，一片面包都没有了，就睡着了。那张包装纸掉在了地上，是一份《利默里克导报》。迈考特见他睡死后，立即捡起那张油乎乎的报纸，一点一点舔起来：“我舔头版，那都是城里电影和舞蹈演出的广告。我舔标题，舔巴顿和蒙哥马利在法国与德国的大决战。舔大西洋战争，舔讣告和伤感的纪念诗篇，舔体育版，舔鸡蛋、黄油和熏肉的市场价格。我舔着这张报纸，把油脂吸吮得一点不剩。”（《安琪拉的灰烬》）

他母亲就是安琪拉，多年以后她的骨灰被撒到家族墓地，迈考特追记道：“我们在通往巴里那库拉的一家路边小酒馆吃午饭。看着我们吃饭、喝酒和大笑的样子，你绝不会知道我们刚把母亲的骨灰撒了。她曾经是温布里剧院一名伟大的舞蹈家，因为唱了一首好歌而一举成名。哦，要是她能喘过气来就好

了。”（《就是这儿》）

他父亲则是个超级酒鬼，在爱尔兰的失业大潮中，他只有几次勉强找到过临时的工作，但不管挣到手几个钱（甚至包括刚领到手的一个月的失业救济金），也不管老婆孩儿如何饿着肚子，望眼欲穿，他都会绝无例外地去酒馆喝个精光。后来他不得不去他骂了一辈子的英国打工，却只寄回过一次钱——三英镑。

迈考特童年的生活时常是：白天，母亲不再到慈善机构外排长队等候救济了，她适当修饰了自己，走在街上也挺起胸膛、大声说话了，因为她亲爱的丈夫已经找到了工作！但到了晚上，全家人总是空欢喜一场，母亲勉强用前一天剩下的面包让孩子们填了填肚皮，大家就上床睡了。镇子里，幸运的女人们看完了电影，咯咯笑着往家走，酒鬼们也笑着唱着往家走。这时候，最高亢悲壮的歌声远远响起了，是迈考特的父亲，他唱起饱受“英国佬”欺凌的北爱尔兰爱国者的歌曲——《罗迪·迈克考雷在图姆桥上赴死》：

怎么，正当所有的人都在守夜不眠，
西部人却在沉睡，西部人却在沉睡！
哎，当康诺特省也在这样沉睡，
爱尔兰也许正在流泪。

小巷里，酩酊大醉的父亲唱一句就停下来，靠在哪堵墙上痛哭一会儿，然后接着唱，走下去。人们都把头伸出窗外或门外喊道："看在耶稣的份上，别再闹啦！我们明天还得起早上班呢，回家唱他妈的爱国歌曲吧！"

他和街坊们对骂着，继续唱着回到自家楼下，向老婆喊道："安琪拉！安琪拉！家里一滴茶水也没有吗？"老婆不理他，他跌跌撞撞爬上楼，一个一个喊醒孩子，发表深夜爱国演讲，要孩子们发誓为爱尔兰去死，否则他身上仅存的最后一枚"星期五便士"谁也甭想得到。

没人理他。这个曾经为爱尔兰作过战的超级酒鬼点燃了一支蜡烛（他们那儿一直没有电），举过头顶，在屋里雄赳赳地踏步走着，继续唱起来，在隔壁咚咚的敲墙声中——

看，是谁在怒放的红杜鹃花丛中行走？
他们那绿色的旗帜吻着山上纯净的空气。
昂首挺胸，目视前方，骄傲地走在一起，
自由的信念珍藏在每个人不屈的精神里。

他再次以一枚"星期五便士"做诱饵，想让孩子们跳下床，像士兵那样排好队，宣誓为爱尔兰而死。孩子们仍不为所动，妻子也拒绝他睡在床上，他只好拿着蜡烛，走下楼去，在椅子上睡了一夜。第二天误了上班，把好不容易找到的水泥厂的工作丢掉了。

迈考特后来写道："老师说为信仰而死是光荣的，而爸爸说为爱尔兰而死是光荣的。我想知道这个世界上还有没有人想让我们活。我的弟弟死了，妹妹死了，我想知道他们是为爱尔兰而死的，还是为信仰而死的。爸爸说他们太小，不是为了什么而死的。妈妈说他们是因为疾病、饥饿以及爹妈的永远失业而死的。”（《安琪拉的灰烬》）

一个人从小生存环境就极其恶劣，以后会有怎样的胸襟？法国作家罗歇·瓦扬的小说《律令》里有一个黑社会老大马陶·布里冈，原先只是个退役的海军下士，后来凭着心狠手辣和敲诈勒索，渐渐混成地头蛇，当地一霸，连警察局局长都成了他的密友。但令读者无论如何想不到的是，贫家女孩玛利埃特的恶比布里冈更胜一筹。从未失手的布里冈在他以为又要顺利占有当地最美貌的小女孩玛利埃特时，后者却巧施狠招，四两拨千斤，不但守护了自己的贞操，还置强敌于绝地，用布里冈逞恶时习用的接枝刀在他脸上划了个十字，让他威风扫地。而此前她就利用掉包计制造过一起失窃案，把布里冈送进大牢，把小城搅得大乱。这个阴鸷诡诈的贫家美少女后来一跃成为新兴的滨海黄金旅游地段的大老板，还把母亲和姐姐们都赶走了事。彻底臣服了的布里冈乖乖把几个种植园交给了她并归入她的麾下，心里想：“她毕竟太穷了，因此不可能善良。这是规律。”

然而另一个欧洲赤贫孩子弗兰克·迈考特，却超越了这个“规律”。

二十八岁的迈考特第一天上课就碰上了学生们的下马威。那是纽约市的一所技术职业高中，他作为纽约大学教育学专业毕业生初来乍到。两个男孩当着他的面打嘴仗，一个男孩把从家里带来的“大红肠三明治”抛向另一个男孩，教室里即刻乱了套。男孩们齐声起哄：“打！打！打！”迈考特喊道：“嗨！嗨！

不要扔三明治！”另一个生怕事儿不大的男孩说：“嗨！老师，他已经扔了三明治，现在叫他不扔没用了。”全班大笑，之后都用一种幸灾乐祸的目光注视着这位新老师。他静了会儿，什么也没说，过去把三明治捡起来，打开包装纸，大口大口把它吃掉了。“这个三明治的面包黑而厚，由布鲁克林区的一位意大利母亲烘烤，硬度足够承受几片香喷喷的大红肠，中间夹着西红柿片、洋葱片和辣椒片，还淋了橄榄油，散发着唇齿留香的美味。”（《教书匠》）

迈考特老师吃完后，舔了舔手指说：“好吃。”之后把纸袋和蜡纸团成一团放在手心，用手指把它“啪”的一声弹进废纸篓。学生们一片惊呼：“哇噻！”喧哗声惊动了正在走廊上悄悄监视新员工的校长，他在窗户外向教室里张望，又推开门，示意迈考特出去。抛三明治的男孩小声对他说：“嗨！老师，别担心三明治，我不要了。”男孩们全都附和道：“是的！是的！”他们一瞬间都选择了站在这个“懂个屁”的新老师一边，和他休戚与共。

校长在楼道里批评了迈考特老师，警告他不要再用这种“戏剧性的方式”吸引学生的注意力，无论是谁都不允许上午九点在教室里吃东西，否则就不适合在学校待下去了。迈考特回到教室后，男孩们都关切地问他遇到了什么麻烦，全班孩子都说“嘿，这不公平”。扔三明治的男孩说：“我会告诉我妈你喜欢她做的三明治，我会告诉她因为她的三明治你遇到了麻烦。”迈考特说：“告诉你妈妈，这是我一生中吃过的最好吃的三明治。”

他的工资不高，每周却要完成很多课时，没完没了地批改作业，而且总要面对亚裔、非裔、拉美裔和美国土著等各种肤色的刺头、促狭鬼们。他没有为了文学梦尽早逃离纷乱的教室，却开始用文学思维支撑教学、润滑师生关系了。虽然如同后来在全球教育界一样受到了领导们的非议，但学生们慢慢都接受了他，愿意与他“同流合污”。

校长们严令他“按教学程序”来：“程序！程序！教学的一半就是程序！”而他时常另搞一套：“我有罪。我讲故事，而不是讲课”……读到这儿，我的久远的负罪感也从记忆深处浮出。四十多年前，我在东北农村插队，曾做过一年乡村教师，我也犯过同样的错误：讲故事而不是讲课。

当年的乡村教师有三个等级：挣工资的国家正式教员（比例很低）；其次是民办教师，挣工分，但每月有五块钱津贴（这部分人比例较高，我一见他们神秘地签字领津贴时就悲愤交加）；我是乡村教师中的最低等级，不在编的“内部粮票”，只挣工分。但我该知足了，若非那年时兴“学习小靳庄”，学校急需一名组建民乐队的文艺老师，天上掉下的这张馅饼哪会砸到一个外乡人的头上？如果在生产队劳动，顶风冒雨辛苦劳累不说，全年下来我顶多能挣两千多工分。而进了乡村小学，我一年可以挣到四千工分。在三级所有制的人民公社时代，这是生产小队这最小的经济核算单位对教育的最大支持了。

1976年，我所在的全公社最穷大队的最穷小队出现了负增长，四千工分全部泡汤。我和农民兄弟们全都自掏腰包把口粮领到手，他们管那叫“倒贴儿”。

而此前，我每天都意气风发，着装整洁（但仍朴素），夹着备课笔记，在一截铁轨敲击的上下课铃声中奔走于前后两趟平房间。校长对我说，你不能只做文艺老师，还得抱班儿、上课。我成了有三四十个孩子的四年级的班主任。他们没兴趣听任何课，却总有一肚子永远唠不完的嗑儿。那是铁道线以北的穷乡僻壤，一年里如果都能吃上净面玉米饼子，就是一大幸事了，青黄不接时须有别的措施。他们的庄稼汉父亲倒很重视教育，在村街上远远见我都会站住（扛着锄头），笑眯眯地等着我说几句话。他们常对我说，刘老师，俺孩儿就交给你了，不听话你就给他一腚跟脚，不用客气！但他们再通情达理，他们的孩子仍没兴趣上课，没兴趣听我们绷着脸讲的任何大道理。

迈考特老师曾苦于自己的形象（眼睛还红红的）不够威严，我则恨自己的下巴太光滑。迈考特教过的一个女生班，几乎全是黑孩子，根本没人听他讲什么，“她们有事情要谈”。我的四年级班也一模一样，三四十人毁成七八个帮，全都“有事情要谈”。我暴怒，用教鞭“啪啪”敲黑板，用手掌“砰砰”拍讲桌（又疼灰又大），把闹得最欢的男孩子赶出教室（他使劲攥住门框我使劲掰他的手），但都收效甚微。就算他们暂时安静了，他们眼中的敌意和讽意也令我一时小胜的快感折半。后来我在上课（讲真的没什么意思的语文书）之前就不暴怒了，站在讲桌后无声地微笑，任由他们唠下去。嘿！我不出声了他们的声音也渐小，直至鸦雀无声。还有个男孩尚未尽兴，捅着同桌的胳膊肘，试图把未尽事宜全部处理完。我向他微笑，全班男孩女孩也向他微笑，他的笑怪起来。他曾说，刘老师你干啥老说我？

我向他致歉："这回又是我不对了。"全体大笑。班里的"大王"忽然提议："刘老师！你先给我们讲个故事，完了我们就好好听课。"孩子们欣喜地轻声击掌附议。我向窗外打量，没有校长和教导主任警觉的目光，便答应了他们，但条件是大家说话都得算数，想做好人就要守信用，吐口唾沫就是个钉。我想做好人，你们想不想？他们齐声说，想！我开始搜索记忆，选个比语文书有意思的故事并不难。"大王"吩咐靠近教室门的男孩子把门关好，别给刘老师找麻烦，之后大声喝止角角落落里死灰复燃的聊天潮。

我的神话故事讲完了，他们很神往，也有点忧伤，但完全安静下来，直到我把让他们放学后割草去喂集体牲口的课文讲完。

以后这成了我们之间的默契和交换条件，我把好故事讲给他们，他们把好秩序回报给我。我们的保密工作没出现漏洞，孩子们没一个去告密，否则校方定会责令我停止这种"与教学无关的活动"。

而迈考特老师比我做得更极致，他后来任教的一所学校的学生们讨厌写作文，但为了逃学或不完成作业所伪造的"家长请假条"却充满了想象力。

亲爱的迈考特先生：米奇八十岁的姥姥因为端了太多的咖啡而从楼梯上摔下来。我让米奇在家照看姥姥和小妹妹，这样我就可以到轮渡码头的咖啡店上班。

厕所堵塞了，我们不得不沿街走到我表哥工作的基尔肯尼酒吧用那儿的厕所，但是那儿的厕所前一天晚上就已经堵了。你可以想象我的罗尼要做好上学准备有多难。我希望你能原谅他这一次，这种事不会再发生了。

阿诺德今天没带作业，因为他昨天下地铁时，车门夹住了他的书包，并把它带走了。他冲着列车长大喊，可列车长却在火车开走时说了些很下流的话。该采取措施治治他们了。

他姐姐的狗吃了他的作业本，我希望它被噎死。

她今天早上在浴室洗漱时，她的小弟弟在她的故事本上撒尿。

有人死在楼上的浴缸里，水溢出来，把桌上的罗伯塔的作业弄得一团糟。

她的哥哥冲她发火，把她的文章扔出窗外。文章在斯塔滕岛上空四处飞扬。

他写完了你让他写的作文，可是正当他在轮渡上对作文进行修改时，一阵大风刮过，把作文刮走了。

迈考特老师如何应对这些“假条”呢？他打印出十二张，发给他教的两个班的学生，让他们读。他们边读边问：“老师什么意思啊？这都是谁写的？我们要拿它们做什么？”

“这就是你们当中的某些人写的，”迈考特说，“我删去了姓名，以保护有过失的人。现在我们大声朗读这些假条！这是世界上第一堂研究假条艺术的课，第一堂练习写假条的课。你们有幸遇到我，我接受了你们最好的作文——假条，并把它变成一门值得研究的功课。”

他们都笑了，并觉得迈考特老师和他们是一伙的，开始完成他布置的作业——写虚拟的“假条”。迈考特不住地提醒他们开发自己的想象力，不要满足于老套的闹钟故事。要善于找各种借口，还要让这些借口可信并具有原创精神。

孩子们的创造力全被激发出来了，埋下头写了一条又一条，不时申请再多写几条。迈考特老师这时在黑板上又出了几个新题目：“亚当写给上帝的假条”“夏娃写给上帝的假条”……

这堂“假条写作课”不但刺激出孩子们的写作兴趣，而且引发了他们对人类、对世界、对战争、对善恶等重大问题的思考和大讨论，甚至午间在餐厅，孩子们仍觉意犹未尽。

校长又皱起眉，让迈考特老师去办公室一趟，因为区教育局局长无论如何要见见他。迈考特做好了挨剋并离开学校的准备，区教育局局长却对他说：“我只是想跟你握握手，告诉你，如果你的档案里出现一封证明你的教学充满活力并富有想象力的信件，请你不要感到吃惊。谢谢你。也许你应该将他们的注意力转移到历史上年代较为久远的人物身上，……再次谢谢你。”

对了，迈考特老师还有个出奇的教改新招：朗读、吟唱菜谱！那缘于一次草地野餐，孩子们带着各色饭菜，其中有犹太菜、意大利菜、中餐、韩餐（朝鲜泡菜）、越南菜、泰国菜。一片吵闹声中，迈考特老师突然下令，第二天每个人都要带一本烹调书。

次日课堂上，每个人奉命念一段自己喜欢的菜谱，如果没读过那本烹调书，就随便翻到哪一页，挑一段念。

一开始没人举手，一片困惑的目光，但是随着几个人被点名站起来念完后，举手的人多起来，最后宛若一片手的树林。所有人都为之疯狂，花样越来越多，念得越来越有感觉、有感情、有色彩和诗意。他们兴奋地说，这些菜谱在书上看起来就像诗歌，读起来更像诗歌。迈考特老师却说："它们比诗歌还要好，因为我们可以品尝它们。哇！这些意大利菜谱是十足的音乐作品！"

这还没完，有个男生说他带了长笛，如果谁想朗读或吟唱菜谱，他可以负责伴奏。一个女生提出要朗读卤汁面条的菜谱，后来她改为朗读瑞典肉丸的菜谱，那个男生用长笛吹起一首《大家一起来欢乐》为她伴奏。刚开始这引来阵阵窃笑，但最后，他们赢得了由衷的掌声。又有一个男生提议，他们应当上街表演，命名自己为肉丸乐队或菜谱乐队，由他来当经纪人，因为他正在学会计学。接下来，又一个女生朗读爱尔兰奶油苏打面包的菜谱时，长笛男孩在教室里整齐响亮的击掌声中吹起了《爱尔兰女洗衣工》。

几天后，事情整得更大了，长笛之外，双簧管、小手鼓、吉他（四把）、口琴（两支），都参与进来。一个叫帕姆的女生请求用粤语唱一个北京烤鸭的菜谱，但这个菜谱太长了，到最后，由原来的一件乐器伴奏发展成所有乐器齐奏起来，帕姆不得不高八度讴歌，以至于校长助理大惊失色地从办公室跑来，透过教室窗子向里面张望。

这自然再次引起校方的质疑：这所优秀学校的尖子生们将来是要坐在常春藤联盟的大学教室里，而不是在披萨店边唱菜谱边抛面团。其他班的学生却都要求开菜谱朗读课，以取代沉闷乏味的英文课。

但是，“世界上最伟大的教书匠”不能仅凭与众不同的异想天开，也不能仅凭丰富的阅历和文学才思，迈考特老师还得有些更根本的东西，有了它们，全世界所有课堂教学都两难的首创精神的开掘，才更具人性的光芒和魅力。

一天，他教一首美国诗人的诗《爸爸的华尔兹》：

你呼吸中的威士忌
足以令小男孩昏迷
但我拼命抓住不放
这华尔兹跳得真不易

我们轻快地跳着
直到锅盘从橱架上滑落
母亲紧绷着的脸
始终不能舒展

这写的是一位满手泥块的劳动者，晚上醉醺醺回到家时的情景。教这首诗的时候，迈考特老师的爱国者酒鬼父亲早把他们母子抛弃了，他第二次去英国打工后，就再无音信。

握着我手腕的手
有个关节被撞伤
你每走错一步
我的右耳就会擦到纽扣

他让孩子们朗读这首诗，告诉他们，不要担心它“真正”的含义：在你们的头脑中或思维深处发生了什么？或者什么也没发生？你们都是“作家”，你们可以谈谈你们的任何观点，甚至可以涉及你们的祖母。有个学生问他，你父亲和你在厨房跳过舞吗？另一个学生说，老师，我猜这首诗和你的童年有关。

孩子们逐字逐句地试着分析这首诗的每一行，每个人都把自己的感受和对这个世界的理解、困惑带进来了。“我喜欢这首诗在于它有一个简单的故事，或者……”“不，等等，它不是那么简单，发生了很多事，有前因后果。”“如果你想把这首诗改编成一部电影，拍起来会很难。”“你得决定这个爸爸在清醒时是什么样的人，因为他如果一直这样醉醺醺的，你就绝不会想拍一部有关他的电影。”

迈考特老师还有个绝活——“晚餐讯问”。每当课程变得乏味，学生思想开始溜号时，他都要来这一手。这当然又受到校方的质疑：“这是程序规定的有效的教学活动吗？”

这是个永恒的难题：有效还是有趣？它们永远水火难容吗？有没有可能重叠、兼得？无趣的有效真的很有效吗？

那天，迈考特老师这样开始他的“晚餐讯问”。

詹姆斯，你昨天晚饭吃的什么？哦，鸡肉。谁买的？我母亲。有时候她也让我妹妹去买，可我妹妹总是抱怨。你母亲工作吗？工作，她是法律秘书。谁做的鸡肉？我母亲。你妹妹跑到商店买东西而你母亲在厨房累得要命时你在干什么？我在自己房间。做什么呢？赶家庭作业，或者听音乐。你母亲做鸡肉时你父亲在干什么？在客厅看电视新闻，因为他是个经纪人，得跟上形势。谁在厨房帮你母亲？有时候，我妹妹会帮忙。不是你，也不是你父亲吗？我们不知道怎么做饭。可是得有人摆桌子吧？我妹妹。你从没摆过桌子吗？嗯，我妹妹得阑尾炎住院时我摆过一次，但没摆好，我妈妈很生气。好吧，谁把食物端上桌子呢？迈考特老师，我不明白你为什么要问这些问题，我妈妈把食物端上桌子……

丹尼尔，你昨晚吃的什么？用白葡萄酒酱浇汁的小牛肉圆薄片。还有什么？芦笋和一小份用醋油沙司拌的沙拉。你母亲做的小牛肉圆薄片？不，保姆。哦，那你母亲在做什么？她和我父亲在一起。你一个人吃饭吗？对。我想是在擦得锃亮的红木大餐桌上吧？不错。在枝形水晶吊灯下吗？对。有背景音乐吗？有。我猜是莫扎特吧？跟餐桌和吊灯很配。不，是泰勒曼。然后呢？我听了二十分钟泰勒曼，他是我父亲喜欢的音乐家之一。听完一曲，我给我父亲打了个电话。他在哪儿，如果你不介意我问？他得了肺癌，在医院呢，我母亲一直陪着他，因为他就要死了。哦，丹尼尔，对不起。你应该事先告诉我，而不是让我逼着你做完这个“晚餐讯问”。没关系，不管怎么说，他要死了。

教室里安静下来。迈考特老师此时心想：他父亲就在这儿，我们和他母亲一起在床前等候。我们会永远记得小牛肉圆薄片、保姆、枝形吊灯、优雅的音乐，还有擦得锃亮的红木餐桌旁孤独的丹尼尔……

《安琪拉的灰烬》在爱尔兰出版后，利默里克好多人咒骂迈考特玷污了家乡美名，还有人扬言他要是敢回来就把他吊死在电线杆上。但利默里克大学却授予迈考特荣誉博士学位，欢迎他荣归故里。

在“邮票”上写作不休恋爱不止

不错，这个人正是美国南部密西西比州的“农民作家”威廉·福克纳，我一提“邮票”谁都明白了。但别以为我说“恋爱不止”是在吸睛赚流量，各位自己读一读《圣殿中的情网》（三联书店1991年10月版），就清楚我是不是“标题党”了。

福克纳的家乡像我们的四川一样，是富庶的“天府之国”。而肥沃的黑土地一马平川，很少洪灾，不必太费事就会连年丰收，这又像我的家乡东北早年间的情形。福克纳的曾祖、祖父都很有本事，留给后代的除了农场、企业、商铺什么的，还有铁路的经营权。一生孜孜于“邮票大的家乡”系列小说的福克纳就成长在这样的环境里，少年时跳过级，也逃过学，上过优秀学生“光荣榜”，也经历过几次成绩下降。长大后除了不停地写作，就是不停地恋爱，不停地酗酒。这原在情理之中，谁见过一个为爱折腾起没完的痴情男滴酒不沾的？据不完全统计（有文字记载者），福克纳一生热恋过五个女人，初恋爱斯蒂尔·奥尔德汉之外，依次为海伦·白尔德、梅塔·杜赫蒂、约安·威廉斯、济恩·斯泰因。她们是福克纳小说中女性人物的来源之一，他总得“为一个女人写作，为一个他所认识的相信他的女人写作”。

个头问题是福克纳的隐痛，但我们只知道他身高在一米六到一米七之间，却无具体数字。“美国佬”很在意一个成功人士的身高，对总统候选人即有不成文的规定：不宜矮于一米八。据载某年大选，政界大佬纷纷登台炫技，有位一米七四上下（其实不矮了）的竞选者刚刚口吐莲花，对手的粉丝们便在台下吆喝：“要不要给你把椅子站上去呀？”那行头一新的老哥儿即刻没电了，在哄笑中悻悻而去。

依我看，福克纳的写作、酗酒再加上骑马和飞行，都同他没完没了的爱欲有关。他的写作动力当然源自南方、历史、宗教、苦难、种植园世家的没落、种族问题等多重兴奋点，但离了“为一个女人写作”这个更重要的动力，《喧哗与骚动》《我弥留之际》《八月之光》《押沙龙，押沙龙！》等还能不能出现？能不能这样出现？都不好说。

他和爱斯蒂尔算得上两小无猜，对方家族名重乡里，比他的家境更殷实。他们常在一起玩耍，聊天，去舞场跳舞，但为身高自卑的福克纳渐从“最佳舞伴”变成旁观者。彼时，如鱼得水的爱斯蒂尔却容光焕发，顾盼生辉，爱慕者接踵而至，大家时常跳到东方发白。福克纳和她仿佛有个秘密约定：她不必拒绝其他求婚者，甚至可以海誓山盟，但她永远只属于他一个人。福克纳二十一岁时，爱斯蒂尔迫于家庭压力和一位少校订了婚。那时“一战”已近尾声，福克纳决意做一名更酷的飞行员以挑战情敌，却因矮小体弱被征兵站说了NO。

他动了个心眼，开始学习英国口音，并伪造了一个英国学生的身份，利用伦敦的某个通讯处，以若干假证件证明自己是出生在英国的诚实正派的青年基督教绅士。这回他得逞了，如愿混入驻守加拿大多伦多的英国皇家空军，经历了五个月的柔软体操和行军训练，还学习了导航和飞行原理。而直到“一战”结束，他都没捞到机会飞渡大西洋，真正赴欧参战。二十三岁他正式复员，收到一个卷轴证书，成了名誉上的英国皇家空军少尉。他还真强壮了一些，体重也有所增加，并且仿佛光荣负伤，虽然那是一次训练中意外撞击所致。

据目击者称，1920年末福克纳荣归故里，从火车上下来时，身穿英国军官的全套军装，雄赳赳地扎着军官皮带，上身佩戴着空军军徽，头戴外国军帽，拄着一根军官的短手杖，一瘸一拐地走着，俨然一位战斗英雄。而事实上，战后的军校学员通常都是民间的便装。作为赫赫有名的曾祖老上校兼南方大庄园主的后代，福克纳家的人一向以贵族自居，强硬，傲慢，架子大，虽非势利小人，却也招致广泛的反感。何况到了他父亲这一代，望族显耀已是强弩之末（福克纳的父亲是“富不过三代”的又一样板，一生失败而寡情，潦倒却死要面子。福克纳的母亲更优秀一些，坚强果敢，热爱文学艺术，身材矮小却聪颖美丽。她一米五二的身高只影响了长子福克纳，其他三子都高过福克纳）。不喜稼穑又不合群的福克纳被乡党们讥为“拄拐棍的美男子”“没有爵位的伯爵”。作为密西西比大学的军转生，他也被普遍认为有点“装”。他酗酒，写诗，狂放不羁，“腔调令人毛骨悚然”地讲古怪故事，还为一家剧团写过一出名叫《牵线木偶戏》的独幕剧。

爱斯蒂尔的婚姻并不美满，她和福克纳一直有来往，后来终于离婚，准备再嫁已经三十二岁的初恋福克纳。而这个期间，福克纳又和一生中的第二个“意中人”相遇了，她就是海伦·白尔德，年轻貌美又聪明伶俐。他们在海滩听着阵阵涛声散步，背诗歌，或下海游泳，泛舟海上，小说才是“正业”的福克纳不时口占一绝给海伦。后来他在《两面人》杂志上撰文称自己对诗歌感兴趣，“是为了用不同招数追女孩”。他的拿手好戏当然还是为海伦编故事，那会儿他正在写《士兵们的报酬》《蚊群》《坟墓中的旗帜》等小说，蓄着唬人的络腮胡子。海伦似乎动了心，但她母亲却不喜欢这个不修边幅、一身臭汗的海滩“流浪汉”，不久就带女儿去了欧洲。

福克纳一边为新爱旧情烦恼，一边为频频的退稿沮丧。他狂喝威士忌，因为酒“是某种从狂野的不朽精神里提炼出来的浓缩物”(《熊》)，却也激发出更大的干劲，每天上午开始写作，日工作量五六个小时。他已经在写《喧哗与骚动》了，虽然还不清楚这对他意味着什么，但感觉越写越来劲儿。“我把自己的满腹才华都写进了《喧哗与骚动》。”“老兄，读这本书吧！”“它真是让人绞尽脑汁了。”他对友人们这样说。那是1928年，写作间隙他偶尔也接些零活，挣钱糊口，通常是为大厦屋顶、房屋和商业招牌刷油漆，甚至还给铜号上过漆。

爱斯蒂尔就要离成婚了，福克纳却写信给海伦，希望她回心转意。海伦回信说自己“配不上”他，选中了新奥尔良一位前程似锦的年轻律师。福克纳把《蚊群》一书寄给海伦，她耐着性子读完后告诉福克纳的一个朋友：“写得不咋的。”觉得他竟然想吃作家这碗饭太不靠谱了，且不论他小小的个子，“像个毛茸茸的小兽儿”。

1929年暮春，爱斯蒂尔总算把离婚搞定，福克纳却觉得他们已无法回到当年。《喧哗与骚动》出版了，立即引起关注，那些暂时无法理解这部小说的评论家们也意识到，这绝非一部寻常小说。然而它出笼得不是时候，两周后美国经济就崩盘了，世界性“大萧条”开始。直到1946年，这本书总共才印了三千册。

为了挣快钱（也不无赌气成分），福克纳只用几个月又写了本歹徒、强暴类的“低俗”小说，取名《圣殿》。出版商的眼睛还真绿了，很快便计划付印、上市。福克纳这时才觉得“玩”得有点大了，执意暂缓出版，待他调整、修改一番再说。

1929年6月19日，福克纳和爱斯蒂尔驾车去了家乡（奥克斯福）的县政府，领了结婚证。一对“新人”郁郁少言，新郎官心里还装着海伦，新娘子的前夫只付给两个孩子抚养费，她本人却没得到什么，而她早习惯了衣装上的大笔开销，以便在社交场合光彩夺目。她没爱过前夫，但那段日子衣食无忧，现在她又回到她爱的“乡土作家”怀抱，吃饭穿衣却成了问题。

他们旅行结婚到海边，新郎官倒挺“负责任”地常陪新娘子在海滨遛弯儿，晚上穿得板板儿地陪她出席酒会。可白天，他还是换上邋邋遢遢的肥大衣裤，脸不洗，鞋不穿，独自在外东游西逛，除了想正在写的那些玩意，对什么都没兴趣。他继续酗酒，夫人也染上了这毛病，甚至比他还能喝。一晚，爱斯蒂尔独饮，连喝几小时后，换了件丝长袍，去了海滩，游进海里。福克纳远远跑来，大声呼喊，爱斯蒂尔不予理睬，继续远游。一位当地人听到呼唤后也赶来，跑过浅水区，在爱斯蒂尔就要向深水区猛冲之际，抓住了她。

回到家里后，爱斯蒂尔恢复了正常，福克纳也回归工作状态。他切盼寄出的小说能卖好价钱，而他最优秀的短篇小说《献给爱米莉的一朵玫瑰花》却被《作家》杂志拒绝了。他们钱花光了，福克纳又不愿意去借，便去密西西比大学发电厂打工，一个班十二小时，只需在锅炉房铲几小时的煤，剩余时间可在一辆独轮小车上继续写作。

1930年10月，《我弥留之际》出版，再次引起注意，销量却仍不乐观。幸好在它出版的几个月前，《献给爱米莉的一朵玫瑰花》在《论坛》杂志上发表了，《星期六晚邮报》也接受了他的《节俭》，《美国信使》接受了《光荣》，《作家》接受了《大旱》。福克纳得到大笔稿酬，他们搬进一所坐北朝南、有雅致回廊的新住宅。但它看似豪华，仍需大量人力财力重新修缮，福克纳用了几年时间做到了，好多活儿他都亲自上手。

生活蒸蒸日上，福克纳就要有自己的孩子了。他希望是个女孩，他如愿了。但婴儿早产了两个月，看上去很小，倒挺漂亮的。几天后他带妻女回到家，女儿仍很羸弱，医生却认为无需早产婴儿保育箱。医生护士每天来家里照顾这对母女，情况一直平稳。不料那个周末，早产儿忽然病危，福克纳忙开车跑出老远，买来一台早产婴儿保育箱，可他赶到家时，女儿已经离世。几天后，双方家人驱车去了公墓，福克纳捧着小小的骨灰盒，亲手埋葬了宝贝闺女。回到家，他先让护士给爱斯蒂尔服镇静剂，之后讲起葬礼的情况，号啕大哭。

他一度戒酒，尽力写作，仍无法排遣丧女之痛，便把闲置的保育箱赠送给那家医院的竞争对手，告诫他们一家好医院还是应当预备这玩意。据说他还当了回“医闹”，跑去诊疗室向那个医生肩头开了一枪（所幸没打中）。

又一件闹心事掺和到哀伤当中，福克纳细加修改的已经“严肃”多了的《圣殿》出版后，还是引来一片骂声。批评家们抨击他专爱写暴力和堕落，“令人愤怒、恶心和恐惧”。可是几周内，《圣殿》的销量就超过《喧哗与骚动》和《我弥留之际》的销量总和，到那个月底，销量已超过福克纳所有出版物册数的总和。

1931年底，三十四岁的福克纳开始收到“作家会议”的请柬了。《八月之光》正在写作，外界对《圣殿》还没骂够，短篇小说继续有退稿，他和爱斯蒂尔残存的“爱情”靠着两个人都急于再要个孩子维系着。福克纳不喜欢——实话说也有点害怕文学聚会，一位友人极力撺掇并提出资助他一道旅行，他才答应了。在弗吉尼亚大学发起的“南方作家会议”上，矮小的乡巴佬福克纳以“酒鬼”行径令四座惊艳。舍伍德·安德森回忆说：“他到后来总是喝得醉醺醺的，每次他一出现立刻又喝醉了，然后离去。他不停地要酒喝，大家不给他酒，他就喝自己带的。”作家们高谈阔论，惺惺相惜，只他独自喝闷酒。他为自己是个“没受过教育的诗人”而“心里乱糟糟的”，只有醉酒时才自在。

他还在为夭折的女儿失眠，害怕黑夜。他也控制过饮酒，但接下来又会更加无度地暴饮。那会儿他还不太清楚自己的真正分量，而只要一悄悄逃离某个文学会议或茶会时，便会引起注意。即使是那些仍在嘲讽《圣殿》的人们，也开始对《喧哗与骚动》《我弥留之际》出言谨慎了。他不像个名人，倒像个腼腆的弱男孩，让人“止不住想去保护他”。“我不喜欢文人”，他对记者说，“我决不和其他作家交往。我也不知道为什么，可就是不喜欢社交”。

他的腰包越来越鼓，家里的财政却混乱不堪。夫人早就以爱好奢华著称了，他也爱好起奢华，喜欢耍富豪派头，大手大脚，并乐于借钱给亲朋好友。直到入不敷出时才老着面皮，向一家家对他前倨后恭的出版社预支即将出版小说的部分稿酬。

为了撑起豪宅之地的面子，福克纳永远急需钱，大笔钱，还好好莱坞也对他感兴趣了，他开始和米高梅公司的制片人打交道，试图把那些被杂志拒绝的故事通过电影再换回钱来。他为很快便娴熟掌握银幕术语而情绪高涨，但六周任期满后，他交给公司的那些“好点子”都只证明他仍是个门外汉。他反正也烦透了电影，于是想卷铺盖从西海岸回南方老家，继续老老实实写小说。大导演霍华德·霍克斯（后获奥斯卡“终身成就奖”）为一个取名《转向》的电影项目挽留了他，他尊敬福克纳，福克纳也尊敬他。这个急就章福克纳干得还不赖，不巧那年初秋，他父亲去世了，福克纳回去奔丧前和霍克斯商量：他可以在家乡继续完成剧本，需要他时他立即返回加州——但（农民式的狡黠目光闪烁着），那几个星期的"岗位津贴"就别扣了吧？这个要求近乎无理，霍克斯居然点了头，并报请上司批准。

1933年夏，福克纳夫妇又得一千金，降生时分量仍不算大，但却真正健康。想当父亲想疯了的福克纳欢喜得手足无措，为女儿取名"吉尔"，两口子紧张的关系暂时缓解。

1935年晚秋，福克纳二十八岁的弟弟狄恩在一次航空表演中死于飞行事故。飞机是福克纳出钱买的，弟弟学飞行也是他撺掇的，他们在家乡还搞过一次很牛的"飞行的福克纳兄弟"航空表演。在停尸间的漫漫长夜里，福克纳帮着入殓师勉为其难地为血肉模糊的弟弟整容，以使次日母亲最后一次见她的小儿子时，能稍微好过些。

《押沙龙，押沙龙！》修订、打字基本完成时，福克纳重返好莱坞，为霍华德·霍克斯工作。待遇不错，交稿期限也不固定，电影厂的工作不像从前那样讨厌了，他时常和嘉宝等大影星聚会，还在没意识到倾轧的情况下受到霍克斯的竭力保护。就是这时候，他一生中的第三位"意中人"出现了，她叫梅塔·杜赫蒂，大导演霍克斯的秘书兼接待员，以后还做过电影脚本管理员和主管者。他们好上了，梅塔是小个子福克纳最为倾慕的高个子美女，他为她写诗，还给她画色情速写，但总的说来，他的情感充溢着"纯洁的魔力"：

我的梦是永恒的，
她永远是美的，
梅塔，我的甜心甜意，我的情人。

不过还有首写给新情人的诗就太香艳了：

娇娥何柔媚，
您在床上凝视，
如痴如醉，
我在您身边。
这时辰，
四下黑森森，
给您一个飞吻！

福克纳和爱斯蒂尔的关系再度紧张，倒不全因为他的感情另有所属。双方的“三观”日渐顶牛，福克纳每次往家寄支票时都担心它们“被挥霍掉”。爱斯蒂尔对豪华服饰的嗜好暂且不论，他极其不满岳父扣下她的前夫每月给两个孩子的抚养费，她也不满他给自己母亲钱以及他曾资助并还在资助狄恩遗孀及侄女。福克纳对她的社交和舞会毫无兴趣，而她也无法忍受孤寂，福克纳就算回到家乡也很少陪她出去逛，常常几个小时躲在书房，“将门柄在里面拧紧”……

冲突愈演愈烈，偶尔的家暴却并非单方所为，两人都委屈而丢人地向友人展示过对方造成的抓伤。爱斯蒂尔从不读他的作品，有一次在车上还把他的《八月之光》手稿抛出车窗外。福克纳不仅是美国版的酒鬼刘伶，更活脱是一个美国版的贾宝玉，他也同样认为只有少女才圣洁可爱，等她们长大、性成熟了，便开始“堕落”（“只一嫁了汉子，染了男人的气味，就这样混账起来……”《红楼梦》宝玉语）。爱斯蒂尔频频豪饮或服药，以抑制自杀的念头，两人几次争吵都涉及离婚。福克纳还不想离，他怕失去小女儿吉尔，那可是他的掌上明珠。

在福克纳回南方老家期间，梅塔又和一位钢琴家坠入情网。等福克纳回到西海岸，梅塔却还和他藕断丝连，希望他能找到一个万全之策。福克纳去她房间幽会时却这样答复：“我希望你永远属于我，但我说不好，不知道我们是否会永远这样。”

名声受损并已年过而立的梅塔终于要嫁人了，福克纳先是求她再给双方“稍长一点的时间”，而随着婚期临近，她即将旅行结婚之际，福克纳又祝愿她幸福，之后转身离去。但在《押沙龙，押沙龙！》三百本精装版的扉页上，福克纳却授意附言：“献给梅塔·加彭特尔，哪怕她到了天涯海角。”

他继续在好莱坞打工，带着对小说文体的思念与歉疚，越发厌恶“周六发薪水”式的脚本写作。电影界人士也觉得他的一些脚本“常常杂乱而缺乏条理”，他“既超过又不如一个有素养的电影脚本作者”。梅塔出嫁带给他的刺痛尚未平复，他戒了一段时间的酒后又开始烂醉如泥，耍酒疯，动不动就表演“大量饮威士忌而不醉”，还曾创下一天喝二十三瓶马丁尼（度数比威士忌低的鸡尾酒）的纪录。

梅塔写信希望再见到他，而他去了纽约后，她却并不想做他的婚外情人。福克纳躺在住处的地板上人事不省，穿着短裤，周围到处是酒瓶。几年后，梅塔的婚姻也出现了危机，她试图挽救，最终还是破裂了。一切又在重演，梅塔希望嫁给福克纳，而福克纳吃了婚姻太多的苦头，无意再走一遭了。

作为作家的福克纳已如日中天，却仍需“为一个女人写作”，只不过现在，这个女人不是梅塔了，换成他一生中的第四个“意中人”——少女约安。她只比福克纳的掌上明珠吉尔大几岁。1949年8月，福克纳即将写《修女安魂曲》前不久，苗条、美丽而聪慧的文学女青年约安·威廉斯求见福克纳。第一次见面过于匆忙，之后她又给文学偶像写了封信，福克纳读后，“好像又勾起年轻时对某些事的回忆”，因此他感到“又年轻了，勇敢、纯洁而情意绵绵”。他同意向她解答关于“一个中年作家”的任何问题，两人开始书信往来。起初福克纳还保持着距离，对美才女约安的文学辅导却尽心竭力，认真读她的习作，向她推荐《圣经》、莎士比亚作品等参考书目。不久他们又见了一面，她请他读《娇娥》杂志定发的小说《迟下的雨》，这回福克纳挺不住了，他已被这“唯一的人”（又一个“唯一的人”）勾去魂魄。

爱斯蒂尔对他们的怒火和福克纳对约安的爱火一同燃烧，而就在烈焰行将冲天之时，1950年10月10日清晨，福克纳家的电话铃响了，那来自纽约，一位瑞典记者告知福克纳，因为“有影响的和独创的艺术贡献”，他已获得1949年诺贝尔文学奖。这样的断言或谣言几年前就有了，现在终于成真。五十三岁的密西西比州“农民作家”福克纳却宁愿待在家里，拒绝了家人、亲朋和国务院使者们要他赴会的请求。爱斯蒂尔想出个高招，让老家伙的宝贝闺女去扳动他。于是正在念高中的吉尔缠着老爹说不仅要去，还要带上她，她还没去过欧洲呢，就把这当作她高中毕业的礼物吧。福克纳只好改主意了，还为此租了一套一点不休闲的大礼服，可临行前他又喝得昏天黑地，差点误了行程（是不是故意的？）。在斯德哥尔摩的颁奖大厅，由于害羞和匆忙，他那些关于文学的伟大宣言——“如果没有爱情与光荣，怜悯与自尊，同情与牺牲，所有故事都只能是昙花一现……”好多与会者都没听清，“我们不知道他讲的是什么”。福克纳则告诉记者，“这个典礼长得像密西西比的葬礼”。他本是1949年的诺奖得主（因没得满票，15票赞成，3票反对，才推迟宣布），1950年的得主是哲学家罗素。那一年他们一块儿赴会受奖，乡下人福克纳却因紧张，对罗素先生的友好也没反应过来。次日打点行装时那枚金质奖章又找不见了，折腾几番，工作人员才在一个棕榈树的木桶里找到了它。前一晚他又喝高了——为庆祝事情终于了结。

回国途中，他特意去了趟纽约，见美才女约安。对方既盼着这位年长三旬的文学大咖归来，又害怕他过热的激情。对她来说，他既是文学导师，又像父亲，还是个求婚者。几年后，约安从情人身份中逃脱，在电影脚本写作和酗酒中愁闷的福克纳又写信给她，称他想做她的父亲，做一个“竭力把你的愿望、梦想和幸福置于首位”的父亲……

约安终于穿上别人做的嫁衣后，福克纳又在巴黎和罗马之间重复见到一个豆蔻年华、伶牙俐齿、令他销魂的女孩，他的第五个“意中人”济恩·斯泰因。福克纳八十四岁的老母患了脑溢血，妻子也患过脑溢血，他在她们之间跑来跑去。爱斯蒂尔稍好些便继续饮酒，而福克纳也不时在当年他和爱斯蒂尔、海伦、梅塔、约安曾经漫步过的街头和海滩，再度与济恩·斯泰因诗意盎然地漫步。

他继续为“邮票大的家乡”奋笔，继续酒瓶不离手地豪饮，继续无所顾忌地骑马并一次次摔伤。杯中物令他自觉“更高大，更聪明”，骑马则令他自觉“更强健”。他成了弗吉尼亚大学的驻校作家，穿着漂亮的花呢大衣，攥着烟斗，跷着二郎腿，一副教授派头。从前他常自愧“没学问”，只念了十一年书，现在他当众讲话越来越应付自如了，听众中再有美少女若干则演讲效果更佳。

济恩·斯泰因也和他分手了，爱女吉尔则令他心乱地就要出嫁。他频频出席国际作家会议，由于缺少“系统性”和“政治上的不成熟”，他对美国种族政策的批评给自己及家人带来了麻烦。南方蓄奴制的遗老遗少们骂他是“黑人的情人”，他时常收到匿名谩骂信和骚扰电话。早在二十世纪四十年代，他就曾刺激过南方种族主义者的神经，《喧哗与骚动》中的迪尔西原型即是福克纳家的黑人女佣卡罗琳·巴尔大妈，她晚年时福克纳像对待长辈一样照顾她，直到她百岁病逝。四十三岁的福克纳在她的墓前发表演说：“从我出生时起卡罗琳就认得我，为她送终对我来说是一种特殊的光荣。……从她那里，我学会了说真话、不浪费、体贴弱者、尊敬长者。我见到了一种对一个不属于她的家庭的忠诚，对并非她己出的子女的深情与挚爱。……她曾诞生、生活与侍奉，后来又去世了，如今她受到哀悼；如果世界上真有天堂，她一定已经去到那里了。”（《我弥留之际·在卡罗琳大妈葬仪上的演说词》，漓江出版社1990年11月版）“迪尔西是我自己最喜爱的人物之一，”他说，“因为她勇敢、大胆、豪爽、温存、诚实。她比我自己勇敢得多，也豪爽得多。”她的墓碑上被福克纳刻出“为她的白种孩子们所热爱”的字样。（《喧哗与骚动·前言》，上海译文出版社1984年10月版）

福克纳对种族歧视深恶痛绝，并将那和国家政策同“不公正、暴行、不名誉与耻辱”联系起来。1955年他访问日本时，人们问他，为何把人写得那样卑劣？福克纳说理由很简单，那正是因为他太爱国了，所以想纠正它的错误。“我必须把邪恶的方面告诉人民，使他们非常愤怒，非常羞愧，只有这样他们才会去改变那些邪恶的东西。”（《我弥留之际·译本前言：一个自己的天地》）

1962年3月，他坐着让人画像；5月，他去纽约看济恩；6月，去孟菲斯看约安。6月17日，他再度骑马并重重地摔下。他几次讲到死亡的预感却说他不想死，但那是他最后一轮受伤与酗酒的恶性循环了。7月4日，他准备住院。7月5日，他入住比哈利亚城外小山上的一家疗养所。7月6日一早，就在他引以为荣的曾祖父老上校的诞辰日，二十世纪伟大的乡下人福克纳撇下一大堆作品和情人，死于心肌梗塞，享年六十五岁。

这位嘴里总是甜甜酒精味的小说巨擘——作家中的作家，若非一生狂喝滥饮，能不能活到我上中学甚至下乡当“知青”

的时候?

1962年7月，我妈妈正准备为我办理退托及入学手续，我就要成为沈阳育才学校的一年级小学生了。

毛姆大叔的左轮手枪

毛姆大叔行走在日内瓦石块铺路的街巷里，目光警觉，步履匆匆，穿着毛皮衬里的大衣，长长的围巾在颈上绕了好几圈，深色呢帽压得很低，把耳朵都遮住了，这不仅为了保暖，更是防止被人认出来。几个世纪留存下来的灰色、褐色的尖顶城堡形瑞士古老建筑在他身旁一一掠过。

那是1915年初冬，寒风凛冽，欧洲大陆上狂热的民族主义者们为之亢奋的“一战”正打得热闹，大批大批平民子弟为主的士兵都在聒噪的号声中上了战场，做了大资本家、财团大佬、政客们的炮灰。据载那场“愚蠢的战争”中战死者至少一千万，而一个世纪前的世界人口只有六亿。平均六十个人里才死一个，不算多是吗？一个世纪以来，这样残忍的“比例论”时常在战争喧嚣中被大言不惭地变相重提。

法国象征派诗人保尔·瓦雷里说：“战争就是让一群互不相识的人互相屠杀，为互相认识却不肯互相残杀的人谋取利益。”“一战”和“二战”不同，“二战”中所有反侵略战争都可视为正义之战，“一战”则只是帝国主义分赃不均、狗咬狗的利益之争，却要搭上那么多人的性命，搭上那么多原本完整的家庭，而大人物们信誓旦旦承诺的战后“美好愿景”根本就没出现。

世界大战让军火商们肥得流油，还为军事爱好者和武器迷们提供了新的话题，而在他们的学术荣耀之外，世界满眼废墟。德国作家雷马克的反战名著《西线无战事》中有这样一段：法德两军对垒，等待一声令下便双双上阵送死。德军这边一位老哥儿就悲哀了，心想对面那位法军老哥儿和平时期也是个小小老百姓吧，做工或者种田，如果不是这场该死的战争，他俩兴许能成为时常拍拍肩膀、喝上一杯的朋友，他们往日无冤近日无仇，是谁非让他们你死我活的？以后再有这样的大战能不能定下一条新规：谁也别死，只让两个交战国的元首换上黑色泳装，抡着棒子一对一单掐，谁被揍趴下了，还站着的那个人的国家就是战胜国。

四十一岁的毛姆大叔已是享誉欧美的大剧作家了，但这位出生在巴黎的英国人还算不上很牛的小说家，重要的长篇小说刚写出《人生的枷锁》，《月亮与六便士》《刀锋》及那些经典中短篇小说尚未出笼。在他的一部部热卖戏剧的创作间隙，他一直想多写点小说，为此，大叔渴望让经历再奇异些。现在他如愿了，以从早到晚提心吊胆作为代价。他的大衣口袋里有一支左轮手枪，是英国间谍机构为他配的“防身”武器。“防身”这个词很难引起我们的敬意，显得被动、消极、惊恐，没有攻击能力却随时准备被攻击。一个扛着长枪大摇大摆的孔武军汉就不用这个词。我三四岁时在我爸爸枕下也见到过一支“防身”武器，深灰色的，是支外国造的“撸子”吧，那是新中国成立初期，组织上为我爸爸那些办报的文官配的。后来随着新生革命政权和社会秩序越来越稳定，组织上又把那些枪收上去了。我爸并没训斥我，却嘿嘿乐着（战争真的远去了），把枪放到我的小手上（准定没上子弹），我当时的感觉是很凉、很沉。毛姆大叔的左轮手枪只能装六发子弹，枪长和重量比我爸那支“撸子”可能都要多些，但那一定是二十世纪初最玲珑、最受喜爱的防身武器了，应该是英国最新款的“韦伯利VI型”左轮手枪，有效射程五十多米。大叔在他短暂的间谍生涯中，心理多半矛盾过，他当然希望那支左轮永远不响，但偶尔地会不会也为它的虚度年华而自责？

大战前，风度翩翩的毛姆大叔已广受女士青睐，被视为“伦敦最迷人的男子”“伦敦最诙谐的单身汉和最不知疲倦的舞者之一”，蓄着小胡须，叼着烟斗，肤色苍白，衣着考究，既酷又智慧。少年时代他口吃得厉害，这同他父母早亡又远离其他兄弟的境遇有关。成人并获得巨大的成功后，他依然口吃，但好一些了，大叔肯定花钱私下里矫正过。人一成功，身上的毛病也变得有趣了。大叔也的确有趣，是开玩笑的高手，上流社会的晚宴少了他便会失之沉闷。在一次庄园聚会上，大叔与后来大名鼎鼎的丘吉尔结识，两人成了高尔夫球友。丘吉尔也是开玩笑高手，是当时的内阁大臣。但一天晚上大叔开的玩笑引来的笑声过于响亮了，次日早上丘吉尔便对正在读报的大叔说："我想跟你签一个君子协定，如果你保证永远不取笑我，我也保证永远不取笑你。"（《毛姆的秘密生活》，安徽文艺出版社2015年1月版）这像是又一个玩笑，丘吉尔的高级幽默也许仍在沉睡？几十年后，"二战"结束前，他和罗斯福、斯大林三巨头在雅尔塔聚首，某晚他正敞着洗手间的门冲澡，还有话要说的罗斯福摇着轮椅进了他的房间，罗斯福见状大窘。丘吉尔却对罗斯福耸耸肩说："大英帝国对美利坚合众国已无任何秘密可言。"两位影响世界走向的巨头大笑后尴尬不再。

欧美人说毛姆大叔"身材矮小"，但在我们眼里（通过黑白老照片），大叔的身高还说得过去，起码比美国南方农民作家福克纳要高，应当算中等个头。查一查相关资料吧，哦，大叔身高5英尺7英寸，相当于1.737米。这么说吧，上流社会的美女们无不仰慕这位条件倍儿棒的单身汉，包括出演他一部部畅销戏剧的漂亮女主演们，大叔随便开个玩笑就把她们逗得前俯后仰。有位女明星在回忆录中写道："没有一个精神正常的女演员在有机会挽着萨默塞特·毛姆的手臂下楼时不激动万分的"；"他有一双特别会放电的棕色的眼睛"；"毛姆先生，您确实有一双会放电的眼睛，我当时都有点爱上您了"。（《毛姆的秘密生活》）

大叔为常有美女在侧而面子感十足，但中国那句老话在英伦半岛上也验证了：福兮祸所伏。大叔出席过两次具有神秘意味的四人晚餐。第一次是1913年秋的一个晚上，三十九岁的毛姆大叔正在住处的顶楼书房读书，不久后他就要乘船去纽约了，又有一部他的新戏即将上演，他得去现场督导。电话铃响了，是邻居某太太打来的，说有事想请他帮忙，她和丈夫请来两个朋友共进晚餐，之后一起去看戏，但时间马上要到了，一个朋友忽然不能来了，邻家太太问他想不想替那个朋友来。毛姆大叔正好有点无聊，也想看看他没看过的那出戏，就答应了，换上晚礼服，去了她家。主人把他介绍给另一位客人，韦尔康夫人。这位女客三十四五岁了，算不上通常意义的大美女，嘴唇稍厚，鼻头稍大，但乳白色的皮肤，褐色的大眼睛，入时的穿着，还有手上佩戴的祖母绿宝石，当时在大叔眼里都有一种奇特的魅力。天缘巧合的是，韦尔康夫人也被毛姆大叔迷住了，那晚他又施展起稍有口吃但颇为幽默的老手段，把四人晚餐搞得有趣极了。换衣服准备去剧场的时候，韦尔康太太对大叔耳语："真想不去看戏了，就听你说一整晚。"

韦尔康太太的全名叫西里尔·韦尔康，丈夫韦尔康是个常年在外的严肃的慈善家，一直对拒绝随他一道慈善而过于活泛的妻子心存怀疑。夫妻俩已经分居，不久便开始离婚大战，因为妻子想把名字由西里尔·韦尔康变成西里尔·毛姆，她想成为我们的毛姆大婶。毛姆大叔先还为新艳遇喜气洋洋，西里尔也的确很合他的口味，聪明、有趣、魅力十足，善于应付大型社交活动并总是打扮得干净漂亮。但当有一天，西里尔对他说想给他生个孩子时，大叔这才吓了一跳，暗暗提醒自己一定要留个心眼了。

"一战"爆发不久，毛姆大叔终于中招，西里尔怀孕了。大叔后怕地意识到，西里尔并不是他真想娶的女人，而他此前真想娶的小他九岁的美女苏·琼斯，已决定嫁给一位高个子帅哥，既是名门之后，又是后来的外交家和保守党政治家。毛姆大叔和苏有八年的情人关系，最后一次和她幽会时，大叔不知就里地向她求婚，并把一枚一圈钻石绕着两颗大珍珠的昂贵的订婚戒指呈上。苏赞赏了那枚漂亮的戒指后还给他，对他说：“如果你想和我上床，可以，但我不能嫁给你。”大叔难过坏了，放弃了对苏的追求，又应付起西里尔的纠缠。虽然他还残留着对西里尔的些许好感，但那也被她咄咄逼人的占有欲和蓄意的“下套”抵消殆尽。西里尔的前夫将她和毛姆大叔都告上了法庭，朋友们劝大叔拿出一大笔钱把事情摆平，千万别娶这个女人，否则会后悔一生。大叔却摇着头不听劝，西里尔将成离婚女子，他要是不接着点，她怎么办哪？再说，她还怀着大叔的骨肉。我们也该为西里尔说句话，怀这女婴虽然一开始是个阴谋，但孩子生下后医生告诉西里尔，她今生不会再有孩子了——那也是毛姆大叔唯一的孩子。“她哭得很惨，”大叔说，“我尽力安慰她，我也只能做这个了。”

与西里尔相遇算是毛姆大叔人生中的一桩祸事，但中国那句老话还有一半呢：祸兮福所倚。这又引出第二次具有神秘意味的四人晚餐。“一战”开始后，爱国主义者毛姆大叔一直想上前线，为大英帝国做点什么。但他已年逾不惑，军队不可能要他，只有红十字会接纳了他。大叔早年曾读过医科，尸体解剖课上，为了抑制学员呕吐，老师让大家抽香烟或雪茄。作为红十字会志愿者的毛姆大叔再次与尸体打起交道，每天闻着尸臭和粪便味辛苦忙碌，时常大半夜就爬起来上救护车，赶赴战场。他一人要干好几样活：抬担架，开汽车，当翻译（他的法语和德语都讲得不错），至于清洗伤口，涂碘酒，扎绷带，更是家常便饭。但是后来，大叔渐渐为没能上战场干更酷的大事而沮丧不已。就在这时，机会来了，是西里尔无意中提供的。

第二次四人晚餐的另两位，女的是西里尔的女友，男的是那位女友的情夫，一名少校，他恰好是毛姆大叔愿意结识的英国秘密情报局的军官，负责监管英国在德国和瑞士的情报网。两位男士都给对方留下了好印象，越聊越上道。少校那当儿正在四处物色合适人选做编外间谍，此前他监管的那些间谍多不理想。两人都撞上了对方的“枪口”。几个月后，毛姆大叔终于有机会被派往瑞士当间谍了，以作家身份做挡箭牌。少校原先派去的五个间谍都完蛋了，第一个到瑞士警察局告发了第二个（瑞士为保持中立国地位，不允许境外任何势力的间谍活动），第二个供出了第三个和第四个，第五个又精神崩溃被召回了。毛姆大叔顶替的正是最后这位。

他的任务并不艰巨，甚至简单得有些乏味，不必提供情报，只做居间协调者和传递者，听汇报，下指令，发薪水，把听来的内容全部记录再加上自己的评论写成详尽的报告，用密码发送出去。临行前少校提醒过他：“干得好没人感谢你，遇到麻烦也没人帮你。”但大叔没二话，全部应承，只是他常担心被认出来，那时候大叔略带口吃的名流风采已被太多人一睹过。他在日内瓦住的那家名叫德安勒特的大饭店里各路神仙都有，其中一位德国剧作家他们战前就认识，现在他们都猜出对方是干什么的了，只好装作素昧平生。他俩之外，这家气派的湖边大饭店里，说各种语言的间谍和革命者还有不少，其中有一位向德国提供情报的高级妓女。

这个初冬的早上，毛姆大叔又在高海拔之国瑞士的寒风中出门了，他要去博地弗广场附近的一家农贸市场。每星期有那么两个早上他都须这样，每次去只买半磅黄油，从一个老农妇手里。对方找他零钱时，大叔会接到一张纸条。如果事情败露，大作家和老农妇就会一块儿走上被告席。因此大叔每次返回德安勒特大饭店时，脚步都比来时更急促，衣兜里的左轮手枪也不时被隔着衣料触碰一下。

任务总算在惊悸中完成，大叔回到住处稍事休息后，还要去向一位德国妇女学习德语对话。这营生可不怎么好玩，那个肤色暗淡、相貌平平、身材结实的日尔曼傲慢女人有点欠揍，她对英国的敌意和民族主义的强大优越感，常令大叔想一试“韦伯利VI型”左轮手枪。大叔才不需要学什么德语对话呢，真正目的是她的英国丈夫——那个红扑扑的脸蛋、灰绿色小眼睛、谦和得过了头的家伙。他也在为英国秘密情报局工作，但后来上面怀疑，他可能同时受雇于德国情报部门。大叔到瑞士后的第一项任务就是调查这个吃双饷的家伙。跟德语老师“学”了两周对话后，大叔终于坐实了英方的怀疑：她丈夫就是大英帝国的叛徒。

圈套设好了，根据上级指令，毛姆大叔在和叛徒的闲谈中，故意透露自己和英国的审查部门有关系。叛徒上套了，他把这个信息上报给德国情报部门，并谎称想回国找份工作，求大叔帮他介绍一下审查部门的朋友，大叔满口答应。直到被秘密逮捕、遣送回国前，叛徒都一点没察觉自己已钻进套中，还在为两头占便宜窃喜呢。他和大叔心里没准都说着同样的话：这个傻帽!

毛姆大叔在瑞士的神秘活动持续了八个月左右，继任者也是个剧作家，是大叔的一位朋友（很有可能是大叔介绍的）。几个月后，西里尔的离婚判决下来了，大叔烦透了这事，但还不想赖婚，只想尽量拖段时间。他乘船去了纽约，监督他的两部戏《卡洛琳》《比我们高贵的人们》的彩排，它们就要在美国上演了。大叔的戏在美国一直很火，粉丝无数，收入也可观极了。但他很吃惊美国人也像法国人一样，普遍抱有亲德情绪，对曾经的殖民统治者大英帝国恶意满怀。英国的本土面积虽不大，殖民地却占全球耕地的四分之一，是当时独一无二的超级大国，甚至对美国（也曾是它的殖民地）都颐指气使。美国总统威尔逊的一个观点被普遍认同：英国和德国的野心同样令人讨厌。假如德国人和英国人单挑，毛姆大叔相信美国多数人都会支持德国的。若非后来德国潜艇愚蠢地炸沉爱尔兰邮船，而死者中有两个美国公民，美国也不会决意参战的。这很像若干年后的“二战”中，日本的另一次非要把美国拖进来的自以为得计的珍珠港偷袭。希特勒大骂日本愚蠢，丘吉尔首相喜极而泣——历史的确会重演，跛腿的驴子还会踏入同一个坑洞。

毛姆大叔一直想写一部关于画家高更的小说（后来的《月亮与六便士》），已构思多年，纽约的使命完成后，他想借机去一趟南太平洋地区，先乘火车从芝加哥去旧金山，在那乘船开始漫长的海上旅行。大叔正满心欢喜地准备行装呢，西里尔忽然发电报说就要到美国了，孩子（尚属非婚生子）和保姆也一块儿来。大叔一下子就蒙了，对这个精于算计的女人更加厌恶，又不得不去码头接她们。一见面两人都假模假式地装亲热，而事实上双方一样紧张得够呛，大叔是因为她是这个世界上他最不想见的人，西里尔则担心他趁她不备，打个马虎眼就溜了。回到酒店后，大叔告诉西里尔，他打算离开美国外出旅行几个月，西里尔即刻暴跳如雷。大叔叼起烟斗，坐在卧室床侧的沙发上，望着窗外，不予理睬。西里尔渐渐冷静下来，尽力修复着昔日的妩媚，大叔这时候满脑子可都是写高更的事了。他仍望着窗外，喷着烟雾向西里尔保证，等他从南太平洋一回来，就把婚事办了。搞个小型的招待会，一切从简。行不行？行吧。

这桩婚姻持续了正好一轮，十二年，从1917年5月由新泽西的一位法官宣布他们结婚，到1929年5月正式离婚。婚后第三个年头时，大叔曾给西里尔写过一封信，称："我娶你是因为，我准备为自己的愚蠢和自私付出代价；我娶你是因为，我认为这对你的幸福和伊丽莎白的利益而言是最佳选择，但我娶你不是因为我爱你，这一点，你再清楚不过了。"大叔在这期间写成的他最好的小说之一《月亮与六便士》中，那个逃脱婚姻、在荒岛上用画画了却一生的怪人，也寄托着他的某些心绪，虽然在小说里，他还扮演着帮那个妻子寻觅失踪丈夫的角色。而《刀锋》里外表美丽、优雅、浪漫，实则工于心计、控制欲极强的伊莎贝尔，也一定包含着西里尔的成分。

间谍经历带给毛姆大叔的益处不只是短篇小说集《英国特工阿申登》，那在他辉煌的作品阵容中没多大亮点，即使不和他优秀的长篇小说相比，它们也不及《雨》《信》《人性的因素》《外表与事实》《不屈服的女人》等更具思想深度和技术难度。《英国特工阿申登》有些像我们受命到某个单位去“体验生活”，之后很快拿出的报告成果。这本短篇小说集的生产周期不会太长，由于题材的稀缺性，大叔一定过于自信了。一旦出手，也的确令人眼睛一亮。但时过境迁后，它的光泽渐渐暗淡下来。不怪有人说他是“以清醒得近乎平凡的现实态度书写间谍活动”，说那是“低调处理的小说”“萨默塞特·毛姆‘挂二档’写出的样品”。据说大叔总共写出三十一篇，丘吉尔看过手稿后坚持要删去其中的十四篇，因为它们违反了《官方保密法案》。无法得知那十四篇里有没有更让我们惊艳的间谍小说了。

然而他毕竟得到了权威认定：“现代间谍小说始于毛姆的《英国特工阿申登》。”这就够了。他那支总躲在口袋里的左轮手枪一次没用过也不算遗憾（全世界所有武器一次没用过都不算遗憾），他毕竟未损毫发。后来，大叔在他的又一中篇小说名作《信》里，终于让一支左轮手枪打响了，六粒子弹全部打光。一个英国殖民地橡胶园主的妻子，用左轮手枪打死了一个据她说“前来骚扰”的英国男子，她丈夫的律师朋友帮忙摆平了这桩人命官司。而事实是，死者是这个英国女人的情夫，英俊的退役军人（卷曲的黑发，湛蓝的眼睛）。后来那小子劈腿了，英国女人气极，在丈夫外出时给情夫写了封信，命他前来了断。这封信落到死者新妇的手里，成了无罪释放的最大障碍。英国女人的丈夫花大价钱把信买下来，麻烦才最终得以解决。这个小说名篇的写作中，大叔一定又一次为间谍经历自豪。

毛姆大叔活了九十一岁（离生日只差一个月），是曾经最富有的作家、剧作家。1929年世界经济大萧条时，他的短篇小说稿酬仍高达一字一美元（相当于今天的13.43美元）。他曾慷慨出资援助陷入困境的母校，而当年他在那儿读书的境遇并不愉快。“二战”爆发前，他已开始帮助犹太难民进入英国和法国，利用自己的影响力给他们找住处和工作，并向犹太慈善团体捐赠巨款。战争开始后，他还曾拍卖小说手稿，筹集资金救助被法西斯政权逼得无家可归的欧洲作家。晚年他还捐赠了大批珍贵的艺术藏品，以援建英国国家大剧院。他经常匿名资助那些不走运的作家，几乎有求必应，给身无分文的朋友开巨额支票。但随着求助者越来越多，源源不断，大叔也开始抱怨：“上周的借款额达到三万六千英镑”；“每次收邮件都会有一打人索要各种礼品、借款、担保和资金援助”。大叔的哥哥是极顽固的政治保守派，有一次哥俩为前一年英国工党在大选中获胜大吵了一架，差点毁了手足之情，为兄的激烈抨击弟弟的“社会主义观点”。

一些气不过大叔豪奢生活（别墅、游泳池、配备专职司机的豪华轿车、十三名训练有素的家政雇员等）的作家这样埋汰他：他是“二流作家”中的头牌。而大叔也如此自嘲。但迄今为止，他仍然是“有史以来最受欢迎也最多产的作家”（《毛姆的秘密生活》）。所谓“一流”“二流”作家的划分常常众口难调，甚至是鸡同鸭讲、“皇帝的新衣”。你可以说某些作品是“一流”的、“二流”的，这没什么问题，但你一定要给某些作家也这样贴标签，究竟依据了什么？只是沿袭了某种成说吗？

那类划分是绝对的还是相对的？客观的还是主观的？用今天的规则讲，有没有更为充分、细化的可以在大屏幕上翻来覆去滚动播出的“大数据”支撑？“一流作家”的桂冠是世代罔替的“铁帽子”吗？他们就从没有过“二流”“三流”的时候？万一哪位“一流作家”一时失手演砸了，而一位“二流作家”一不留神写出了“一流作品”，我们又得怎么说？

被认为是毛姆大叔最成功的中篇小说《雨》，一开始屡屡遭拒，直到被《时髦圈子》杂志接受后才引起轰动，评论界公认这是“一篇极具讥讽意味的惊悚杰作，无可挑剔”，它对宗教训诫和正统刻板教化中偏狭、残忍乃至虚伪、反人道的憎恶，对人性弱点的尖锐揭示，以及小说技艺的纯熟，都为大叔赢得了永久的敬意。《雨》一版再版，版税即超过百万美金；还被改编成舞台剧、音乐剧，法国芭蕾编舞大师罗兰·帕蒂根据该小说为巴黎歌剧院改编了一部舞剧；此外，至少三次被拍成电影，玛丽莲·梦露自杀前不久签了一份由《雨》改编的电视剧合同，她将在剧中扮演妓女汤普森小姐；因写下《南太平洋的故事》而获普利策奖的詹姆斯·米切纳（被誉为“美国二十世纪历史的编年者和史诗作家”）承认，写书前，他常会把《雨》从书架上取来重读。

毛姆大叔仙逝半个多世纪了，他的间谍生涯也过去整整一个世纪。不清楚他那支“韦伯利VI型”左轮手枪上缴后，英国秘密情报局又有谁使用过？打死打伤过多少人？都罪有应得还是也有误杀？假若它没被非法劫夺并在一起谋杀案后被抛入深湖，英国有关部门碰巧又焕发起强烈的文物热情，那么我们还会见到它吗？

下卷 独白与对话

性、成长与人类良知

这部“二战”背景下的成长电影有两个主人公：一个令男人想入非非、令女人嫉恨入骨的性感女神，一个荷尔蒙开始分泌的青春期男孩。女神的戏份很重，她的悲惨故事完全可以独立存在，但导演却将那置于少年主人公的视野内，那双迷惘、伤感的大眼睛代表了导演心目中的人类良知。它是那样珍稀，但我们相信它的存在。

这部意大利经典片上演近二十年了，大概谁都不陌生，我自己至少看过四遍，这还没包括又看了一遍它的未删节版。就是说，大部分人看的都是“洁本”，其中意大利女星莫妮卡·贝鲁奇饰演的女主人公玛莲娜的一些全裸镜头（作为青春期男孩雷纳多的性幻想出现）都删掉了，包括后来她由清高女子被迫堕入风尘，终至被小镇妇女拖到街上施暴使之半裸的场面，也删掉大半。这是我们的习惯，即对性的禁忌，这没什么问题，但反过来却不能说，那些删掉部分有多色情、淫秽、低格调。

不是这样的。那是雷纳多成长期间性萌动直至情也萌动的一个个心理支点，在那样悲惨的故事情境中，与其说删掉的镜头“脏”，不如说它们更强化了故事的悲剧性。

全球好多成长电影在表现男孩的成长烦恼时，都是从肉体到精神混沌为一的。我们的成长电影却没这个传统，直到姜文的《阳光灿烂的日子》才稍有改变，男孩子（好像仍限于男孩子）的性萌动较为节制地得以表现，全社会也一定程度地有所包容，但“尺度”仍不能过大，至少不能大到我们正在谈论的《西西里的美丽传说》的程度。这也没什么问题，各有各的国情。而真正让我困惑（也震撼）的是，西西里小镇男孩雷纳多一开始跟从男孩团伙对玛莲娜集体意淫，然后一次次跑去玛莲娜室外偷窥，盗内裤，买了玛莲娜放的唱片《我的情意》为晚上自慰助兴，直到清高的性感女神一步步走向黑暗深渊，雷纳多的性却渐渐升华为人类良知，他成了小镇上唯一一位美的守护神。这同我们所受的教育大相径庭。

我们成长在这样的教育中：性是丑陋的，不洁的，淫秽的，兽类的，与心灵之爱二元对立，只有在不以享乐为目的的伴随着纯洁责任感繁衍后代时，性才是正当的（仍不宜谈论）。这曾带给我们太多的郁闷。我们虽然生长在物质、精神双匮乏的年代，但那并没妨碍我们的荷尔蒙分泌，我自己的性萌动来得也不比雷纳多更晚。不同的是，雷纳多早熟的性经过痛苦的成长过程后，渐渐走向人类的良知，并且是那样令人信服，令人感动。也许在浪漫的意大利，男孩们“肮脏”的性就是会升华为纯洁的爱？也许意大利伟大三部曲（《天堂电影院》《海上钢琴师》《西西里的美丽传说》）的那位导演托纳雷多又在制造理想之梦？而我们从小若也从赤裸裸的性开始，像雷纳多那样逃学去偷窥，夜夜不停地自慰，就将被定义为“小流氓”，“品行恶劣”“道德败坏”的名声可能会背负一生，永远甭想与人类良知挨边。意大利对性的禁忌也是存在的，雷纳多一再招致父亲的痛殴和母亲的责骂，这同我们没有太大不同。但有一次他偷窥时，意外发现玛莲娜抱着从军的丈夫相片在《我的情意》歌声中含泪起舞，雷纳多非常震动，他的初始性萌动中开始多出情感的东西。无疑，影片对此赋予了正面的价值。

雷纳多的发小们都是恶势力的潜在帮凶，他们时常啸聚一处远观、意淫玛莲娜，在海滩上不停地臆造玛莲娜的性事，在课堂上拿他们意念中与玛莲娜的性事要弄她耳聋的父亲——拉丁文教授。影片开始时，他们在阳光下用放大镜聚焦沙滩上一只惶惶急走的蚂蚁，脸上露出残忍的微笑。“这只蚂蚁知道自己死定了吗？”他们互问。一会儿，小生灵冒出白烟，浑身抽搐，仰面朝天挣扎，直至烧死。他们神情又肃穆起来，对着它的尸体喃喃祷告：“我已不再痛苦，圣母玛利亚之子是我的主……”这和后来全镇人共同参与了对美的毁灭之后又试图与美的残骸和解，形成了互文关系。

玛莲娜的丈夫是意军上尉，新婚不久就上了战场，当然参加的都是非正义战争，但最初，“伟大领袖”墨索里尼下令向英法宣战时，西西里岛像整个意大利一样沸腾了，坚决响应领袖号召，全民支援战争。不久，前方传来噩耗，上尉为国捐躯了。玛莲娜先还作为“烈士”遗孀受到礼遇，但很快，男人们开始在她门前色眯眯地游荡，女人们积攒多日的嫉恨也开始发酵。只因她太美了，而美是罪恶的渊薮。阵亡将士的遗孀被停发了抚恤金，她的教授父亲也因小镇上的飞短流长而拒绝她上门，她原来维持生计的缝纫活儿不再有了，即使那些施以食品和道义支持的男人们，也都在占她的便宜。玛莲娜不得不将制衣熨斗丢掉，剪去黑色长发，染红余下的短发，再次走过小镇人群，带着挑战和报复的目光，投向入侵的德军怀抱。我们一直听说“二战”期间，英法美组成了“盟军”，德意日三国则形成所谓的“轴心国”，而事实上，意大利人后来也恨起德国人，他们照样被“法西斯兄弟”收拾。因此，当盟军军车浩荡驶来时，意大利人又用最初拥护“伟大领袖”宣战令一样的高分贝欢呼“解放”，并把衣不蔽体的“德国人的婊子”玛莲娜拖到街上，一面施以拳脚，一面用剪刀剪她的又染成金色的头发。他们也许真忘了，正是他们上下联手才一步步把清高的性感女神逼成“德国人的婊子”的。他们坚信自己是真理的当然拥有者，正义的当然化身，因为他们是“正确的大多数”，永远有权堂而皇之地施以“平庸之恶”，而不必为此担责。

少年雷纳多目睹着暴行和玛莲娜的奇耻大辱却不敢有所作为，谁敢同“广大人民群众”不一致呢？此时，他已从意淫、青春期生理反应、荷尔蒙过剩的“小流氓”成长为他暗中自封的玛莲娜的保护神了：在西西里岛海滩上一封封地写着献给她的情书，再撕碎让它们随风飘散；向正在编派玛莲娜的长舌妇的挎包里撒尿，向对着玛莲娜背影说淫秽话的小店老板的店铺飞去石头，向另一个说淫秽话的猥琐男的杯子里吐唾沫；

甚至，去教堂向圣像允诺如果它用神力保护玛莲娜的话，就每天给它点燃一支蜡烛，直至所有针对女神的伤害都没被遏止，他才怒责圣像并打断了它的一只手臂。但现在，面对着“愤怒的大多数”（“沉默的大多数”也是他们），雷纳多止步不前了，恐惧压倒了良知，而良知犹在，这让他更为痛苦，加上深深的自责——即使未参与施暴，袖手旁观也无异于默认，无异于同谋和帮凶。

半个多世纪前，我成长的这座城市里，也发生过以剪女人头发为序曲的极端运动。那本是一场“轰轰烈烈”的政治运动，但全国多地几乎都是从“斗破鞋”开始，于是便有了种怪异的味道。我的童年记忆中，沈阳城“斗破鞋”运动声势浩大，如火如荼，俨如节日狂欢。“破鞋”们站在卡车厢板上，戴着高帽，挂着破鞋（系在绳两端，好像戴了副手闷子）和一块大牌子，上书“破鞋某某某”。有两个被斗争的女“破鞋”给我留下深刻的印象，一个年龄挺大了，四十上下，长得很丑，还臃肿，穿着紫绿相间的碎花衣服。很奇怪她并没显出有多羞愧，她正怀着身孕，肚子挺大了，这给我的感觉有点别扭，不太舒服。我一点都不喜欢她那张猪肚子脸和她的“破鞋罪行”，但她就要（或又要）做母亲了，就算那是个孽种，毕竟已经成形，谁又有权连它（还不能说成“他”或“她”）也一块儿斗争？它在母腹内对外面的一声声怒吼会有何反应？它的感受就那么不值一提吗？那位母亲头上写着墨字的高帽底端还被好事者铰了一圈白色花边，在风中瑟瑟抖动，这使她的形象更加难看。但即将孕育新生命的庄严感压过了她本应有的羞愧。

还有一个年轻“破鞋”更让我忘不掉，她看上去像刚毕业不久的高中生，文静，羞涩，白衬衫，蓝裤子，梳俩小辫，小辫用皮套套着，规规矩矩地低头站在大卡车的背人处。斗争狂欢开始前，一个年纪较大的穿蓝制服、戴红胳膊箍的女组织者抄着一把大剪刀，走到她跟前，一边一剪子，把那俩小辫齐着皮套处剪下，但并没丢在地上，一一放在她被命令摊开的一只手心上。姑娘看着仍套在皮套里没有散乱的两只辫头，眼泪就下来了。这时又走来一个穿旧军装、戴红胳膊箍的男组织者，把写着“破鞋某某某”的大硬纸牌子套在姑娘脖子上，接着就往大卡车的另一面——正企盼着好戏开场的人们的那面推搡，这时我听见那个女组织者说：“同志，请文斗。”等到大卡车的另一面响起狂热的口号声时，我就走开了，如同西西里岛的雷纳多之于玛莲娜，我不忍再看她当众受辱，看那个乌合之众的狂欢场面。被剪了辫子后无声落泪的那位大姐姐一定也有凄美的故事，我相信。但会是什么样的故事呢？那一年我十一岁，比雷纳多还小一点，也没有他那台馋人的单车。

我曾为对她的同情纠结过，觉得自己的“世界观”和“政治立场”是不是出了问题。多年后我才开始向那时的自己致敬，坚信当年的善虽然属于“抽象人性论”，却是由心底自然生出的，比那些就知道随口号挥拳头、站在道德制高点上审判他人、满怀道德优越感而稳赚不赔的“平庸之恶”者高贵。我也相信，那个年龄稍大的女组织者迟早会超越“平庸之恶”走向善的，她没把剪下的辫头丢在地上，再唾上一口，而是轻轻还给姑娘，还对那个男组织者说：“同志，请文斗。”

“平庸之恶”之所以平庸，正因为施恶之人没有独立思考能力，也不愿意有那样的能力。如此之恶既遂心，又省事，更重要的是，还“正确”，甚至“崇高”。而善，因为需要独立思考，还要面临风险和压力，才是深刻的，也是高贵的。

战争结束后，玛莲娜阵亡的丈夫奇迹般的又出现了，原来他没死，只是把右臂丢在了北非战场，并得了一场疟疾，现在满脸胡楂，穷困潦倒地回乡了。他急于找到妻子，然而被小镇人当众羞辱、群殴后再也待不下去的玛莲娜已远走他乡。我们知道，意大利军队对“二战”最大的贡献就是战斗力低下，他们坚持认为每个用餐时间和睡眠时间盟军也一样在吃饭睡觉，因而，北非战场上，三十万意军被三万英军打得四处溃逃。浪漫的意大利人喜欢美酒美食和美女，他们才不喜欢“伟大领袖”墨索里尼鼓动的战争呢。在尼古拉斯·凯奇主演的名片《柯莱利上尉的曼陀林》中，意军入侵希腊一个美丽小岛，天天过着酒和音乐的浪漫生活，弹一手好曼陀林的意军上尉还爱上了一位希腊姑娘。姑娘先是敌视这个英俊的入侵者，后来则接受了他的爱，曼陀林上尉也渐成反战英雄。在意军被德国同盟者缴械并屠杀后，他和希腊抵抗者并肩作战直至重伤，最后逃离希腊回国。几年后，有情人终成眷属。而《西西里的美丽传说》中的独臂上尉却悲惨得多，北非炎热干燥的战争环境远劣于希腊小岛，而且，他不再是健全的人了。

小镇上的法西斯书记也曾趁人之危占有过玛莲娜，现在，面对战场上归来的残废军人的询问先是傲慢不理，尔后恶笑着说：“你们家的人变成英雄了！”还让他去西西里的妓院找他家的“英雄”，独臂军人说：“你说得对，那些为你们这帮混蛋打仗的人不算英雄！”法西斯书记恼羞成怒，将已成弱者的残废军人击倒在地，狂笑着扬长而去。

这时候，那双代表着人类良知的感伤的大眼睛再次出现，他就是男孩雷纳多。据说导演为了寻找这双合适的大眼睛，看了近两千张照片，最后圈定了已经十六岁的这位小演员。他的年龄和那双大眼睛一样合适，因为片尾时雷纳多已成青年，戴着黑色鸭舌帽，叼着烟，与女友手臂相挽。他上前扶起仰面朝天的独臂上尉，拍着他肮脏破旧的长衣，晚上还去上尉住处抛进一封信，称自己没有勇气当面讲，却在信尾留下真实的姓名。他写道：“我是唯一知道尊夫人真相的人，这附近的人只会对她造谣中伤，但相信我，你的妻子对你是忠贞的，你是她唯一真爱的人，这是实情，后来发生的事也是真的。我最后一次见到你妻子是在她去往梅西纳的火车上……”

影片结尾——一年后，西西里小镇上再次众声喧哗，但忽然，人们的目光又惊愕起来，独臂上尉和妻子玛莲娜相拥着返回家乡了——长镜头伴随主题音乐。该片特色之一即是，女主人公总在众目睽睽之下，踏着沉郁的音乐走着，走着，走着，直至走向黑暗深渊。现在，他们重新走入小镇人的视野。退役上尉尽管独臂，但仍英俊如初，玛莲娜风韵依旧而美艳不再，一身中年妇女的装束，挽着丈夫剩余的胳膊。他们重获尊严与高贵，虽然玛莲娜一直垂首低眉。

面对走下神坛的昔日美神、明日黄花，小镇妇女的心态平衡了：“她眼角有皱纹了”，“她也发胖了”……于是放下敌意，试图和解，向她释放出善意。玛莲娜犹豫了一会儿，接受了。这一笔耐人寻味，是她们宽容了她，还是她宽容了她们？善既然是深刻的，小镇妇女的善是否也深刻了呢（有没有担心受到清算的成分）？如果不是，仅仅是“平庸之善”，那么有一天，还会再轻易滑向“平庸之恶”吗？

这部电影的名字也引起很多解读，那个遥远的传说事实上非常悲惨、沉痛，何谈“美丽”？片尾再次响起主题曲和《我的情意》音乐时，望着长镜头里容颜渐老的女主人公拎着意味着庸常人生的蔬菜水果渐行渐远，没有哪个观众会无动于衷。那好像也是我们许多人自己的沧桑人生。但是，人类良知还在，或许很弱，但的确存在，在一双已是青年的忧郁的大眼睛里。家庭主妇玛莲娜穿着又土又笨的褐色半高跟系带鞋子走出市场，来到沙滩上时，失手把一袋金色的橙子掉在地上。雷纳多骑着单车冲过去，帮助她一只一只捡起来，放进口袋里，还用手轻轻刮了下玛莲娜的手，以唯一一次肌肤之亲终结了几年来由性到情的纯真之爱，也告别了自己的少年时代。

“祝你好运，玛莲娜女士！”他向她的背影说道，她回望了下，微笑着点头，在长镜头中走向远方，步伐不复性感轻盈。而雷纳多则骑向相反的方向，画外音道出他的心声：“岁月匆匆，我爱过很多女人，她们和我紧紧拥抱时，总要问我，是否能记得她们？我会说是的，我会记得你。但唯一我从来没忘记的是一个从来没问过我的人，她就是玛莲娜。”

我们明白这个悲惨的传说“美丽”在哪了：独臂军人从梅西纳妓院找回了妻子，他们依然相爱；战争噩梦终于结束，人们恢复了平和与友善，西西里岛的孩子们在明媚的阳光下踢着足球，漫天的海鸥齐声欢唱……然而，最为美丽的却是黑暗中的良知之光，有了它，所有美丽才会拂去尘埃，光彩夺目。我们也应该向他说一句："祝你好运，雷纳多小伙子！"

我的“误读”史

我是在无数次“误读”中长大的，但那不是美国“耶鲁学派”批评家哈罗德·布鲁姆主张的带有正面价值的“误读”，即“创造性阅读”，而几乎一直被布鲁姆所嘲弄的“学院虚伪套话”“道貌岸然的陈腔滥调”“意识形态较浅薄的版本”笼罩着。

在我人生的早些时候，“创造性阅读”倒也有过，但我时常为此深感不安，恨自己偏离了正确的阅读轨道，偏离了官方的、权威的和伟人们对于某些作品的一锤定音。

那时候我还没有自己的眼睛、自己的脑子，只有自己的耳朵，装满了别人的声音。我的“误读”一直是被动的、懒惰的、填鸭式的、人云亦云的。我跟一只鹦鹉的区别仅仅在于，我读过《红楼梦》《水浒传》《安娜·卡列尼娜》，而它没有读过。但我人云亦云的声音还不如鹦鹉学舌更具美感。

当年我们的阅读必须先入为主，其实今天也一个样。但今天的先入为主背后的推手是老谋深算的市场高人，我们那时的先入为主却带有强烈的政治色彩和相当程度的灌输性。你打开一本书，不能一下子就进到故事里，先要有一篇长长的“前言”或“出版说明”像影壁一样立在那儿。你当然可以跳过去直接闯入故事大院，但你会因为缺少了“指导思想”而心里不踏实。那些我们奉为圭臬的结论性文字于是一直左右着我们的阅读，伴随我们长大，悄悄地也是顽固地支配着我们的观念、趣味以及认识问题的方法和角度，成为我们骄矜乡里、对文化不高的父老乡亲颐指气使的资本。

“文化大革命”中读《红楼梦》是把它当作“阶级斗争教科书”来读的，一位伟大的政治家曾针对那些旧派、新派红学家不屑地说：“很多人研究《红楼梦》，并没有真懂，它是讲阶级斗争的。”而一位伟大的文学家则说：“灯油大王哪会知道北京捡煤渣老婆子身受的辛酸，……贾府上的焦大，也不爱林妹妹的。”他们肯定也是在“误读”一部内涵极为丰富复杂的文学名著，但伟人们是在“创造性”地阅读。我在他们的说法指引下一直被动地阅读，却还欣喜地以为这才是唯一正确的治学路径。

一个不用自己的脑子思维、不用自己的眼睛看问题的人，他的“误读”处于所有“误读”的最低端，是最可悲的“误读”者。如果用自己的眼睛去看《红楼梦》，我就该发现这部伟大作品中超越“阶级斗争”和“阶级观点”的地方太多了，就该发现焦大没爱上林妹妹未必是阶级的原因，难道不会是年龄或三围的缘故吗？贾瑞不就“超阶级”地爱上王熙凤了吗？他虽然也是贾氏后代，但祖父贾代儒只是个“家道淡薄”的教书匠，和他的同族兄弟——荣国府的贾代善（贾赦、贾政之父）和宁国府的贾代化（贾珍祖父）已经是两股道上跑的车了。亲不亲，阶级分。如用后世的“阶级观点”分析问题，王熙凤无疑属于典型的剥削阶级，而自幼父母双亡的贾瑞应当算是夹缝中生存的、作为小知识阶层的小资产阶级。如果不是地位低下，他早就三妻四妾了，犯不上去赴凤姐毒设的相思局，最后绝精身亡。

但我早期读《红楼梦》时还没有一双自己的眼睛，也不可能用自己的脑子去琢磨它，只会自命深刻地运用“阶级斗争学说”，得出如下结论：王熙凤这个大官僚、大地主阶级的典型代表是在疯狂迫害无产阶级最可靠的同盟军贾瑞。不错，革命的团结对象贾瑞生活作风是存在一定问题，意志薄弱，举止轻浮，放松了学习和世界观的改造。但如果不是“粉面含春威不露”的王熙凤——贾府的长孙媳妇、九省统制的侄女一步步设下圈套，欲擒故纵，他何至于在犯错误的泥潭里越陷越深？

还有一位同样令人困惑的人物，荣国府里八竿子勉强能打着的远亲刘姥姥，虽然女婿狗儿的祖上做过小小的京官，但到狗儿父亲王成时已“家业萧条”，刘姥姥自己也是“只靠两亩薄田度日”的穷寡妇。按照“阶级观点”，她应当算是劳动人民中的自耕农（中农），甚至可以划为下中农。但这位刘姥姥却同贾家打得一团火热，荣国府败落后她还成为凤姐的“托孤”对象，救巧姐出火坑的再生爹娘。我们到底应当“超阶级”地“抽象”地赞赏她的义举，还是“阶级性”地“具体”地鞭挞她对劳动人民的背叛？我当然会选择后者，被动接受式“误读”能跳出这个套路才怪呢。

二十世纪七十年代，大约1973年前后吧，我在乡间读到了一本“供批判使用”的内部出版物，也就是后来人们常提起的特殊年代的“白皮书”，里面印着苏联小说《这里的黎明静悄悄》，以及中国的革命理论家对它的一篇篇批判文字。脚前脚后的时候，还有专门的理论家大张旗鼓地批判西欧的“无标题音乐”和北欧的“福利社会主义”。我好长时间也没弄明白，当时的中国大地上急需批判的东西多而又多，怎么又拉出好几条战线、耗去好多兵力去专门批判外国的东西？这从军事眼光看是不合算的。“攘外”得先“安内”是不是？

我十七八岁时在寂寞的乡间首次阅读《这里的黎明静悄悄》，还有对它的中国式批判，在理论家们“正确”的“误读”指导下，跟着他们的屁股往前走。他们说这部书“渲染了战争恐怖论”，“宣扬了抽象人性论”，“歪曲和丑化了伟大的卫国战争”。此外还有一个个我没记住的罪名。但我读着读着，就放松了警惕，渐渐成为瓦西里耶夫迥异于我们文学作品的故事和笔调的俘虏。

令我印象很深的有几个地方：一个是一路跑去报信、最后在沼泽地遭遇灭顶之灾的李莎·勃利奇金娜，她临死前望着美丽的蓝天，既恐惧，又悲伤，徒劳地向空无一人的旷野大声呼救。我明明记得当年的“白皮书”中，李莎临死前曾这样想过：“我还这样年轻……”我记得有这句话，否则也不会激怒我们的理论家。但是奇怪，后来人民文学出版社出版的《这里的黎明静悄悄》，我没找到这句话。是我记忆有误，还是版本的差异？反正我当时看到这里，就像和我年龄相近而性别不同的李莎一样，也是既恐惧，又悲伤。我沉浸在这样的情绪中，完全忘记了批判“战争恐怖论”和“抽象人性论”。印象很深的还有美女战士冉卡半裸戏水吓走德兵的著名段落，“雪白的肉体隐隐一现”这类文字令一个蒙昧时代的中国小伙子心惊肉跳，而当她用奇特却危险的壮举完成任务后，并不像我们书中的战斗英雄那样大无畏，她原来也是胆怯的！“她虽然脸上带着笑，可是睁得很大的眼睛里，像是有泪水，像是有恐惧。”此外还有个小小的细节被我记住了：严肃的准尉瓦斯科夫在战争制造的寡妇村里遭遇了不严肃的寡妇的调笑：“我们现在只剩你一个男的啦，就跟留的独种一样。”

书的结尾很让我感动，我还没在战争小说中见过这样的场面呢。

这是最后的一段路程，他再也记不清楚了。只见德寇脊背在眼前摇晃，打这边摇晃到那边，因为瓦斯科夫就像是一个喝得烂醉如泥的醉鬼一样东倒西歪。除了这四个脊背而外，他什么也看不见，而且死死地想着一条——万一自己要失去知觉，就立刻开枪。他的神志仿佛挂在最后一根细微的蛛丝上。他全身烧疼，疼得他直吼。他一边吼一边哭。看来，真是精疲力竭了。

直到人们喝住德寇，他才终于明白，迎面跑来的是自己人……，这时，他才放松自己的意志，昏了过去。

可我怎么能为苏修的“大毒草”感动呢？我的政治嗅觉跑

到哪去了？立场又站到哪去了？我分明是“中毒”喽！

再后来读《水浒传》，读《安娜·卡列尼娜》，读《基督山伯爵》等一部部中外名著，我都是离了官方结论、大人物断言、学院式导读就惶惑无着，患上了严重的“前言”“编者按”“出版说明”依赖症，在生怕“误读”的情况下继续“误读”下去。本来我从小极喜爱梁山好汉，比喜爱三国英雄更甚，但一听领袖人物说这部书写的是“投降”，应当作“反面教材”，便又自谴自责起来，并学着用“农民起义”的眼光重新去看没有几个农民的“起义”故事。至于安娜和邓蒂斯，我从来就不清楚他们到底是什么人，他们代表了人类的哪些力量和人性的哪些方面，他们在善恶之间穿行时何等复杂的内心世界，只知道他们的故事“反映了上流社会的虚伪”和“资本主义社会的黑暗”。

二十世纪九十年代，有一套“当代世界文学史纲丛书”，其中的《当代英国文学史纲》提到格雷厄姆·格林的小说《文静的美国人》（丛书中译为《沉静的美国人》）时，论者的“误读”继续左右着我。因为当时，这部小说我还没读到。

主人公托马斯是一个英国记者，他一向信奉的生活信条是“不干涉他人”。作为记者，他关心的只是已经发生的事实，而不是去干预事情发生的过程。他在越南采访时，遇见了美国对越经济援助代表团使团的奥登。奥登为人外表沉静，他在越南宣传自由、民主，但是实际上在经济援助的幌子下干着罪恶的秘密活动。他纠集一批形形色色的越南亡命之徒，组成一支“第三势力”，既排挤法国殖民势力，又反对越南人民的解放斗争。

这个匪帮在越南首都西贡大搞煽动人心的挑拨离间的活动，多次制造爆炸事件，使许多无辜的越南人丧失性命。奥登的罪恶活动，终于使托马斯看清了事实真相，并使他认识到事情“并非与己无关”，于是他同意了越南进步组织的地下工作者的要求，配合他们行动，借邀请奥登吃饭的机会下手将他除掉。小说以“正义战胜邪恶”的传统主题思想，一方面表达了作者对于现代世界重大事情的关注，另一方面也表达了人民生存环境里如何做出选择的观点。

这套丛书一直在帮助我，是我阅读西方当代文学作品的索引和思考相关问题的重要参照。我无意对它们吹毛求疵，甚至常怀感恩之心。但后来我真正读到格林的《文静的美国人》时，却发现丛书作者的解读同小说实际呈现出的东西存在着差异。我疑心论者并未读过原作，只是沿用了习见旧说。但那断言的确失之简单，如果那就是格林小说的主题（一个凡事不介入的英国记者后来受越南人民的解放斗争感召，认清了美帝国主义分子的嘴脸，终于觉悟起来，也投身到被压迫人民的“正义战胜邪恶”的民族解放运动中去），也未免太小瞧这位1969年差一点就获得诺贝尔文学奖的叙事大师了。

《文静的美国人》这部写了三年多的小说连十五万字都不到（排版后字数略增），平均一年才写近五万字。即使格林这位做过国际间谍的环球旅行家有再多的国际事务，创作量也仍嫌少了点。但小说的水准却是上乘的，是一部内涵丰富、多重意义重叠、无法一言以蔽之的优秀文本。它既是政治小说，又是三角恋爱小说，还是对一桩谋杀案不动声色的侦破的故事，也不妨称之为心理分析小说，主题却远比“正义战胜邪恶”更为复杂。为什么作者要说“文静的美国人”呢？按照史纲的判断，好像格雷厄姆·格林（他一向不喜欢美国）在讽刺那个美国恶魔奥登（小说中一直称他“派尔”）外表文静，实则罪大恶极。但仔细阅读原作却会发现，并非如此简单。作为美国经济援助代表团青年团员的奥登，其使命固然是邪恶的，但他本人还真是文静的。奥登出身于美国高级知识分子家庭，父亲是教授，工程学博士，世界著名的水下侵蚀学权威。奥登本人也是涉世未深的青年知识分子，比较单纯，常显得傻头傻脑，看见心仪的女孩子还会脸红。他的确参与了那些罪恶勾当，但却是以美国人自诩的“正义观”理想化地实施的。他和英国记者托马斯成为朋友加情敌后，还在一次炮击中救过托马斯的命。“文静的美国人”可以是复数也可以是单数，作为复数时是讽刺的，而作为单数仅指奥登一人时，则带有某种悲悯意味。

格林对奥登谴责的同时，也寄予了一定的同情，这个怜香惜玉、怀念家乡的美国愣小伙说来说去也是本国政治的牺牲品，是一个悲剧人物。所谓托马斯“看清了事实真相”后觉悟起来，协助“越南进步组织”借邀请奥登吃饭的机会除掉他的行动，并非全然为了“正义”，其中也含有不可告人的一己之私、个人欲望，只不过格林以叙事大师的高超手腕写得深藏不露。已婚的托马斯身边一直有位“全西贡最美的女人”凤儿，作为性伴侣和侍烟（鸦片烟）者。而年轻的大学生模样的奥登却通过痴情的追求，渐渐赢得了凤儿的爱，还要带她回美国，见他的家人，然后办一场像样的婚礼。这些托马斯都不可能给她，托马斯一直为此拈酸吃醋。后来，“越南进步组织”就找上了他。托马斯在行使“正义”的过程中，心绪一直矛盾，烦乱，举棋不定。虽然他最终下决心不再让奥登的罪恶使命继续下去了，到底还是按照约定向窗外发出了信号，但此前他仍在想：“也许我可以吓唬一下派尔，使他从此不再活动，警告他，说他有危险了——不管那是什么危险，所以我一喝完啤酒就回家去。到家以后，我开始希望派尔不会前来。”

小说是从倒叙开始的，托马斯一直处于紧张不安的忐忑状态中。他回忆着事情的全过程，从认识奥登到同他成为朋友加情敌，再到形同借刀杀人地除掉他。他在心里为自己开脱：“我再次告诉我自己：我是无辜的。”并心存恻隐地说（或想）：“不管怎么说，他反正是一个倒霉的美国佬”；“我情愿看见他留在国内，阅读星期日报纸副刊，注视着棒球新闻。我情愿看见他平安无事地跟一个典型的美国姑娘待在一块儿，而那姑娘倒是个读书俱乐部会员”；“我竭力想使自己明白，杭先生有其他的办法，不至于采用直截了当的粗暴手段”。

小说结尾，当托马斯如愿以偿地重新独享凤儿，再无情争之虞后，却陷入忏悔的情绪中。

我想起了那一天，在大陆酒店，派尔（即奥登——笔者注）坐在我的身旁，他的眼睛盯着街那边的冷饮铺。自从他死后，我倒事事如意，但是我多么盼望世界上有一个人，我可以对他说我很抱歉。

格林这部小说与我们的正统文艺观和非此即彼的二元价值判断习惯大相径庭，但它更接近历史的诡异真相和人性的幽暗地带。在那里面，“正义”不再是抽象的概念和纯净的善举，而渗透着各个利益集团的不同利益诉求甚至是一己的私利；“邪恶”也并不简单，其间也渗透着行为个体的性格逻辑和深刻的悲剧性。诚如英国批评家凯瑟琳·贝尔西在其《批评的实践》中所言：“与那些普通的、一览无余的政治口号相比，文学必定具有更耐人寻味的多重解释”；“由矛盾组成的文本，不再限于一种单一、和谐和权威的阅读，而变成多义的、开放的重新阅读。作品不再是供读者被动消费的对象，而是由读者去产生意义的客体”；“于是，批评的目的不是去寻找作品的统一，而是去发现文本中可能具有的多样和不同的意义，文本的不完全性，它所显示出但未能描述的省略，尤其是它的矛盾性”。

我之所以拿这个例子说事，是因为丛书论者的立论方式带有相当的普遍性。面对这样一部大师笔下的含意丰富的小说，也许我在质疑他人的时候自己也在“误读”。但我起码读了三遍不止，以期尽可能接近作者本意和作品的本来面目，用自己的眼睛和脑子。

没有绝对意义和终极意义的“正读”，只有无数种“误读”。人类的认识水平和审美能力正是踏着一次次“误读”的台阶逐步登高的。一部作品能被“误读”是作者的幸运和荣耀，世界范围内的伟大作品都一再被“误读”过。同伟大作品一样深不可测的宇宙天体不是也一再被“误读”吗？几千年后还在被科学家们不停地探究，证实或证伪。

我记得刘震云多年前说过类似的话：一部作品如果人人说好未必真好，但如果人人都说不好肯定不好。只有一部分人说好，一部分人说不好，才可能是真正的佳作。

人人说好和人人都说不好的作品最悲哀之处就在于，没有被“误读”的空间。

有意思的批评和没意思的批评

我对文学批评也有两种划分，但不是理性的批评和感性的批评，宏观的批评和微观的批评，定性分析的批评和定量分析的批评，学院派的学术型批评和非学院派的非学术型批评，批评家的批评和作家的批评……我的划分只是有意思的批评和没意思的批评。

有意思的批评一定是熟悉作品并有鉴赏眼光的，它们会让读者在打开书或找到书之前，不仅产生了阅读冲动，还有了较为充分的阅读准备。阅读是需要准备的，除非那东西只配浏览甚至不值一读。好的批评家已先替我们把功课做好了大半，剩下的事情要我们自己去做，但我们会对作品和作者理解得更深，视野也更为开阔，审美趣味好像都比原先有了提升。我们仿佛钻进了批评家的身体，用他的眼睛洞察一切。好的批评家如果是大师级巨匠，读他的批评文章等于再次站在巨人的肩膀上。

以2010年获诺贝尔文学奖的秘鲁小说家巴尔加斯·略萨为

例，他的文学批评不仅抓住作品的灵魂和精髓，还联系到作者写作时的生存及精神状态，用的仍然是文学语言和俯瞰世界的目光，好多见解都耐人寻味。在解读加缪小说《局外人》的文章里他先告诉我们，写下冷漠的“局外人”默尔索的加缪，当时正在阿尔卑斯山区一家疗养院养病，此前因患肺结核多次病倒。因此略萨认为：“构思《局外人》的时代和环境是很能说明问题的。在浸泡故事的悲观主义的冷水中（其中涉及社会和人的地位），显然有关系的是：那时疾病正在削弱作者敏感的身体，欧洲处于两次大战间隔的末期和第二次世界大战开始时令人焦虑的气氛之中。”

没意思的批评可从来不这样写，批评家对作者在什么情况下写出的东西毫无兴趣，正如他们对任何事情（除了自己的话语地位）毫无兴趣一样。就算他们有办法知道路遥或张炜在写作《平凡的世界》《你在高原》过程中住没住过院，吃过什么药，有没有重大的事件发生在他们身边，也没办法解读那些事情与作品的关系。略萨还写道：“在今天这个似乎处于萌芽状态的自由欲望的文明过程中，默尔索仍然会因为杀人而受到惩罚。但是不会有人送他去断头台了，那个陈旧过时的装置已经在博物馆生锈了，特别是他那对同类刻骨铭心的冷漠以及过分的自私都不会有人感到反感了。我们应该为此高兴吗？这个由加缪在半个世纪前想象出来的默尔索，他作为一个当代典型的前兆的出现，是时代的进步吗？”最后略萨这样写道：“我是不相信死刑的，如果我是法官，也不会送他上断头台的；但是假如他的头颅真的从断头台上滚落，我也不会为他哭泣的。”这篇批评文章的副标题即是“局外人该死”。

在解读纳博科夫的小说《洛丽塔》时，略萨继续做着精到的批评，同时还批评了某些批评家（擅写没意思的批评的人——作者注）：“人们猎取了隐藏在《洛丽塔》身上的珍宝，因而写出了大量的书籍和大学论文，在这些书籍和论文中，很不幸的是，幽默和闪光的思想总是消失不见，而不论纳博科夫还是博尔赫斯，总是善于运用幽默和闪光的思想把渊博的知识（实在的或者虚构的）转化为艺术的。”文章结束前，略萨又丢出一句同样惹人思索的话：“书中的人物暂时地得以生存，而没有像其他小说中的人物那样——比如博尔赫斯笔下的人物——变成一个大才子笔下的中国皮影。”

在此，略萨捎带着批评了笔下人物好似影子一样的博尔赫斯，可谓一语中的。但他仍然承认博氏是大才子。由于种种局限（高度近视直至失明及长年枯守冷寂的图书馆），博尔赫斯的小说人物不似略萨和海明威等作家的人物那样鲜活立体，但不能因此否定他挑战传统“体验生活”式创作观的小说的独特价值。2011年夏略萨在中国演讲时，说当年“博尔赫斯以他的文学智慧和他所创造的独特的幻想世界，震惊了巴黎”，并说如果让他颁发诺贝尔文学奖，他会去日内瓦。“那里埋葬着豪尔赫·路易斯·博尔赫斯，我会把他从坟墓中唤醒，把诺贝尔文学奖授予他。”

有意思的批评本身即会是篇好作品。如果他批评的是烂东西，就不会像它一样烂；如果他批评的是好东西，就一定配得上它。有意思的批评能让没读过那些作品的人也心驰神往，并对作家和批评家一样充满兴趣与敬意。批评者和批评对象碰巧都是大师的时候，我们会有陋室生辉的感觉，仿佛在听他们用优美的歌喉唱神奇的二重唱。那时刻不光有意思，还令人迷醉，重燃久违的激情。

略萨在评价乔伊斯的《都柏林人》时写道："一位作家的横溢才华，他运用对自己出生地的琐事回忆和突出而娴熟的语言能力，创造了一个美丽而不真实的世界，它以只有智力游戏和修辞焰火才能创造出来的真实、可靠性使我们折服；通过阅读，这个世界为我们的天地做了补充，给我们揭示了其中某些秘密，帮助我们更好地理解它，特别是完善了我们的生活，为我们的生活补充了某种仅靠生活本身永远不可能是、也不会有的东西。"在评价帕斯捷尔纳克的长篇时，略萨写道："《日瓦戈医生》是一位诗人的小说，是对自然界之美的精致的再创造，他对俄国地狱、对春天里复苏的深沉的森林、对大草原上因饥饿而变成食人野兽的狗群的亲切描写，应该说是真正的文学壮举；尽管在外文译本中我们猜出与原文相比可能有些枯萎，这些描写依然像完美的诗歌那样让我们感动。仍然具有讽刺意味的是，这个以如此犀利、敏锐（的眼光）加以观察并且用具有如此感染力的歌声赞美俄国大地的人，竟然被他祖国的作家协会开除了，其罪名是：'伪君子、人民的敌人、不爱国分子'。"

有意思的批评一定有人的气息和人的真性情，作品有趣，他批评得也有趣，作品人物呼之欲出，批评家也历历如在目前。如金圣叹评点《水浒传》，除了很有眼光地把一百单八位梁山好汉一一归类为上上人物、上中人物、中上人物、中下人物（"戴宗是中下人物，除却神行，一件不足取”）、下下人物（“时迁、宋江是一流人，定考下下”），还颇为内行地总结出倒插法、夹叙法、草蛇灰线法、绵针泥刺法、背面铺粉法、横云断山法、弄引法、獭尾法、正犯法、略犯法、极省法、极不省法等多种写法。这都不在话下。最有意思的是他在施耐庵字里行间的批点，真正是嬉笑怒骂，一吐为快。金圣叹最爱李逵、鲁智深、武松这些上上人物，最看不上宋江这等下下人物，这些情感都在评点中尽情挥洒。第二回鲁智深（此时还叫鲁达）初识史进时，英雄聚首，惺惺相惜，鲁智深便道：“你既是史大郎时，多闻你的好名字，你且和我上街去吃杯酒。”金圣叹在此批道：“豪杰之酒，荣于华衮。” 礼赞草根英雄，却扯来九五之尊的帝王天子作陪衬。第三十七回李逵初见宋江，正是他赌红了眼急需银子翻本的时候，宋江拿出十两银子与他，这时早就想揶揄“下下人物”宋江的金圣叹批道：“以十两银买一铁牛，宋江一生得意之笔。”英雄所见略同，李贽在他的《李卓吾先生批评忠义水浒传》中也有类似的眉批：“只这十两银子，便买了李逵，真是大贼。”第四十二回李逵携母上梁山之前，曾担心：“我若说在梁山落草，娘定不肯去，我只假说便了。”金圣叹这里批道：“宋江对人假说，李逵对娘假说。对人假说，是真强盗；对娘假说，是真孝子。盖对人假说，是做人方法；对娘假说，是为子方法也。”这简直像大导演在为演员通透地说戏，更像世事洞明的老人在向晚辈传授人生经验。

有人的气息和真性情的批评就算偏激些尖刻些，也一定说到了要害处，价值远胜于一锥子扎不出血的没意思的批评。被

“骂”的作家纵使再怒不可遏，小肚鸡肠地记恨一辈子，重新写作时也会在软肋处暗中使劲，不给他“骂”第二次的机会。美国小说家梅勒就写过一篇尖刻偏激然而深中肯綮的文章，题目叫《谈谈几个女神之子》，直言不讳地批评了好几位美国作家。在批评现代派作家威廉·贝娄兹的小说《赤裸裸的早餐》时，他写道：“小说的语言就像一群重炮在朝你轰击，使人感到仿佛在一间屋子里同时有三架收音机、两架电视机、一架立体声电唱机在吼叫，放映着一部色情电影，还有两台自动洗碗机开足了马力，可是那位疯狂的学者还在旋转着各种仪表的转轮，以期发出最大的噪音。”

梅勒在批评因《麦田里的守望者》得名的小说家塞林格时，语言更是猛烈，认定塞林格是“最有才华的美国第二流作家”，宣称“一些具有第二流才华的人士使美国陷入了一连串的第一流灾祸之中”。塞林格成名后逃离城市，拒绝任何外界活动，还真有点中国隐士的范儿，只不过与“大隐隐于市”的精神不大相符罢了。梅勒对此也不以为然，但偏激尖刻的批评中却闪烁着真知灼见：“塞林格最近的一些作品甚至不能够提高大学生寝室的聊天水平。塞林格也该回到城市闻一闻人间的烟火味了，因为曾给他带来声誉的那种品格，即对大众传播工具和社交的深恶痛绝，如今反倒把他给狠狠地嘲弄了。”

因此，有意思的批评也一定是有益处的。它们会使写东西的人写得更好，读东西的人更有眼光和品位。它们不仅把作品和作者照亮，也把读者的眼睛照亮。最后，批评者自身也被照亮。在互相照亮的灿烂光耀中，人的尊严和自然万物的尊严都被照亮了。

而没意思的批评一定是大而无当、空洞无物的，总是把挺老大的一个冰冷的框架咣当一声砸在我们面前，吓我们一跳之后，却没有足够的砖头水泥和预制板来填充它。这类批评不肯（或不敢）在具体问题上多停留，总是说大话，扔大个儿，大忽悠，搞理论讹诈，用空旷的“大”来掩饰贫血的“小”。说大话本是人类的通病，“大英帝国”“大日本皇军”“大东亚共荣圈”“大阿拉伯利比亚人民社会主义民众国”等无不如此，但文学批评也搞这一套，更容易让人生疑直至生厌。多年前这类大忽悠批评还真把我们忽悠了一段，越来越没意思是后来的事情。这类文章急于展示的不是别人的作品，只是批评者新近又从国际上定购了什么新型批评武器，虽然武器的性能和适用范围还半通不通（在这点上他们远逊于我们的从域外引进番茄、番薯、胡椒、胡萝卜等植物的勤劳务实的祖先）。这类批评很像在唱卡拉OK，拿别人的原创自娱自乐，却不管很小的包房里为数不多的听众的感受。当年这样的忽悠文章浪费了我们不少时间和精力，现在想来真是悔恨交加。而今，写那类文章的人不知又去忙啥。如果他们继续写下去，一定会有如下题目：《用金属腐蚀理论解析“官场小说”》《从材料力学角度看“底层文学”》《试以核能物理理论分析大文化散文》《从拓扑学角度看情色电影》《用有机硅聚合物理论解读谍战电视剧》《以大系统理论及板块构造学说阐释欧、亚、非、美、大洋洲的古典爱情诗分布规律》……有时候我还真有点怀念这类奇形怪状的文章，可惜没人再写了。

没意思的批评一定会把简单问题复杂化，再把复杂问题简单化。这类批评家既然没有能力审美，就只好从理论到理论，说空洞话、笼统话和枯燥乏味的话。美国诗人、剧作家、批评家艾略特曾在《批评的功能》一文中把批评定义为“解释艺术作品和培养审美感”，但他认为“批评界根本不是一块经过深耕细作、繁花似锦并能预兆丰收、精心铲除了莠草的土地”，“我们的大部分批评家总是竭尽全力地企图把十分明朗的事物涵义搞得含混不清。在他们的笔下，作品中本来表示得十分清晰的思想变得软绵绵的，不易分辨了，变圆滑了，暗淡了”。美国小说家约翰·斯坦培克写完《愤怒的葡萄》后也劝那些批评家：“请你们去读这本书吧，不要把什么东西都去分门别类地归档。”

今天的学界时常担忧中国母语被官方话语、商业话语和娱乐话语毁掉，可还有一股参与毁灭中国母语的力量被学界忽略了，那正是没意思的批评惯用的空洞、笼统和枯燥乏味的语言。它们虽然受众面不广，潜在的恶果却不可低估，一代又一代中国文科生也许就是读着它们（他们也不喜欢它们，但考研和将来评职称需要，网上甚至提供抄袭它们的便利）成长起来的。他们会把这些没意思的话语不自觉地带到社会各个角落，并用学历强势地进一步强化它们的传播。母语的枯萎和现代语言的沙漠化，没意思的批评也难辞其咎。

还有一类批评不大好归类，那就是吹捧我们的文章（喜用“极具”“极为”“极”这类词儿）。渴望被人吹捧也是人类的天性，因此我们自己会觉得这类批评有意思（不然也不会把它们珍藏起来），但别人的看法若正相反，甚至将吹捧者连带我们一块儿骂，有意思也会变得没意思。这就给吹捧类文章提出更高的要求：如果说骂人不带脏字是骂人的最高境界，捧人不带谀词就该是捧人的最高水平。不论我们写吹捧别人的文章还是别人写吹捧我们的文章，都要尽量做到好处说得令外人信服而又独具只眼，却不浮泛更不肉麻，不够好处说得既令作者不得不服、又不令外人觉得像是单位里在做“提几条希望”之类的个人鉴定。如能做到这些，此类批评或可跻身有意思行列。

有意思的批评一定对别人有用，没意思的批评只对批评者自己有用。

我看“工业题材”文艺创作

“工业题材”文艺创作一直是个老大难问题，常常要靠“重点扶持”“大声疾呼”和各级领导的“高度重视”。即便这样，中华人民共和国成立几十年来，各类题材的创作仓满囤圆，硕果累累，而“工业题材”的作品总似凤毛麟角，空谷足音，更多的是被官方文献所记载，却较难在民间自发地传播。工业在共和国成长史上占据举足轻重的地位，强势中的强势，“工业题材”的创作却一直处于劣势，是所有题材中的“弱势群体”。

“工业题材”文艺创作难就难在它属于“重大题材”，作品总要担负重大的政治使命，配合阶段性宣传任务，而这些使命和任务又总免不了急功近利，所谓“紧跟形势”。因此，“工业题材”作品可以红极一时，却难于行之久远。当年的“革命样板戏”里，唯一一部写工业的《海港》，“文化大革命”前作为上海参加全国京剧现代戏观摩演出的剧目（彼时名为《海港的早晨》），思想主题最初是教育青工敬业爱岗，兼有新思想与旧思想的矛盾。剧情讲的是高中毕业生韩小强自恃读了十二年书，不安于码头装卸工工作，而旧海港的留用人员钱守维也常用“腐朽的思想”影响他，说装卸工在旧社会被人瞧不起，是“臭苦力”。后来在组织上和大家的帮助教育下，韩小强改正了错误，远离了旧式人物钱守维，成为一名热爱集体和本职工作的好青工。早期的京剧《海港》由于来自生活实际，又带有上海本土的民间气息，音乐上也较有成就，因而受到了当时观众的欢迎。但不久后，随着国家政治形势的剧变，尤其是以“阶级斗争”为主要标志的“文化大革命”开始后，《海港》原先的思想主题一再“拔高”，一再趋时，最终成为“阶级斗争”理论的传声筒。这些“拔高”在当年炙手可热，今天则显得不合时宜。有关战争的“革命现代京剧”仍可一演再演，《海港》却寿终正寝了。

其次是艺术性和观赏性，“工业题材”文艺创作在这后两个“性”上也难度重重。自然，这主要因为“思想性”的整体限制，同时也因为审美形态上的呈现难度和受众趣味上的较低认同度。“工业题材”的作品似乎与文艺的基本特质——传奇性、娱乐性、游戏性、杂耍蒙太奇等距离较远，即便在国外，写工业的作品也是诸多文艺作品中的“少数派”，行业小说高手阿瑟·黑利，他的《大饭店》《钱商》《最后诊断》等，比他的《汽车城》更受读者青睐。

“工业题材”作品的艺术寿命通常都比较短暂，因为这类作品的艺术含量较其他种类的通常要低，力量和着眼点大多放在“思想性”和“配合形势”上面。阶段性的“配合”使多数作品的寿命也“阶段化”了。如若把文艺作品比作一条巨轮，那么使它得以远航并超越时空的更主要是艺术的力量。今天的文艺当然有责任和义务歌颂当下工业的发展和辉煌，但承担这些任务更适合的角色是报告文学、大散文和政论片。作为虚构文学的小说、戏剧与影视剧，则必须采用工艺更为复杂和更深究艺术构成的创作方式。鉴于以往的经验教训，今天我们重新思考“工业题材”的创作，应把艺术的作用估价得更高一些。

今天的工业已呈现多元形态，国有大中型企业、中小型民营企业、合资企业等等，各有不同。即便是国有大中型企业也今非昔比，身临其中，见物不见人，见大不见小，普遍性似乎覆盖了所有独特个性。而在中小型民营企业，虽然见物亦见人，但所有人的动作都整齐划一，独特性仍被普遍性所覆盖。今天的工人成分也愈加复杂，虽然穿上工装千人一面，动作机械一律，但他们已不再是以无私奉献为圭臬的传统工人阶级，更不再是“领导阶级”。他们日复一日地为国家创造价值，以血汗书写着“中国制造”的新历史篇章，但必须“有偿地”奉献，这是他们的合法权益。就算他们自己甘于无私奉献，各级政府和工会组织也有责任为他们争取必须的酬劳与权益，因为这些新时代的劳动者理应有“财产性收入”，理应“活得更有尊严”。替他们谋取利益不仅一再写入党代会报告和政府工作报告，甚至成为执政党执政理念的重要组成部分。因此今天的“工业题材”创作注定是多元、多向度的，思想上、认知上如果肤浅与陈旧，的确很难胜任这一题材的创作。

此外，以今天这个时代的审美需求，“工业题材”创作中还必须同时纳入更多的艺术思维，让作品真正插上艺术翅膀，飞得更远。不妨借鉴一下欧美电影运作中的“类型”思维，使作品更有趣味和吸引力。“类型化”在传统文艺理论中一直是个贬义词，好像文艺作品一沾上“类型化”的边，价值就会大打折扣。与“类型化”相对的是“典型化”，传统文艺理论中，只有“典型化”的作品才是文艺创作的正途。但多年的艺术实践证明，曾经的“典型化”反而造就了大量的速朽作品，许多经不住时间检验的假大空玩意，都是假以“典型化”的名义用概念的模子生生挤压出来的，作品中全然排斥世俗气的所谓“社会生活本质”无不带有浓重的文件和教科书腔儿。很不幸，“工业题材”文艺创作受这类虚假创作理念的贻误似乎最深。

“文化大革命”结束后，老套“典型化”的创作方法渐渐失宠，作家们的创作进入各自为阵的原生状态，仿佛作家们也解散了自己所属的文艺“人民公社”，进入了“包产到户”的个体化自由写作阶段。也真的有了新的创作大繁荣，出现了一批又一批优秀的文艺作品。然而，“工业题材”创作似乎仍滞留在计划经济时代和人民公社时代，仍要走“组织起来”的道路，仍需要“扶持”“呼吁”和“高度重视”。这很像曾经的“农村题材”和“军旅题材”。但后两种题材的创作由于适时地自我调整，新翻杨柳，创作成就比“工业题材”要大得多，大众接受的程度也比“工业题材”高出许多，如电视剧《乡村爱情》《士兵突击》《炊事班的故事》等等。个中自然有太多原因，而依笔者浅见，“农村题材”和“军事题材”创作大胆走出了老套“典型化”创作思维的樊篱，真正做到了与时俱进，是最重要的原因。

不妨套用一下京剧改革中“要程式不要程式化”的句式，在“工业题材”创作中，也来个“要类型不要类型化”的尝试，将历经千百年检验和筛选的叙事类型引入构思当中。当然，它的前提是丰厚的生活积累和深刻的思想认知。加入这一前提，笔者的主张便不致被误解。比如爱情类型、灰姑娘类型、飞黄腾达类型、阴谋类型、复仇类型、归来类型、牺牲类型、家庭类型等等。当然，还有喜剧、悲剧、悲喜剧等几大戏剧类型划分。与其说这些“类型”是与创新相对立的固定模式，不如说它们代表了人类共同的愿望和共同的价值观，是“集体愿望”的达成。如果我们的创作者真的拥有厚实的生活底子和深邃的思想、扎实的艺术功力，那么，叙事类型的运用不会贻误你，只会助你与受众走得更近。

“工业题材”创作的最大心魔即是对于“重大题材”的刻板认识，一“重大”就要“本质”，就要“主流”，就要“严肃”，就要端起架子。一“重大”就要固步自封，刻舟求剑。然而逝者如斯，不舍昼夜，此流已非彼流，可我们仍要将跳江求剑者早已在船舷上刻好的那个固定的印记作为依据。

“军旅题材”和“农村题材”的创作却顺应时代得多。以“军旅题材”为例，军事与工业在共和国成长史上同样举足轻重，分量如山，但“军旅题材”的创作却充满活力，新意迭现。如情景喜剧《炊事班的故事》，这是中国第一部“军旅题材”的情景喜剧，全剧以一个空军基层连队的炊事班作为舞台，将新时代军营生活展示得妙趣横生，令人捧腹，戏谑笑闹而又兵味十足。除了通常的情景喜剧特点，剧中还融入了许多时尚元素，如悲喜交融、黑色幽默、流行资讯、间离效果、戏中戏、卡通化、脑筋急转弯、无厘头等，令人耳目一新，受到观众的普遍喜爱。这使人联想起二十世纪六十年代初那部“军旅题材”的喜剧片《哥俩好》，看来这种大胆创新在部队文艺工作者中间是有良好传统的。

这又引出另一个问题，即如何看待今天的“娱乐化”。以本人愚见，“娱乐化”并非坏事，更非洪水猛兽。“娱乐化”即便算不上褒义词，也应为中性词，而非贬义词。首先它符合文艺的本质，文艺的功能之一即是娱乐，即便在僵化与保守的年代，官方仍提出“寓教于乐”的文艺主张。今天，“娱乐化”就更不该被排斥，它符合这个竞争激烈的时代基本的人性需求。因此可说，“娱乐化”即人性化。至于娱乐中的低俗倾向、反智倾向等等，责任不该由“娱乐化”来负。茄子、绿豆被人为地过度追捧以至食者走火入魔，干茄子、绿豆何事？

相比于其他许多题材的创作实践，“工业题材”创作常显得拘谨、刻板。因此，广大受众不大待见这类作品，也并非都是受众的过错。笔者以为，重要的问题已不再是“工业题材”文艺创作要去捍卫什么，拯救什么，而是这类创作如何自我救赎，再塑金身。“工业题材”创作必须冲破自设的樊篱，放下架子，求新求变，以谋得当下文艺百花园中的一席之地。

很难吗？是的，的确很难，但苏联的长篇小说《叶尔绍夫兄弟》却早为我们打了个样儿。必须看到，大多数中国本土的工业小说都还不及半个多世纪前的一部《叶尔绍夫兄弟》在中国读者中更有影响。作为社会主义国家的苏联，意识形态方面同我们十分相近，“工业题材”文艺作品无论在呈现上还是接受上，其难度系数也都差不多。但柯切托夫的《叶尔绍夫兄弟》却以浑厚的历史感、犀利的政论笔调、博大的诗意和文学精神赢得了中国读者。直至今天，许多中国读者提到它，依然像与旧日恋人重逢一样怦然心动。《叶尔绍夫兄弟》自然也在担负重大的政治使命，也在表达那个时代统治阶级的某些政治诉求，然而俄罗斯民族的文学传统、艺术精神和浪漫诗意却远远大于那些阶段性的政治使命与诉求。作品中的某些东西虽然也已成明日黄花，不合今天的“时宜”，如钢铁生产的指导思想论争，文艺路线的论争，等等。但它依然有一种美人迟暮般的魅力，继续打动着我们。战争带给人的心灵创伤及由此而生的人格力量、人性光芒，作品中弥漫着的激情、血性与好男好女的胸怀，妙思佳构所带来的阅读效果等等，依然可以穿越时空，历久弥新。

我们欣喜地看到，中国作家近年来写工人的作品已取得相当的成就。他们最为成功之处在于生活化、艺术化地写出了时代变迁中当代中国工人的喜怒哀乐、悲欢离合。他们是“主人翁”，更是活生生的普通劳动者，人物性格有血有肉，没有被老套的“典型化”和“本质论”所抽象、拔高，因此呼之欲出，感人至深。这些别开生面又荡气回肠的作品赢得了很好的口碑，为“工业题材”文艺创作带来了新生机、新希望。有这些作品在，“工业题材”文艺创作的脚步才更为扎实有力，前景也显得并不悲观。

《罗布泊新歌》给我们的启示

读长篇报告文学《罗布泊新歌》有这样强烈的感受：广袤浩瀚的大视野，携风带电的快节奏，气势恢宏的铺叙与放歌。这不仅来自作者书写的对象——罗布泊千里无人区中为改变中国钾肥90%依赖进口的局面昼夜苦战的科技英雄们，也来自这部报告文学的文本自身。

关于《罗布泊新歌》的评论已经很多很精当了，如："全景式描绘了中国钾肥事业从无到有、不断发展壮大的曲折经历，讲述了李守江和他的团队在罗布泊艰苦创业的感人事迹"；"一部有力量、有感染力的'大歌'"；"现实主义题材创作的重要收获"；"接地气、有温度、有时代感，歌颂了平凡的英雄，是作家对时代精神的书写与阐释"；等等。我想从文本和创作的角度再谈一谈。

今天的中国文坛似乎又到了新的"拐点"。仿佛十多年前，上上下下还在呼唤"中国长篇小说的大繁荣"呢，而现在，据不完全统计，长篇小说的年产量已保持在五千部左右。长篇小说是所有文学种类中体量最大且耗费作者阅历资源、精神资源、文学修养资源最多的，“文化大革命”时期和其禁锢结束后的若干年里，慢说年产量五千部，就是五百部都属天方夜谭。今天，这么大的创作工程都能以如此速度“大干快上”，其他文学种类如散文、诗歌、报告文学以及网络文学等等，年产量之大就更不在话下。这当然总体来说是好事，作品基数大，精品力作的出现概率也会随之增大。不是常有人说，中国足球之弱首先就弱在中国足球人口的比例太低上吗？但这也会出现一些问题：快和急。即如贵州茅台酒（曾获国际金奖）和绍兴女儿红，纵使前期生产的所有环节都已达标，然而由于需求量太大，已等不及按老办法在地下埋足够长的时间了，它们的口感还会那么醇香吗？

《罗布泊新歌》则为今天的“文学发展拐点”提供了重要的启示：一是超常的在场体验和难度系数极高的采访，一是精心的书写和上乘的文本。而这两者并不总会集于一身的。作者刘国强为了这部奇书，先后去了三次罗布泊，写起来呢，又是那样不甘平庸，苦心孤诣，求新求奇，否则他觉得对不起那些科技大英雄，也对不起自己。这再次验证了好作品必须用脚去跑，再用心去写，缺一不可。一个作家不仅要走万里路，还要读万卷书；不仅要“深深扎根人民”，还要“板凳坐得十年冷”；不仅要在思想层面、社会学层面下大气力，还要在文本的设置和打磨上多费些心思，多花些工夫。虽然今天这个日新月异的现代化大时代远不同于“曾经慢”的《红楼梦》时代，评论家们也一再呼唤文学“亟待对当下现实做出及时的解读”，但重弹“披阅十载，增删五次”的老调，仍很必要。

当然，今天我们所说的“慢”也具有一定的相对性。刘国强操作的毕竟是理应比长篇小说快些的报告文学，他本人又是阅历丰富、精力过人的高产、快手作家。但《罗布泊新歌》的写作速度就他而言，还是相对地慢了一些。要烤三次大火炉，经历三次炼狱般的磨练，记下三大本、四十多万字的采访笔记。把这些珍贵的第一手资料稍加梳理润色，输入电脑，就够骄人的了，他却还是不肯放过自己，对文本又提出更为苛刻的高要求。首先着力的是“结构创新”，作品分为四大部分，即戏剧结构的“起、承、转、合”，或交响乐结构的四个“乐章”。而这并非为形式而形式，它对应着内容——李守江团队起步、发展、转折、未来的四个创业阶段。除了大结构，内里还有个细化的结构，从第一歌到第十二歌，每一“歌”都用诗歌或歌词开头，每一“歌”的结尾部分都采用音乐的“间奏”形式，插入一小段类似于“闲笔”或“别调”的部分，这就令“罗布泊新歌”不仅是生命之歌、奋斗之歌，又是语言艺术之歌。文本的语速是那样迅急，对应着罗布泊英雄们只争朝夕的创业速度，但却是“慢”出来的，因为刘国强除了报告文学家的角色外，还是小说家、散文家，甚至画家和音乐家，对经典阅读的痴迷程度也超出我们好多人。他的三次“死海”之旅和对文本的挑剔、六易其稿，使这部大书先天地就胜人一筹。

刘国强认为，现在的文学创作“同质化太严重，几乎千人一面”，因此他“时刻警醒自己，在写每一篇文章之前想一想，你的创新点在哪儿？”“创新点”的说法非常重要，笔者强调的今天的“文学发展拐点”正在于此。这又像是老生常谈，在中国经济、科技等高端产业高调鼓励创新的年代，“创新”这个使用频率极高的词儿本身就已经不太“新”了。国家近年来对文学前所未有的重视、投入、扶持和安排定点体验生活，必将推动文坛进入新的历史阶段。但这样的大好局面也会伴生一些问题，即创作上的急和快。比如，一个省或更高一级的重点作品扶持单位，它们对被扶持的作品是有时间限定的，一般是两年左右的扶持周期，期满时作品如果没出来，是要被问责的。这都没有问题，因为资金的使用必须用省时、高效这样的经济规律来约束，也的确有拿了扶持金而作品终未完成的个案。但毋庸讳言，这样的上上下下定额式完成“生产任务”的方式，也易于催生出一个过于匆忙的创作局面。这样的现象当然并非中国独有，阿根廷小说家胡里奥·科塔萨尔几十年前已经注意到了（虽然不无戏谑成分）：“越来越多的国家里作者、造纸厂和油墨厂遍地，作者整日写作，机器为了印制出作者的稿件彻夜开动”；“书本越过城市的边界，涌入乡村，压垮一片片麦田和向日葵花田，道路管理局勉力清理，以保住两面高耸书墙之间的道路”；“作者们一刻不停地工作，因为人类尊重自己的天职，印刷品已经推向了海岸线”……（《尽头世界的尽头》）

罗布泊的科技英雄们太伟大了，我们急于让天下人尽早知道是对的。但如果说钾盐、钾肥的发掘和生产非一朝一夕之功，那么我们对英雄的讴歌是不是也应当一唱三叹，令余音绕梁三日而不绝？

刘国强三赴西部大戈壁，经过不断被震撼的采访过后，又雄心勃勃地挑战起传统的报告文学写法，拒绝没有思想的“干花一样”的作品，“色彩还在，形状还在，灵魂却没了”；拒绝“出手就败在语言上”的“语言功力差，作品质地不可能不差”的粗糙文本；“要在哲学方面，历史方面，植物方面，自然方面，古代遗存方面，气候方面，反思方面，外延方面，都有新的探索和准确的表达”……这也同样具有了英雄的气概。

“罗布泊新歌”的不倦歌者们都是英雄。

京胡

琴杆也就笛子长短，琴筒也就腕子粗细，两支弦轴再加一副马尾竹弓。东西不大，声音却响亮得不可思议，大老远就能把你拽住，像节肢动物中的“知了”。这就是京胡，褐色或黄色竹身，琴筒上蒙着条块清晰、黑白分明的蛇皮，蛇皮边缘裹着庄重的黑绸或蓝布。

京胡是京剧乐队的领袖，“国戏”的第一号伴奏乐器，无可替代。在嘈杂如闹市的旧戏园子，没有扩音设备帮忙，却有一浪高过一浪的问候、聊天、喝彩、叫卖，以及甩手巾板前的吆喝，女眷们的一惊一乍，有头有脸的人物引起的躁动，不肯轻易消失的嗑瓜子声响。这样的环境造就了中国京剧的叫天大嗓，铿锵锣鼓，还有高亢尖锐、穿透力极强的京胡。却见那位穿长衫的琴师，跷着二郎腿，腿上垫着块布，将小小的京胡向左倾斜着，执琴弓的右手疾徐往返，清脆的琴音伴着檀板和蹦豆似的单皮鼓声，把最后一排衣食父母也给安顿住了。穿长衫、穿马褂、穿中山装、穿西服的琴师们往那儿一坐，几百年光景匆匆过去。

小提琴和小号，都是同类乐器中体积最小的，声音也都最高。但小提琴和小号还可以向相对的低音区延伸，仅有两根弦的中国京胡就不成了，它的有效音域也就十度有余，再高点谁的耳膜都麻烦，再低点又低不下去，如恋爱术语所言："高不成低不就。"这是个很大的局限。不过多少代京胡大师不肯善罢甘休，将一支小竹器蘸着智慧次第传下来，逐渐确立了高拉低唱、低拉高唱、繁简对应、烘云托月的独特伴奏风格。中国京剧的写意化表演（"把布景带在身上"）正是被局限逼出来的，却变被动为主动，创造出一套独一无二的表演体系。京胡的威风也是这么逼出来的。

京胡的身子骨几乎全是竹子，只有弦轴是木的。木在二胡等乐器中唱主角，在京胡中，它却是"龙套"了，做些从属性工作。京胡的尖锐正源自南国的修竹。这也奇了，同样是竹，做成笙管笛箫，便阴柔得多，做成京胡，却男性化了，阳气四射，像是位好斗的、雄辩的大律师，动不动即拍案而起。中国人喜欢以竹、兰、梅、菊喻君子之德，竹子的节那叫有气节，竹子的空心那叫虚怀若谷，济南趵突泉即有楹联赞誉竹子："未曾出土便有节，及至凌云尚虚心。"竹子丢进火中，又可以炸响驱邪，火药发明前中国人过年过节放的是真正意义的"爆竹"。竹子为历代文人所青睐，魏晋时代，阮籍那哥儿七个喜欢在竹林里吃酒作乐，放诞任侠，人称"竹林七贤"。到了唐代，李白又伙同五个哥儿们，常去竹溪边上敞开肚子豪饮，高谈阔论，世人又称他们为“竹溪六逸”。再往后，到了清代，郑板桥心情好了或是不好了，也要画一画竹子。这位“郑进士板桥燮”借着笔下的竹子等物晓谕天下，自己“怒不同人”“不为俗屈”“慷慨啸傲”“磊落不羁”。京胡仿佛与这些爱竹者气韵相通，“卓卓然若野鹤之在鸡群”，多少把二胡、琵琶、三弦、大阮也压不住，它惊世骇俗的尖叫，让人们既敬且畏。诸先贤还可在同行中交下三五好友，京胡却有强烈的同性排斥力，两把京胡同时放歌比吵架还要可怕。

二十世纪二十年代，梅兰芳先生曾苦于京胡与旦角的尖薄对立，遂与琴师徐兰沅、王少卿尝试着以柔软些的乐器作为缓冲，四胡、大忽雷、小忽雷等都试过，最后选定了二胡，并逐渐使之演变为京二胡（嗡子）。有了京二胡包容的京胡如虎添翼，包的是它的短处，却令其长处更加彰显。好似一个火性后生，背后有一位世事洞明、人情练达的长者帮衬着。然而传统京剧的拥戴者们永远是那么信守“祖宗家法”（旧式舞台的大幕即称“守旧”），责骂起梅先生微弱的改良，尽管这新型的配置仅仅用于旦角，其他唱腔中一仍其旧。

“京胡”是现代的说法，二百多年前“四大徽班”进京，京剧的几大来源汉调、微调等，主要伴奏乐器一直叫胡琴；不过琴筒尚为木制，声音低暗。后来，这些剧种经过不断的改造、提升，统称为京剧了，乐器的琴筒也逐渐改为竹制，声音开始尖锐高亢，但依然叫胡琴。大约直到二十世纪五六十年代，人们才想到，戏既已姓了“京”，胡琴也一道姓了“京”吧，“京胡”的叫法这才开始。“样板戏”年代，我和许多人钟情于京胡时，还以为这尤物的老家也是北京呢。后来发现，南方许多地方戏如湖北的汉剧、广西的桂剧等，都用它来伴奏，我还曾大惊小怪过。其实汉剧早就以京剧后来沿用下来的胡琴、月琴、三弦、鼓板等乐器伴奏，它的唱腔和伴奏今天听起来，像是怪怪的京剧腔。而四大徽班进北京前，汉调传至广西等地，逐渐演变成桂剧，伴奏体制也都如出一辙。再后来我们又发现，甚至南方兄弟民族且歌且舞时，也有竹制的拉弦乐器和京剧的另一伴奏乐器月琴助兴。我辈便羞愧地明白，中国文化的任何一种蓄积、发扬都不那么简单直白。被定为世界文化遗产的云南丽江，那儿的“中华古乐活化石”——纳西古乐里，居然也有“京胡”，由耄耋老人沧桑地拉奏，《一封书》《到夏来》《山坡羊》《清河老人》等曲目，无不有它锦上添花。所奏虽非西皮、二簧，却净是多少世纪前由中原带来的正宗华夏古乐。

京剧的初级阶段里，曾有过两种伴奏体系，一用胡琴，一用笛子。后者由于乐器本身的局限，拖累得唱腔过于徐缓庄重，前者却灵动得多。但有一段时间，胡琴却“歇菜”了，只用笛子勉为其难地伴奏。这是皇帝老儿做下的霸道事。嘉庆年间，胡琴伴奏得好好的，大家都听得耳顺心遂，皇上的某根神经却动了一下，发现了问题。他其实也知道这两根弦的小东西不赖，清代多少皇上都是爱欢懂戏的，不过嘉庆帝凡事更计较名分。名不正言何以顺？京剧板腔体的一大主干叫“二簧”，“二簧”者，“二皇”也，那会儿正好就有太上皇（乾隆爷），爷俩不就对上号了吗？这都没有问题。胡琴历史上，琴弦是丝做的，里弦叫老弦，外弦叫子弦，会说话的又叫它们“老贤”和“子贤”。这也没问题，甚至越发地有趣了。但万岁爷什么事情都比我们更有洞察力，更有政治头脑。他说，你那琴弦一旦断了，怎么办？哪一根断了都不吉利呀。于是该老儿像处理朝廷大事一样，正儿八经地下了特旨，废去胡琴，改用笛子伴奏。那以后又过了几十年，到了同治年间，年幼的皇帝一如既往地喜欢京剧，高兴了也要唱上几口，但用笛子伴奏越来越不过瘾。那都十九世纪中后期了，什么新鲜事没有呢？再说除了慈禧“老佛爷”也没有太上皇了，同治帝便又下令，还是改用胡琴伴奏吧。于是我们的小竹器像特赦的罪臣一样，又被重新启用。或许是嘉庆朝的禁令太有威慑力了，许多年里，艺人们居然不敢叫胡琴连同搭档月琴的本名，仍以“笛”相称，胡琴叫“上手笛”，月琴叫“下手笛”，合称“双手笛”。

京剧这个“国粹”成就了多少表演大师，也成就了多少京胡演奏大师，如梅雨田、孙佐臣、陈彦衡、徐兰沅、王少卿、杨宝忠、王瑞芝、赵济羹、汪本贞、李慕良等等一批人。他们曾为谭鑫培、谭富英、梅兰芳、马连良、杨宝森、余叔岩、言菊朋、奚啸伯、金少山、裘盛戎等名家操琴，不仅出色地烘托了艺术家们的表演，也对京剧音乐的发展、提升做出了可圈可点的贡献。许多人都曾学过戏，参与设计过优美的唱腔和音乐，且一专多能，兼擅中西各种乐器，有的人手指奇长，有的人甚至能“左右开弓”。大师们个个身怀绝技，终日习琴不辍，把一支小竹器直玩得穿石裂帛，入地钻天。在旧戏园子的多少光阴里，戏迷们将火辣辣的喝彩与掌声千万次地赠送给表演大师，也千万次地赠送给这些演奏大师。他们是绿叶，又何尝不是红花？

梅雨田先生，梅兰芳伯父，乃一百多年前的琴师“四大名家”之一，长期为谭派宗师谭鑫培操琴。相传谭先生在《骂曹》戏中以曲牌《夜深沉》伴击鼓，即始自梅公。徐珂《清稗类钞》言：“胡琴本无奇声，自梅弄之，凡喉所能至，弦亦能至。柔之令细则如蝇，放之令洪则如虎，连之令密则如雨，断之令散则如风”；梅公“体肥而肤润”，京胡素重“手音”，“人之指肉有厚薄，故音有高下”，梅公“手指上下，急如风轮，密如蛇足”，“唱调无穷，弦亦复无穷；每换句调，则易其法；每弄过门，则更其声，五花八门，层出不穷”。梅公音乐知识广博，演奏经验丰富，除了京胡，还善打鼓、吹笛、吹唢呐，场面上的乐器几乎无一不会，无一不精。他的门下曾有许多高徒，都名噪一时。我见过梅雨田先生的照片，相貌干净富态，梳着辫子，身着锦缎马褂，一副压得住阵脚的雍容气派。

李慕良先生，七岁开始学老生戏，九岁学胡琴，十二岁登台，人称奇才。十五岁拜马连良为师（他的名字我们也知道含义了），一面继续学老生，一面刻苦钻研琴艺，追求“心手相印”的艺术境界。二十二岁起专门为马连良操琴，其烘云托月、托腔保调的琴技深为人们赞赏，两位“良”的完美合作被誉为“珠联璧合”。可惜先生高绝的琴技今天无法实地领略了，通过嘶嘶啦啦的变了味的老唱片硬去听，还不如想象一番的好。据说当年，李慕良先生有一奇事：他和马连良先生出国演出，京胡的琴弦当时还是易断裂的丝弦，戏演到较劲处，李先生正在出神入化地运弓，不料琴弦骤断，大厦将倾。然而李先生决不退缩，继续运弓，疏可走马，密不透风，银瓶迸裂，燕语呢喃，那仅余一弦的第一号伴奏乐器令外邦大为倾倒，掌声如雷……此事实在令人叫绝，不过依鄙人看来，传奇色彩过于浓烈了，是否以讹传讹所致？慕良先生断的是哪根弦？若是外弦，仅存的里弦如何继续保持音色的清亮和行进的流畅？若断的是里弦，仅存的外弦倒有可能像单弦的月琴一样，行进无妨；不过这种可能性很小。京胡断的几乎总是纤细的外弦，里弦粗如火柴，你若只用马尾不用刀，还真拿它没办法。再者，京胡的两根弦不是两个陌生人啊，它们唇亡齿寒，是“打虎亲兄弟，上阵父子兵”，共同构成了对于蛇皮琴蒙的压力。断了任何一方，原有的平衡即已打破，原有的音准及音色也不复存在。中国古代向以琴瑟喻夫妇，男方丧偶如弦断一根，再娶则如“续弦”。这譬喻容易遭致今天的妇女同胞的抗议，因为历史上的“续弦”从来为男性专有。不过，这譬喻有它恰切之处，像是些精通乐器的封建大男子想出来的。

京胡的丝弦二十世纪中后期已被钢弦所取代。老式丝弦恰如产生它的传统手工业时代，感伤、脆弱，新型的钢弦却洋溢着大工业时代的上升气，刚健、明亮。李慕良先生断弦演奏的佳话，越来越成为一个遥远的“传说”。

中国人的确喜爱京剧，但除了铁杆戏迷，多数人的耳鼓却承受不了“竹知了”的高分贝敲打。想当年我自修京胡技艺，每为邻人诟病，他们当着我和我父母的面夸我“不简单，还有这两下子”，背地里却称我的琴音“破瓷拉声”“吱吱嘎嘎”“跟杀鸡似的”。我现在一位同事的十岁的儿子，又在学习京胡，每日放学做完作业，都要在严母的督促下，拉一个多小时枯燥的练习曲。邻人便在楼梯里同仇敌忾，互问："谁家又装修了？"

二十世纪早些时间，群众文艺风起云涌，各种规模的文艺宣传队里，吹打弹拉的民族乐器应有尽有，却几乎不见竹制的京胡，许多人连它的名字都叫不出。可是到了六七十年代，情况有了变化，"革命京剧样板戏"至高无上的政治光环，令京胡在民间大吃其香。人们再看这小小的"竹知了"时，眼神里便有了新内容，像是邻人在打量昔日的淘气包、今天的国家干部。"样板戏"在民间大范围普及，万民皆唱，京胡自是题中应有之义，成千上万把"竹知了"在东西南北光荣地"吱吱嘎嘎"。城乡各地的百货店里都在出售京胡，十几块钱一把的紫竹琴最贵了，七八块钱一把的紫竹琴也很不错了；还有一种白竹琴两块五一把，名字叫"大众普及型京胡"。

那时我父亲已被"打倒"，工资大部分扣压了，我们家的日子甚是拮据。父母亲都在"五七干校"，家里由大姐操持。大姐早早便背熟了毛泽东那句名言："节省每一个铜板，为着战争和革命事业。"她把母亲交给她的每一个铜板都攥出水来，然后掰成两瓣花。我就是那个时候，在沈阳市联营公司的乐器柜台，被那两元五角一把的白竹京胡牵动眼球的。柜台外面围了好多大人和孩子，都望着柜台里的竹筒、竹竿、蛇皮和马尾发疯。竹林和蛇都在遥远的南方，越南战争中，越南人浸了毒汁的竹签扎死不少"美国佬"，蛇更不必说了，想想身上都发冷。但是现在，它们跑到北方来了，成了这副可人的模样。已经有人买走了几把白竹京胡，还有人在跃跃欲试。售货员是个五十多岁的男人，脸儿白得像曹操，绷着。他好像很懂得京剧，一会儿拿起一把京胡，吱吱嘎嘎对上弦，拉上一段“提篮小卖”，或是“我家表叔”。对买主说的净是行话，琴杆不说琴杆，说“担子”，弦轴不说弦轴，说“轸子”。还建议以琴身为主，竹料好是首要的，蛇皮成色差些，以后还可以再换嘛。我在那儿一待就是小半天，售货员说的任何话我都竖着耳朵不肯放过。售货间隙，他还要同另一位男售货员聊演艺之事，如前几日某某团体演出现代京剧《沙家浜》，那个郭建光嗓子不错，就是唱得有点傻，不过那京胡拉得好。我万分羡慕这位白脸曹操，要是我也干了这个，就可以天天摆弄京胡了。

我揣着竹林一样美丽的想法回到家，准备把它说给姐姐听。我自觉于理有亏，说出话来吞吞吐吐。现代京剧《智取威虎山》里，杨子荣大骂栾平“吞吞吐吐定藏奸”，这话用在我身上正合适。大姐问：“你想说什么？”我吭哧瘪肚，声音越来越小。大姐一向是疼我这个“老弟弟”的，但她好不容易弄明白我的不良企图后，却勃然大怒，冲我嚷道：“你咋恁不懂事呢？咱是那样的家庭吗？”我的脸一下子烧红了。我想到了没落的八旗子弟，擎着鸟笼继续玩票，芝麻火烧吃完了，舍不得掉在桌上的芝麻，装模作样地蘸着口水在桌上写字，一点点受用沾在指尖的芝麻。吾姊有些语焉不详，我们到底是没落的八旗之家，还是连他们都不如？但结论我清楚了：“大众普及型京胡”没我的份儿。

几年后，我成了我家插队那个公社的“李慕良”，嗅着青草、干草或火炕的气味，盯着公社社员、大队干部、知识青年、乡村学生的口型和动作，为他们一遍一遍伴奏现代京剧的流行唱段，左右手都磨出厚厚的茧子，远近闻名。十里八村的乡亲们一见到我，远远地即叫一声：“京胡！”我的身高已经一米八几，小小的京胡与我的身材一点都不般配，如“身长八尺，腰阔十围”的花和尚鲁智深操起短刀。我才不管呢。我须臾离不开这小竹东西了，决心与它白头偕老。夏夜我坐在草地上（已经湿起来）练琴，冬夜我坐在锅台上（已经凉下来）练琴，任风云变幻，斗转星移，都不为所动。今夜专拉二簧，明夜专拉西皮，慢弓、快弓、抖弓、颤弓，循环往复。我的老师是半导体收音机、乡村有线广播、几本现代京剧的“主旋律乐谱”和“总谱”。那时候生产大队和民办小学都有公家的京胡，除了它们，我自己也有了把还算不错的京胡。母亲用我的旧裤子为它缝了只琴袋，我每天习罢琴，都要小心为它穿好衣装。冬季外出演出，我要把它像婴儿一样揣入怀中，不然一冷一热，蒙琴的蛇皮就完了。

蛇皮为京胡蒙琴总伴着一串麻烦，噪音大，过于尖利，气候变化它也跟着变化，且使用寿命较短。好像是蛇在生人的气：你们那么嫌恶我，却还好意思食我的肉，用我的胆，拿我的皮蒙乐器。我得给你们找点麻烦，不能让你们太舒坦了！其实人们对此早已有了远见，国家的自然资源越来越珍惜，优质蛇皮也的确越来越少。二十世纪六十年代，有人开始尝试用绢涂以液体塑料取代蛇皮，专家鉴定后认为可行，但当时的科技水平和京胡制作工艺限制了这个大胆的开创，新工艺没推广开。到了七十年代，有一位名叫黄金陆的琴师又开始了新的尝试。他采用尼龙料为京胡蒙皮，用环氧树脂胶黏合，经过多年、几百次的努力，终获成功。这种新的代用品使京胡发音圆润不噪，且不受气候影响，造价又仅为蛇皮的百分之一并坚固耐用，俗称“尼龙皮”，雅称“锦纶革”“锦赛革”。有论者认为，早年间京胡的“炸音”适应了没有扩音设备且嘈杂如闹市的旧戏园子，而在拥有高科技音响的今天，则应提倡京胡的含蓄与隽永。

蛇与竹联手的尖锐时代快要成为历史了吗？

京胡好似草原上的野马，桀骜不驯，谁碰跟谁急，尤其喜欢和生手过不去。你就是勉强骑在它身上，它也不会服你的管，继续东一下西一下地乱蹦，变着法把你颠翻，甩掉，否则让一个俗人骑在身上，它心里不痛快。我有二十多年没动京胡了，前些日子为了电视台的一个节目，我再续前缘。当年虽有七年的功夫，可而今刚一上手，这匹野马便开始尥蹶子，杀鸡或电锯锯木头一样嘶叫着。直拉得我左手指肿胀，右手触弓处血肉模糊，耳膜强烈地报警。我用几贴创可贴缠好伤处，咬牙坚持了几日，这家伙方才认出我来，遂服了我管。

今天有许多年轻漂亮的女骑手，把京胡这匹野马调教得服服帖帖，百依百顺。讲究声学原理的现代化音乐厅内灯火辉煌，西服革履的观众屏住呼吸，新一代女京胡手严肃起来，柔中有刚地拉响了京剧曲牌《夜深沉》。此曲源自遥远年代的昆剧《思凡》，因“夜深沉独自卧”的唱句得名。漫长的岁月里，京剧舞台上霸王和虞姬沉痛诀别；祢衡击鼓怒斥曹操，七百里连营寨化为灰烬……这苍凉刚烈的曲牌都出现过。演奏莫扎特、贝多芬的大型交响乐队在女琴师身后围拢着，改良的旗袍，民族染织工艺，从旧戏园子雕梁画栋中款步而来的京胡，阮籍、嵇康、李白、郑板桥诸先贤喜爱的竹子凸显出来，缓若呜咽，疾若飞马，其清如水，其烈如火，万古长夜，天上人间。

已经成为“世界华人音乐经典”的《夜深沉》在这个上空回旋了几百年，女琴师的眸子里有一种大蕴藏，似喜似悲。

革胡

中国传统乐器多源自北部和西部民族，而历史上，中土人将北部和西部民族统称“胡”，所以好多传过来的乐器都姓了“胡”。“胡”早年间含有贬义，“胡琴”这个词倒挺好听，可“胡搅蛮缠”“胡作非为”“胡诌八扯”“胡吃海喝”就不怎么悦耳了。

唐宋时，从北部和西部传到中土的所有乐器都叫胡琴，包括琵琶和忽雷（类似琵琶）。宋以后，才有了马尾胡琴，就是今天我们耳熟能详的拉弦乐器。胡琴慢慢地缀上了龙头，雕上了花纹，奏出了中土之音，成为中国人的文化符号，伴我们欢喜着，哀伤着，思念着。非洲某些部落视烟斗为神器，他们用烟斗吸烟时觉得在同祖先神交。而胡琴咿呀响起时，中国人闭上眼睛，仿佛也可与先人对话。

胡琴种类繁多，有高胡、二胡、四胡、中胡、大胡、板胡、京胡、坠胡、椰胡、马骨胡等等。此外还有一种革胡，比所有胡琴都年幼，却比所有胡琴都膀大腰圆。革胡的“革”字颇有用意，有种解释是“改革大二胡”的意思，但若考察它的出生年月——二十世纪五十年代，就无法不同“革命”这个“时代最强音”联系起来。

中国的民族拉弦乐器以低音为弱，大胡的局限性很大，声音粗糙沉闷，技法简单，阴天下雨时，蒙琴筒的兽皮再一受潮，就更是雪上加霜。当年我在农村当知青，生产队里就有一把大胡，蒙着牛皮，声音像在地板上挪家具。乐队中只能让它奏些简单的音符“堵空”。

中国的民乐千好万好，低声部却英雄气短，怎么办？当年的民乐团便奉行“拿来主义”，直接用上了西洋的大提琴和低音提琴。低声部完美多了，整个乐曲听起来还是道地中国式的，《金蛇狂舞》不会让人想到太平洋群岛上哪个蛇岛，《丰收锣鼓》也不会让人有置身意大利或希腊某一产麦区的错觉。

但二十世纪中后期有个关键词叫“反对崇洋媚外”，在这个口号声中，革胡诞生了。它是在二胡基础上仿照西洋大提琴改良而来的，四根弦，用蟒皮共鸣，音量比大胡大了，音域也宽广多了。我们终于有了自己的功能较为完善的低音拉弦乐器。“文化大革命”期间的新闻纪录片里，民族管弦乐队不时出现革胡的形象，位置就在西洋管弦乐队里大提琴的地方——舞台的右侧。共鸣箱大而圆，像一只中国大鼓侧卧在演奏员脚下，蒙着老大的蟒皮。然而无论指法、弓法、拉弦、拨弦，包括定弦的方式（C、G、D、A）等，几乎就是大提琴的翻版。由此，革胡又被称作“大提琴的中国版”。

休要把革胡理解成“皮革”之胡，它是革新之胡，革命之胡，改革之胡。“胡”这个字历史上仅指北部和西部民族，后来泛指起所有异邦。可是多年以后，姓“胡”的乐器倒成了中国民乐的核心，中国文化的象征。当年研制革胡是在进行“没有硝烟的战斗”，带有强烈的民族主义色彩。在这个“清理门户”的革命中，中国民族管弦乐队更加纯洁了。日本有一位音乐家叫岸边成雄，当年也高度评价革胡“是东西方文化融合的产物，并保持了胡琴原有的音色特点”。

不知何时起，民乐队中革胡的身影渐渐消失了，西洋大提琴和低音提琴卷土重来，“胡汉三又回来了”。因为革胡为了保持胡琴的风格，共鸣箱也侧过来，而琴弦与指板的方向却要与大提琴一致，共鸣的效果就不够理想。此外，蒙琴的蟒皮易受温度和湿度的影响，制约性较大。更重要的是，多年来巨蟒越来越少，而全球范围的动物保护理念已深植人心，革胡共鸣箱所需蟒皮的面积之大有些不合时宜了。当然也有用羊皮或马皮变通的，但效果不言自明。

半个世纪过去，中国人在“拿来”世界先进文化“为我所用”的进程中，越来越大胆自信，吞吐自如。用西洋管弦乐队奏瞎子阿炳的《二泉映月》，奏京剧交响乐《杨门女将》，奏《长江之歌》《保卫黄河》，奏花鼓、皮影、梆子、汉调……外国人听的是中国气派，中国人自己听的也还是中国味道。

有趣的是，革胡的身影在中国内地渐渐远去，而中国香港的中乐团和新加坡的华乐团却保留着它的地位。新加坡的“徵羽四重奏”即用了高胡、二胡、中胡和革胡，与西洋的弦乐四重奏各声部提琴一一对应，被称作“国宝之一”。香港中乐团某年在人民大会堂演出的大型民族管弦乐曲《和平颂》，低声部也全部采用了革胡。内地的民间娱乐中偶有革胡踪迹，报载某老年民乐队因缺少低音乐器，自制了一架革胡，将三支腰鼓接在一起组成共鸣箱，整个乐器仅花八十元，效果还不错，乐队里的老先生都非常高兴。

无论革胡还是大提琴，土枪还是洋炮，目的都是一个：奏响黄钟大吕，发出华夏声音。

一个京剧粉丝的自画像

别以为我就没做过“明星梦”。还是男孩时我曾有副不错的嗓子，当时盛行的“革命样板戏”中男英雄最高最难的唱段全能原调唱下来，眼梢又恰像英雄们那样上翘，俗称“吊眼梢子”，手、眼、身、法、步也略知一二，于是我满心希望也能成为“样板戏明星”。

但是很不幸，我的长势过于喜人了，“样板戏”一号男英雄大都是中等个，杨子荣、郭建光、洪常青、赵勇刚、陆长海也就一米七几，严伟才可能刚过一米七（武功也最好）。李玉和最高了，一米八，往舞台上一站，顶天立地。可我直长到比他高出三公分仍没有停下来的意思。

我并未意识到和那些徒劳地做篮球明星梦的人刚好相反的身高问题的悲剧性，继续妄想吃上“样板团”的皇粮，每年单、棉两套军装，美女如云且能避开乡村风雨。在随父母下乡“走五七”那个小村的生产队场院里，我被一群蚊虫团团围住高唱

“狱警传似狼嗥我迈步出监”时，腔调几可乱真，可一玩起武的就搞砸了，翻跟头生把一只脚的大脚趾趾甲连根拔出，长了好几个月才恢复原样。

但我嗓子的确不赖，没有唱不上去的高调。为了锦上添花，我还频频潜入乡村中学的养鸡场偷生鸡蛋喝（味道还过得去），据说那宝贝东西养嗓子。十七八岁变声期间，我脑子进了水，继续像日后电视歌手那样没完没了飙高音，还用井拔凉水解渴，不久嗓子便开始降调，直至降为彻底的男低音。我倒可以用胸腔共鸣唱一唱“五十岁的老司机”“师长有床绿军被”了，却永远无法再唱京剧高腔。

我真想一头撞死算了，尔后又改了主意，我还有一手儿能跟京剧藕断丝连啊——拉京胡！

我的身体不顾我的意愿继续疯长，直到一米八六。那把不足半米高的京胡不会高兴的，它的生长期早已停滞，我却继续拉长自己。乐手和乐器像一对恋人，过分悬殊的身高差距不是爱情的福音。但这岂是我之错？我最初恋上京胡正值营养匮乏时期，个子只有三把京胡高，谁能料到几年后会拜乡村新鲜空气、粮食、果蔬所赐，直长到近四把京胡那么高？

我哥刘齐从他们厂文工团为我借来一本厚厚的封皮通红的《红灯记》总谱，里面印满了蝌蚪一样的五线谱符号，我用简谱的规律把它们一点一点都破解了，也才知道京胡伴奏的“套子”和唱腔不尽相同，疏密对应，烘云托月。我的翅膀一天天长硬，乡村有线广播一放“样板戏”，我就飞跑进土屋，拿起京胡，迅速定好弦，随之一块儿拉下去。我不可能干得过那些国家级京胡圣手，但能跟他们拉得一样快，套路也一点不差。那时刻我生出一种幻觉：俺也是乐池子里挣薪水的首席琴师了！穿着公家发的草绿军装，操着公家发的紫竹京胡，神气活现地为英雄和坏人们伴奏，不时甩一下比马尾巴质地还好的乌油油的秀发。

几年后，我成了插队那个公社的京胡达人，嗅着青草、干草、火炕或马粪气味，盯着公社社员、下乡知青、大队干部、乡村少年的口型，为他们一遍一遍伴奏“样板戏”唱段，左右手的着力点都磨出厚厚的茧子。十里八村的乡亲们一见到我，远远就高喊：“京胡！”小小的京胡和我的身材很不般配，如“身长八尺，腰阔十围”的花和尚鲁智深操起短刀。我才不管呢，决意冲破世俗观念，与它白头偕老。夏夜我坐在草地上（已经湿起来）练琴，冬夜我坐在锅台上（已经凉下来）练琴，今晚专拉二簧，明晚专拉西皮，慢弓、快弓、抖弓、颤弓，循环往复，一拉就是几个钟头。

“文化大革命”结束后，“样板戏”迅速冷落下来，我也该干啥就干啥去了，先回城当工人，后考上大学中文系，直至吃起文学饭。再往后，整个京剧都冷落下来，即使在一个小场子演出人也坐不满，电视镜头都不敢往后照。可只要我去了剧场，就算角儿们唱得不合我意，动静最大、持续最久的掌声也一定是我拍出来的。央视戏曲频道应该把我们家也列入收视率调查的“样本户”。

京剧的英文名叫“北京歌剧”，它的确有如西洋歌剧，你第一次听若不喜欢，一辈子就不大可能喜欢了。但如果第一次听就喜欢上了，便可能终生不渝。我正是这样，从最初和“北京歌剧”一见钟情后，几十年来再没移情别恋。

纵然是美人迟暮到底情难舍

京剧真的衰落了吗？答案是肯定的。在全民埋头玩手机的微信时代，连报纸、广播、电视都痛感风光不再，迟暮美人京剧就更不在话下，即使在一个小场子演出人也坐不满，电视镜头都不敢往后照。

但一百年前不是这样，七八十年前战火把中国烧得疮痍满目的时候也不是这样。“孤岛”继续上演京剧，沦陷区继续上演京剧，伪满洲国和伪皇宫继续上演京剧，国统区继续上演京剧，中共领导的多少个大大小小的抗日根据地继续上演京剧。国军总喜欢骂共军是“泥腿子”“土包子”“穷棒子”“共匪”，但他们后来才得知，这些“泥腿子”抗战时期及国共决战时期组织的各种京剧团、京剧队、京剧社、京剧研究院，其数量之众，演出剧目之广，令人瞠目。中共的任何一个群体几乎都活跃着自己的京剧组织，作战部队不必说了，战时的宣传、慰劳演出自是题中应有之义，甚至后方的卫生院、兵工厂、被服厂、留守处等机构，也都有各自的京剧团，只不过规模、条件、水平各异罢了。

据中国戏剧出版社1999年9月版《中国京剧史》（中卷）载，八路军一二〇师有个战斗平（那会儿北京还叫北平）剧社，是八路军最早创建的专业京剧班社之一。开国元勋贺龙当时是一二〇师的首长，这位“两把菜刀闹革命”的大英雄很喜爱京剧，“战斗平剧社”的名字即是他起的。该社大概是抗战年代中共武装力量中阵容最强的京剧社团了，设有社长、副社长、指导员、艺术指导诸领导职务，下设两个演员组和一个炊事班，甚至还有一个马兵班。生旦净丑，吹打弹拉，服装道具基本齐备。为了适应战斗环境，师部还专门调了两匹大骡子供他们驮戏装道具。战斗平剧社上演过大量传统戏，也上演过结合斗争实际创编的现代戏《松花江上》《嵩山星火》等，受到部队将士和驻地百姓的热烈欢迎。但此前，由于战争年代条件有限，他们总是缺东少西，尤其缺少古代戏装，因此早期只得穿军装、便装表演，效果如何可想而知。贺龙知道情况后，用今天的话讲，真正是“高度重视”，随即派人着手解决。当时部队驻扎在山西兴县，县境内有个叫四圪塔的敌伪据点某日正在上演山西梆子。贺老总下令，八路军攻下四圪塔，赶走日伪军，并向梆子戏班宣传抗日。最后戏箱（装有戏装等演出用具）的主人便投了八路，战斗平剧社终于有了部分戏装。当然还不够，后又经贺龙批准，由剧社设计，一二〇师总后勤部赶制了力所能及的素的、软的戏装，如青衣、箭衣、彩裤、褶子、软罗帽、薄底靴、战靴等。此外，他们还通过商人从敌占区买来一批髯口、水纱，以及铅粉、银朱等化妆品。

战斗平剧社渐入胜境。1941年冬，一二〇师委派他们赴延安为中共中央汇报演出。从当年12月至次年2月，剧社一行五六十人从晋西北驻地出发，沿途一直为抗战军民演出，直至抵达陕甘宁边区的绥德，又连演了四天《汾河湾》《珠帘寨》《古城会》《嵩山星火》等传统和现代剧目。之后，剧社终于抵达目的地延安，为中央首长汇报演出。1942年春节过后，中央做出决定，一二〇师战斗平剧社留在延安，与鲁艺平剧团、延安业余平剧团等合并，共同组建大名鼎鼎的“延安平剧研究院”。

那个时代真是奇妙，各派军事力量——国军、伪军、八路军，抗战派、投降派、顽固派，此消彼长，硝烟弥漫，但每种力量都喜爱京剧，军中多有自家戏班。1941年底，八路军与国民党顽固派某部发生摩擦，得胜后俘获其随军剧团蟒靠齐全的一副戏箱，外加富连成科班出身的鼓师唐连喜。后唐连喜参加了八路军，成为剧社骨干。这支国军顽固派的头儿即是臭名昭著的东陵大盗孙殿英。

早期的中国共产党人上上下下都喜爱京剧，1949年后批判或禁演过的好多传统京剧包括“叛徒戏”《四郎探母》、“鬼戏”《乌盆记》等，当年曾在延安和各抗日根据地屡次上演，广受欢迎。他们还根据斗争形势需要，新编了一些历史剧，如长达四个多小时的《逼上梁山》、长达八个小时（分两天演出）的《三打祝家庄》，还搞了些“旧瓶装新酒”式的新编现实剧，剧场效果也还是不错，如根据《乌龙院》模式改编的《刘家村》，把原剧中的梁山好汉刘唐改为八路军侦察员，把宋江改为准备起义的伪官吏，把一对淫妇奸夫阎惜娇、张文远改为敌伪的忠实走狗。

但有的“旧瓶装新酒”过于倚重“旧瓶”了，如表现东北抗联斗争的《白山黑水》，抗联战士一律是传统京剧中短打武生装束，剧中女政委竟有“待我政治工作一番便了”之类的旧腔念白。在表现贺龙等将领战绩的《三打雁门关》中，画着红脸的彭德怀上场念“我乃彭德怀是也”，还有请朱德“坐帐”，贺龙“起霸”等完全套用传统程式的笑话。贺、萧二将军穿着灰色现代军装，在急急风的锣鼓点中起霸登场，自报家门。“俺贺龙是也！”“俺萧克是也！”接着二将军分列两边，同声念白：“今日朱总司令升帐，你我两厢伺候。”在一片吆喝声中朱德出场，脸抹成锅底灰，腮上挂着一块权作髯口的黑布，好似张飞模样，台下一直在继续的哄笑声音更大了，连观众席上的朱德本人也笑了。后“贺龙”“萧克”依照京剧身段单腿跪见元帅，“朱德”用中州韵说道：“罢了，二位将军免礼！”（《抗战时期的延安鲁艺》，广西师范大学出版社1999年5月版）无独有偶，国统区也曾新编了一出抗战剧《战临沂》，剧中的抗战将帅李宗仁、张自忠等完全以古装人物的穿戴上场，穿蟒袍，扎大靠。（《中国京剧史》中卷，中国戏剧出版社1999年9月版）然而无论怎样，那个时代京剧的巨大影响力和受众对她的迷恋程度，仍然令我们今天惊叹。

多少年世事沧桑，政治变迁，京剧这国之精粹却始终为国人所共同喜爱。大陆与台湾即便在互不来往的年代，某些东西也高度地一致，比如双方都曾禁演过“宣扬叛徒哲学”的《四郎探母》。但台湾的大陆老兵太喜爱这出令他们感同身受的探母戏了，后来台湾便出现了一个“潜伏版”的《新四郎探母》：杨四郎并非真心投辽，而是一直在为大宋王朝当“卧底”，后来借探母为由，与宋军定下计策（“这是敌营的地图，母亲可率领大军，一举歼灭辽邦。”），最后里应外合，共挫辽军。

两岸关系破冰伊始，大陆曾派京剧团赴宝岛演出，结果大受欢迎，盛况空前。记得当时在传统剧目之外，大陆方还演出了现代京剧《红灯记》。这也是反复斟酌后的结果，因为此剧中的人间真情超越了许多东西，且其中的“反派”也是两岸共同的敌人——日本侵略军。据载《红灯记》的演出也颇为成功。

几年前，京剧入选世界“非遗”名录，有关方面欢欣鼓舞，专家学者各有高论，比如坚持原创、保留原汁原味说，比如仍应进一步创新说，等等。笔者以为，这些年来为保存国粹进行的任何尝试——无论是原汁原味的发掘，还是过于激进的创新，都十分合理，都应当肯定，不必厚此薄彼。

以“样板戏”为标志的京剧现代戏在二十世纪特殊年代出现，自有它政治上的逻辑和必然性，但这绝非它出现的唯一理由，其中还有几百年京剧发展史的逻辑和必然性。自从被视为京剧诞生标志的“四大徽班”进北京以来，京剧从来都在变动与发展之中。今天的行家们动辄喜欢说“四大名旦”“四大须生”“南麒北马关外唐”，好像这些大师都是一成不变的“祖宗家法”的忠实执行者。实际上大师们之所以成了气候，恰恰由于每一位都为京剧这个国粹尝试了新的花样，破了某些旧规，“有违祖制”的事情他们可没少干过。梅兰芳先生早在民国初年就热心上演过京剧时装戏，并在一出叫《一缕麻》的时装戏里踏着风琴唱歌；二胡在一片指责声中加盟单薄尖利的京剧乐队并渐入佳境，京剧服饰和化妆的一点一滴的改良优化，等等，也都离不开梅先生的顽强倡导。京剧最活跃的时期恰恰都是它的活水奔流期，而每到被下了“病危通知”的时候，通常也都是它最沉闷的死水时期。京剧后来大搞现代戏尝试，既有意识形态的原因，同时也是这门古老艺术自我救赎的本能诉求。

所有喜爱京剧并关心其命运的人们都得承认，如果没有京剧现代戏的不断尝试，京剧大概衰落得还要早。二十世纪五十年代，戏曲观众中有一句顺口溜，对剧目的陈旧老化加以讥讽：“翻开报纸不用看，《梁祝哀史》《白蛇传》，不是《百日缘》，就是《秦香莲》。”是京剧现代戏使对京剧敬而远之的其他年龄段的人们了解了西皮和二黄，接受了尖利的京胡声，并在今天还勉强能听听现代化了的京腔京韵。

有趣的是，由于“文化大革命”期间“样板戏”一花独放，万马齐喑，且时间又实在过久，“文化大革命”甫一结束，当京剧传统戏卸去封条重见天日时，一出出解禁的老戏带给人们久违了的狂喜，观众又进入了新一轮的追捧阶段。这说明“文化大革命”前确立的“三枝并茂”的戏曲发展战略的确比一枝独秀高明得多。哪“三枝”呢？一枝是传统老戏，一枝是新编历史剧，再一枝即是现代戏。历史经验证明，无论哪一单枝如何强健，也不可能独秀得太久。而三枝并茂、同秀，互相映衬、补充，你方唱罢我登场，才是中国京剧继续生存下去的最明智的选择。央视戏曲频道就值得称道，我们既能看到各种版本“原汁原味”的传统老戏，也能看到面目一新的新编历史戏，又能在重大的政治节日里重温革命现代戏。而在这“三枝”里，我以为近年来最具生机活力、继承和发展都做得上佳的是新编历史剧一枝。旧的传统戏总显得老气横秋，“文化大革命”中定稿的现代京剧又依旧不敢越雷池半步，倒是《曹操与杨修》《宰相刘罗锅》《一代廉吏于成龙》《赤壁》《曙色紫禁城》这些新编历史剧让人精神为之一振，从骨到肉从皮到瓤，皆有新气象。

无论是布景干枯的原汁原味老戏，还是布景繁杂、舞美现代化的新编历史戏、现代京剧，都不妨比肩而立，不必以新否旧，更不必以旧否新。现在有一种说法，批评今天的京剧舞美太漂亮，布景太丰富，认为这样一来就把京剧的特点搞没了。笔者实在不敢苟同。旧戏舞台由于条件的限制，布景极简，这说到家是没办法的事情。延安时代革命军队里的京剧演出，实在没背景了，便拾来一领老乡们废弃不用的破旧炕席，经过修补装饰，画上些红花绿草或房屋，挂在土台子后面勉强充背景。有时甚至直接移来一株枯树埋在土台上，那实在是因为战时条件太差，不得已而为之。后来，随着革命力量的逐渐壮大，演出条件逐步改善，京剧的舞台美术也是越来越讲究的。根据地军民见到漂亮丰富多了的舞美效果，喜悦之情无需我多言。京剧表演的独特的写意性——所谓“布景带在身上”，的确举世称道，但这都是当年表演条件太差逼出来的，“巧妇”勉强做成的“无米之炊”。这种“写意性”可以化作大的艺术理念艺术精神发扬下去，却不应成为抱残守缺、固步自封的理由。今天的表演条件越来越好，舞美效果也越来越美轮美奂，令先人喜爱的京剧旧韵着新装，陈酒注新杯，从而也吸引着今人的眼球，这无论如何不是坏事情。

美人迟暮矣！已经过了鼎盛期的国粹京剧，无论怎样清仓挖潜，也无论创新到何种天地，都不可能成为大多数当代国人的审美首选。因为今人再不像先人那样依赖剧场，娱乐方式又五花八门。这都是自然规律使然，尽管我们情意难舍，也必须看得开。更应当用心的倒是，把京剧的精华和精髓科学而美妙地保留下去。观众多些固然好，即使观众越来越少，也一定要制度化地永久保留。如同祖上传下来的美丽旗袍，虽然今天我们再难穿出去，却仍有责任细加珍藏，适时熨烫晾晒，将这件越来越珍稀的“非遗”一代一代传之久远。

座山雕

座山雕是“秃鹫”的别称，较真儿的话，应写成“坐山雕”。由于革命文艺的普及，以这个绰号闯江湖的关东名匪成了家喻户晓的人物。戴着毡帽，披着大氅，蓄着山羊胡子，人称崔旅长、崔三爷。“不怕三爷叫，就怕三爷笑。”三爷仰脸一笑，就要有人挨刀子了。

座山雕的形象我们在电影里见过，在连环画中见过，在京剧舞台上也见过。若干年前，又有了电视连续剧《林海雪原》，年轻一代的中国人也知道了当年有一东北老匪叫座山雕。最新版的座山雕由马绍信扮演，此人出神入化地扮演过辽沈战役中的林彪，嚼着黄豆指挥战斗。他把座山雕演绎得不再凶神恶煞，甚至知书达礼，挺有人情味。据说，年轻观众比较认可这个版本的座山雕，但老观众不高兴了，有人甚至扬言，“真想揍编导一顿”。

关于座山雕，有几个人物不妨一提。一是座山雕的原型，崔守宗。此人生于1882年，山东新泰人。兄弟七人，他行三，故后来人称三爷。守宗年少时家贫，讨饭为生，二十五岁一人闯关东，在一个大户人家扛长工。身强力壮，干活不藏气力，深得东家器重。一夜东家遭劫，守宗舍命死拼，保全了东家的财产。东家有三个女儿，遂招他为婿，还让他继承了家产。守宗一身江湖气，曾张罗起一彪人马，专门抢大户。日寇侵占东北时，他拉起队伍进山，和小鬼子作对，“座山雕”的绰号也由此叫开。日寇滚蛋后，他又和解放军作对，最后被一举拿下。公审大会上，五花大绑的座山雕个子很高，但极瘦，面如死灰。与会群众振臂高呼：打倒座山雕！接着枪声就响了。

真正使座山雕形象走入千家万户的是电影《林海雪原》和京剧《智取威虎山》。尤其是《智取威虎山》，由于当年样板戏“一花独放”，座山雕借着英雄人物的光，也被长久记忆着。京剧中扮演座山雕的演员名叫贺永华，是上海京剧团的武花脸名家。他是河北文安人，自幼家贫，九岁入天津最大科班“稽古社”，专攻武净（武花脸）行当。经过多年苦修，成为同行中的翘楚，与北京的袁世海并称“南贺北袁”。同周信芳、李玉茹、童芷苓等名家合作过《乌龙院》《文天祥》，还同著名武生王金璐合作过《两将军》。据传此公为了功夫更深，上班路上都踩着“急急风”锣鼓点快步行进。

《智取威虎山》从“文化大革命”前诞生到“文化大革命”中“磨戏”十几年，好多主演都几易其人，唯贺永华一直演下去，得到上上下下多方认可。但为了削弱反动派的嚣张气焰，也为了工农兵群众不至于看过长的戏影响“抓革命，促生产”，样板戏后来一律压缩到两小时以内，座山雕刚出场时自报家门的西皮唱段便砍掉了。那唱段是这样的：“世代独霸威虎山，三朝元老威名传。美蒋搭伙打内战，我要夺这三江四省半边天！”第六场还有段座山雕唱段也被缩减了大半，也是西皮，但有板有眼，十分上口，唱的是：“联络图早为我朝思暮想，今日如愿遂心肠。各路人马我执掌，称雄称霸在牡丹江。胡彪可算情意广，你的功劳非寻常！”第八场还有段表扬老九的西皮摇板亦全部删掉：“你智勇双全有奇能，全山寨数你是第一名。为崔某可算得忠心耿耿，从今后管保你步步高升。”贺永华一定暗自惋惜过，这些删除部分显示了并非铜锤花脸的他相当的唱功。幸好座山雕的念白和身手都保留了，在同杨子荣对黑话和听他编造栾平故事时，贺永华的“椅子功”和穿长筒皮靴迈“矮子步”令人大开眼界。当年若无座山雕的绝妙衬托，杨子荣不会那么光彩照人。杨子荣唱“今日痛饮庆功酒”前，座山雕的慷慨念白“献图有功，劳苦功高！”就先让我们热血沸腾起来。

早年间《智取威虎山》闭幕后，正、反派人物都一同向观众谢幕。但后来，泛政治化浪潮席卷一切，再到演出结束，只剩下杨子荣等一干英雄人物在台上接受鲜花和掌声，座山雕和八大金刚之流已下台卸妆。勉强被准许出来谢幕的话，他们也要站在正面人物的后面，小心地跟着鼓掌。

贺永华比一般“样板戏”演员年龄都大，演座山雕时，岁数倒与人物相仿。在过来人的印象中，三爷是六十大寿时被生擒的，但作为“样板戏”的《智取威虎山》却把六十大寿改作五十大寿。这是个有趣的事情。有说法称，被“四人帮”吹捧为“文艺革命的旗手”的江青曾说，反动派不能活那么大岁数。座山雕于是年轻了十岁，成为年富力强的响马头目。但也不排除另一种可能，即江青希望所有经过她手的“样板戏”都与前身八竿子打不着。座山雕的名字就险些被她改作“隋三刀”，威虎山则险些改作“飞谷山”。

“文化大革命”时期，中国男孩多热衷于反派艺术，将其道白与唱腔倒背如流。但他们总要把神圣不可侵犯的“样板戏”篡改得乱七八糟。《智取威虎山》第八场，杨子荣从座山雕枪口下救出的小匪有台词云：“还是九爷好哇！”中国男孩却把它篡改成“还是舅爷好哇！”第六场尽是对黑话的道白，这类“歪批三国”就更加不可避免。三爷问子荣：“马是什么马？”子荣答：“卷毛青鬃马。”三爷又问：“刀是什么刀？”子荣再答：“日本指挥刀。”可是到了中国男孩嘴里，却出现了如下版本：“马是什么马？”“瘸腿秃尾巴大瞎马！”“刀是什么刀？”“生锈卷刃大菜刀！”“何人所赠？”“皇军所赠。”“在什么地方？”“牡丹江五合楼！”

贺永华后为国家一级演员，享受国务院政府特殊津贴，退休后享受高干待遇。逢年过节，戏曲界同仁和戏迷们都会打电话问候，院领导也会去看望他。2006年9月12日，贺永华病逝于上海，享年八十四岁。《解放日报》等媒体报道了这一消息。

而电影《林海雪原》里的座山雕，形象最接近真正的山中猛禽，他的眼睛、鼻子甚至半秃的头部余留的须发，都让人想到学名是“秃鹫”的那种悍鸟。这位扮演者名叫毕钰，除了《林海雪原》，他还在《民主青年进行曲》的电影中演过训导长的角色。关于这位演员，目前的资料少之又少，因为他的“历史问题”，他早早退出了历史舞台。所幸几年前我到沈阳机车车辆厂采访老文工团团员，从他们口中得知，毕钰先生在“文化大革命”期间，曾从铁路文工团“遣送”到车辆厂劳动改造，同那里的工人朋友们相处了几年，还留下些故事。

毕钰在中华人民共和国成立前曾任某国民党少将的秘书，据说更早时还任过伪满洲国某大人物的秘书，后来又做过国军文艺团体的“少校导演”。这就是他“历史反革命”的由来。“文化大革命”中，他在沈阳机车车辆厂南机械车间做钳工，技术不错，下乡修过水泵和其他农用机械，农民们挺满意，还为他备下酒菜。老毕好饮且有人缘，在车间干活时，工友们常为他捎去一小瓶白酒。他很快活，先喝上一小口，闭目静品，之后藏小瓶入怀，回家再好生受用。那段时间，“反革命”老毕经常挨批斗，批斗完了，再戴罪立功，帮文工团排演革命的戏剧。但老文工团团员们说，老工人都喜欢并敬重老毕，张罗批斗老毕的没几个正经人。

有一次，车辆厂文工团打算搞一台重要演出，其中一个节目是大型民乐合奏，需要几十人的大乐队。当时人手不够，为壮声威，工会领导一个一个发掘民乐人才，一一动员上场。老毕也自告奋勇，请求参加演出。领导问他，会什么乐器？老毕说，就二胡吧。领导说，行啊老毕，你还有这两下子。老毕说不过他有个条件。领导说，什么条件尽管说。老毕说，他拉的二胡得把琴弦卸了。文工团演出时，这个民乐合奏节目大获全胜。最值一提的即是老毕，二胡拉得黄河翻滚，泰山倾斜，犀牛望月，哪吒探海，一派大演奏家风范。工人师傅们击掌赞叹：看人家座山雕，拉得多好！不过只有乐队队员知道，老毕一直拉着没上弦的二胡。动作是自己的，声音是别人的。

电影《林海雪原》摄于1960年，正值全国范围的“三年困难时期”，演职人员时常饿着肚子拍电影，境况之艰窘与艺术上的谨严令后人肃然起敬。大年三十儿为三爷祝寿，威虎厅要用一百家的鸡设下“百鸡宴”。但我们从电影上看到的除了酒坛子还是酒坛子，一只鸡也没见着。小分队战士就要把这个土匪老巢连窝端了，身着长袍马褂的座山雕才象征性地拿起一块什么骨头啃了啃。我们吃不准那是否真正的鸡大腿，但愿历尽沧桑的毕钰先生尝了块真家伙。

没几年，老毕在工厂也不能待了，继续往下“遣送”，最后到了他的家乡辽宁彰武县。当地农民听说座山雕来了，一传十，十传百，从各个村屯兴高采烈赶来，敲锣打鼓，夹道欢迎老毕一行。领导们闻讯大惊失色，喝令赶紧收了响器。说他不是样板戏里的座山雕，是个被遣送的“反革命”。

据《林海雪原》中少剑波的扮演者张勇手说，当年的同事大多已经故去，其中即包括毕钰先生。

在我们沈阳，还有一位演过座山雕的老演员，名叫景长升。二十世纪六十年代后期，沈阳京剧院在北市场演出《智取威虎山》，景先生即饰演反一号。那时中小学还没复课，我和一群闲极无聊的男孩子时常守在剧场外，伺机钻空子蹭戏看。我屡屡得逞，白看了好几场《智取威虎山》，最喜欢的就是杨子荣同座山雕的对手戏。在我的少年印象中，沈阳的座山雕和上海那位全国首席座山雕也差不了多少，椅子功，矮子步，还有最后一场使刀与杨子荣的对打，都让我们眼花缭乱。谢幕时，我们向英雄们鼓掌，也向反派们鼓掌。但座山雕他们站在最后一排，哪里晓得我们的心思。

有时演员们在后院休息，我们就扒着木栅栏看热闹。我发现了一个问题：许多演员都在后院聊天，但他们中却没有主要演员，包括主要反派。未必还有更好的休息处？不过有一次，歇息的演员们正在说笑，景长升出现了，他端着一只饭盒，脸是座山雕，腿也是座山雕，上身却是1968年的革命文艺战士。他匪气褪尽，若有所思，演员们邀他坐下凉快凉快，他捧起饭盒，做了个洗练的舞台动作，类似得到联络图后的姿势，微微一笑，算是领了大家的情意。随后就走掉了。这个座山雕让人心生好感：动作帅，此其一；不轻易与人张长李短，此其二；有架子却亦有人情味并感恩之心，此其三。我很想知道他饭盒里盛着什么美味佳肴。

景长升生于1930年，北京人，自幼在尚长荣先生创办的荣春社坐科，与贺永华一样，工武花脸。荣春社学生名录中，“长字号”名单中可以找到他。“文化大革命”初期演座山雕时，年龄不及四十。每日谨慎演戏，谨慎行事。纵使这样，院团开大小批判会时，也每每被波及。但他比贺永华幸运，贺先生一直演反派，以至除了反派无戏可演。景长升后来还演过《奇袭白虎团》里的志愿军王团长和《平原作战》里的游击队长李胜。他那时嗓音好，便从武花脸的行当越了位。以后又做了导演，导过《红灯记》和《白莲花》。

2006年底，我在沈阳中山公园晨练的老人中寻到了景先生。他已经七十六岁，但声音还没老，气色可敌小他十岁者。个头应在一米七五以上，腰板很直，只是步履略显蹒跚。他的茶色眼镜和蓝色羽绒服与常人无异，但头上那顶船形黑皮帽却提示着从前的角色。中山公园每天清晨都有戏迷唱京剧，用伴奏带唱原调，个个好身手。他们见景先生远远走来，都笑称：座山雕又来了。

上海的座山雕驾鹤西去，亏了还有个沈阳的座山雕。我们聊天并合影。后来景先生要去农贸市场买菜，我陪他往那儿走。他老伴已经去世，两个儿子一个国外，一个国内，都在忙生意。他每日自己做饭自己吃，仍住在多年前的旧楼里。

我们在一片蔬菜水果鸡鸭鱼肉前面握手道别。景先生的大手暖而柔，在这个隆冬季节握起来很舒服。

英雄或强盗

从半个多世纪前的那段日子直到今天，我都没有掩饰过对一部书的喜爱。那是初冬，要不就是初春，否则母亲不会披着黑色的半截外套，那本书就藏在她的外套里面。学校早停课了，父亲也被“打倒”，难得回家，我们兄弟姐妹无聊得要命，又不能一天到晚都开着收音机，太奢侈了。家里两间北屋的角角落落里一本故事书都没有，只有寥寥几部必须存在的政治书籍。大姐领我们写成语，她说“一”，我们就埋下头，看谁能把“一”字打头的成语写得最多。一会儿又换写单字，大姐说“力”，我们就“丽、历、厉、利、粒、痢、砺、砾”地写下去，看谁写得最多。但这又能打发掉多少漫无尽头的光阴呢？

黄昏时，母亲进了家，带着外面的寒气，脸上有神秘的喜色，像怀揣二斤白面躲债归来的杨白劳。我们的眼睛都放光了，她从外套里掏出的却是一本旧书，鼠灰色硬壳精装本，书瓤儿都快从粘连书壳的纱布上脱落了。大哥问，妈，啥书啊？她压低声音说了仨字，我听成了“水壶传”，更加失望。后来我才弄清，母亲说的是“水浒传”，只是她像好多人那样把“浒”读成了第二声。我们早就热衷的武松打虎、李逵扮新娘、鲁提辖拳打镇关西、三打祝家庄的故事都在那里面。母亲单位要焚毁一批“封资修坏书”，她就工作在“坏书”的大本营——资料室，便觉悟不高地想到了儿女，趁乱抽出一本。我猜她并非刻意选择《水浒传》，她在意的是精装书。多年后我成了大量买书的读书人时，她还建议过我要买就买精装书，留得住。

这部已经很旧的书被我们兄弟姐妹一遍一遍翻得更旧，几近散架，里面的人物用语也成为我们的日常用语：“且慢！”“胡乱吃些则个！”“端的好去处！”“你这汉子好不晓事！”“兀那厮不得无礼！”……很难说这部书对我一生究竟有什么影响，但它的确像歌中唱的那样：“伴我度过那个年代”。它只是七十回本，众好汉晚节不保（被招安）、死伤结局都没出现，得以成为我少年时代最完美的精神桃花源和理想乌托邦。它的老式竖排版、对仗式回目和繁体字无形中帮我打下了“国学”底子，后来中小学复课，老师一让我上黑板写点什么，我就写笔画很多的繁体字。男生们都效仿起我来，以会写繁体字为荣，一时蔚然成风。多年后我考研选择了古典文学专业明清小说研究方向，也跟它有很大关系。我真该好好感谢它，但它也得感谢我娘的救命之恩。

明清两代《水浒传》一直是官方“禁毁”的小说，因为《金瓶梅》“诲淫”，它“诲盗”。在我的青少时代，它除了“诲盗”之外又多了个“宣扬投降主义”的新罪名。若干年前一出现什么少年大案，警方便提醒文艺界，犯案人交代了他们曾读过哪部哪部文艺作品。港台还有本研究“水浒”的学术专著叫《一部强盗写给强盗看的书》。

一百零八位梁山好汉到底是英雄还是强盗？两种答案都言之成理，论据多得用不完。但是，我读了大半辈子也喜爱了大半辈子《水浒传》，既没成为英雄，也没成为强盗。我不知道列位看官都从这本书里看到了什么，我看到的却是英雄（或强盗）们身怀绝技，不打不交，惺惺相惜，仗义疏财，扶危济困，路见不平拔刀相助。拼命三郎石秀正在酒楼琢磨如何搭救卢员外，却听说他就要在楼下路口被开刀问斩了，情急之中孤身掣刀跃下酒楼，半空里霹雳般大吼：“梁山好汉全伙在此！”英雄（或强盗）们彼此间还那样重感情，送君千里终要分手时，总是“洒泪而别”。那时候，因为父亲“有问题”，我老受欺负，每读到鲁智深护着落了难的林冲和倒了霉的金老头父女，都无限地神往。动荡的沈阳城里，崔家胡同的一所旧平房内，十二岁的停学少年每逢英雄（或强盗）们朝夕相伴后依依惜别时，也禁不住想要“洒泪”。

当然他也有一些困惑：花和尚为行侠仗义搅了小霸王周通的好事还胖揍他一顿，后来虽都上了梁山，但二位能不能还在记仇影响团结？色艺俱佳的一丈青凭什么你宋领导一句话就得嫁给猥琐好色的矮脚虎（没媳妇的好汉多着呐）？白日鼠资历不浅（卖药酒智取生辰纲），且服从命令，听从指挥，圆满完成了上级交给的各项战斗任务，可为啥从十几把手混到了一百零几把手？就因为该同志叫了个“白胜”吗？

文工团团长老廖

那家大厂在沈阳铁西区，生产东方红28马力胶轮多用拖拉机，当年最火爆时，计划外来买拖拉机的要走后门、批条子。

厂里有个很受职工欢迎的业余文工团，某一任团长姓廖，曾在北海舰队当过六年水兵，复员后进了厂子，车、钳、铣、刨、磨、镗，样样干得来，是车间的工会主席和生产班长。厂文工团活动时，好多节目里都有他，一会儿戴着炼钢工人的石棉帽，一会儿又换上陕北农民的白羊肚手巾，腰里还别着一大串钥匙，负责开服装箱、道具箱，拿出去多少件，再拿回来多少件。

老廖够得上一表人才，体型健美，唇红齿白，两只大眼珠子滴溜溜地转，鼻子也挺老大，有棱有角。二十世纪七十年代初，长春电影制片厂打算重拍《平原游击队》，想在工农兵当中物色个李向阳。他们来到厂里，厂领导就把老廖找来，老廖跟人家拉开话匣子，说了些不突出政治的话，厂领导直给他递眼色，他也不觉景儿。客人走后，厂领导才告诉他人家来的目的。老廖说："这不扯呢吗？我这么大鼻子哪能演李向阳？演'美国佬'还差不多！"

老廖妻子在灯泡厂工作，也是那儿的文工团团员（二人结婚当日都在台上演出），老廖一忙起来，家务全扔给妻子。有一天夜里他演出归来，妻子和双胞胎女儿都睡了。老廖摸黑在屋里找来找去，妻子忽然说："你搁那踅摸啥呢？"老廖说："我还没吃饭呢。"妻子说："俺娘仨也空着肚子呢，家里米面都没了。"老廖饿得受不了，跑到集体宿舍的大水房，咕咚咕咚灌了一肚子凉水，造了个水饱。

次日一早，妻子对老廖说："俩孩子，咱俩一人管一个。"说罢抱起一个上班去了。老廖这天还有演出任务，就把另一个女儿抱到厂俱乐部，求文工团的女团员轮流照看着，谁演出谁上台，不上台的在观众席领孩子看。老廖和姑娘们在欢快的音乐与手鼓声中登场，演出新疆风格的表演唱《大寨亚克西》："我参观大寨回故乡，心儿还留在虎头山上。大寨的梯田亚克亚克西，大寨的铁姑娘亚克亚克西……"老廖戴着新疆帽，大鼻子下面安了个假胡须，动着脖子，满脸笑意，和穿着新疆彩衣的姑娘们一唱一和，演出效果非常好。但这时出了个小意外，老廖的双胞胎女儿之一认出了新疆风味的父亲，不禁大叫一声："爸！"全场哄笑，老廖和女团员们也都笑了场。

有个山东口音的李副厂长分管工会工作，热心于群众文艺，常到俱乐部视察，和老廖他们拍肩膀、说百姓话。老廖见李副厂长好说话，就瞅冷子打了个马虎眼。文工团新排了三个节目——花鼓舞、秧歌舞、簸箕舞，老廖向李副厂长哭穷，李副厂长一挥手说：“都需要啥，你拉个单子吧。”老廖大眼珠子转来转去，说：“需要六套演出服。”李副厂长说：“你们去办吧。”大笔一挥，在批件上签了字。老廖他们一共买来十八套鲜鲜亮亮的彩衣，钱也花冒了。山东口音的李副厂长急了：“不是说好了六套吗？”老廖笑嘻嘻地说：“那什么，厂长，是各六套。一个节目六套，仨节目不就十八套了嘛。”

文工团在市里汇演拿了大奖，厂领导班子到俱乐部接见他们，以示鼓励。老廖借机代表文工团团员表达了走出家门的热望，领导们“原则上”同意了。晚上，老廖他们趁热打铁，去了李副厂长家，再次请求上北京或大连参观考察。李副厂长嘿嘿乐着，为文工团团员备茶备烟，亮开山东腔说：“你们要出去学习，见见世面，这是好事儿啊，俺一百个支持！”老廖他们击掌高呼：“李副厂长万岁！”李副厂长却话锋一转，突然来了个“但是”：“但是啊，人太多可不中。俺受得了，钱儿受不了啊。还是去大连吧，只能给十个名额，你们拿个方案！”

从大连参观归来，老廖又回车间做起生产骨干。那段时间车间任务老完不成，为了刺激生产，车间里组织了几个突击队，实行弹性工作制，只要干完定额，其余时间可以自由支配。老廖向车间领导拍了胸脯，率他的人马大干起来。有一天他们一大早就到了厂子，一口气干了大半天，定额全部完成后，他们洗净手脸，换好衣服，准备回家。工厂大门却紧锁着，还安了录像设备，新上任的厂长正在抓考勤，所有下班前离厂的都麻烦了。老廖找到车间主任，主任却不认账了，说：“你们这么早就干完了，说明还有潜力。”老廖火了：“你没看咱们几点开始干的？大伙都累成啥犊子样了？”主任端起茶杯，不再理会，几天后还把他的突击队长给撸了。老廖做起独行侠，穿着油污的工装，一人开俩车床，从早到晚转着身忙活。可月底结算时，主任见大本子上他的工时记得太多，便怀疑其中有诈。老廖瞪起大眼珠子，拍案怒吼：“当初你们完不成任务，我出主意，领大伙把任务完成了。干了一溜转，你们又变卦了，还把我一脚踢开！现在我个人干，干少了你们拉拉个脸，干多了你们又起疑！”老廖爆了句粗口，车间主任问：“你骂谁呢？”老廖答：“我骂王八犊子呢！”

文工团又开始活动时，老廖撂了挑子。厂工会领导做他思想工作，老廖说他再不当这冤大头了，担个不务正业的名声不说，他父亲过世那会儿，七大姑八大姨哭着喊着忙丧事，他却上台继续演出，闹得亲友们都骂他不孝，家里老婆孩儿也不高兴。工会领导说：“老廖啊老廖，你是文工团团长，钥匙都在你手里，服装道具只有你最清楚。你说你不干了，那谁干呢？咱可从来没做过没觉悟的事儿吧。”老廖不吭声了，过会儿对领导说：“你给我换个地方吧，我不在那车间干了。”领导说：“行！这次活动完了就研究你的事儿。”老廖转着大眼珠子说：“那你得给我立个字据。”领导乐了，说：“我给你立个屁字据！你心眼子还不少呢。等活动搞好了，你想去哪就去哪，实在不行，到厂工会。”厂里后来真给老廖换了个车间，考虑到他家的困难，还打算把他妻子从灯泡厂调过来。老廖妻子却不干，说：“我才不去你们厂呢，我跟灯泡比跟拖拉机有感情！”

后来厂子的境况就老太太过年，一年不如一年了。那段时间，文工团还编排过一个反腐小品《危险的交易》，年近半百的老廖在里面演一个采购员，他们代表沈阳上百家企业，到西安参加了全国电视小品业余组的比赛，得了个二等奖。可直到回程的火车上老廖才明白，那支表彰创作和表演的奖杯不归创作和表演者，归上级单位市总工会，虽然参赛费和人吃马喂费都是厂里出的。老廖在车轮与铁轨的闹心撞击声中同女搭档抱着奖杯，佯作欢喜地合了个影，用照片向厂里交了差。

再后来，厂里生产的胶轮拖拉机和农用四轮车就大量积压，库里摆满摆库外，后院摆满摆前院。再后来，厂子就“政策性破产”了，文工团也彻底完成了历史使命。厂子拆迁时，最先爆破的是俱乐部，接着是整个厂区。老廖他们抓紧在俱乐部门前合影留念，摆着各种舞台姿势，神情都极沧桑，之后远远望着那个装载了他们大段人生的破旧建筑，在巨响中化为齑粉。

起初，老廖和妻子每月的退休金合计不足一千，夫妻俩却热爱上自行车旅游，和下岗工人为主体的车友们跑了十多个省份。路况好，每天能骑二百多公里，路况差也能骑一百六七十公里。住最便宜的店，吃最经济的饭，白天不喝酒，晚上住下后一定要喝点，全部AA制。那个在剧场大叫一声“爸”的女儿，后来定居东南亚，每年资助他们老两口一些钱，他们的旅游经费不愁了。老廖一行还骑车去过延安，他说那儿家家住窑洞，可家家有摩托。在路边卖苞米的，你给他一元的纸币他收，硬币却不要，宁可让你白吃了苞米也不收它，不知咋回事。那边还是挺贫困的，和人家一比，他知足了。

文工团的老战友们经常聚会，做了外公的老廖仍是组织者，忙前忙后，大眼珠子滴溜转。酒席间各位纷纷出节目，啥节目老廖都要插一杠子，男的演他憋起嗓子跟着起哄，女的演他把嗓子弄得刀刃一般尖细。所有哄堂大笑都和老廖有关，没有他，生活不知会多么单调。

老廖七十大寿时跟老伴合了个影，白发伉俪都穿上了蓝白道海魂衫，老廖这个老水兵多了件套头式披肩领水兵服。而摄于五十二年前的一张黑白照上，刚入伍的小廖戴着飘带式无檐水兵帽，头发油黑，英俊年少。

关于刁斗

十八年前那个炎热的夏季，我和刁斗初识于沈阳少帅府后巷八号——辽宁作家协会当年的办公地。他蓄着规矩的短发，穿着规矩的半袖衫，和我握手时笑得也很规矩。人们告诉我，这个好青年名叫刁铁军，毕业于北京广播学院，在省电台服务几年后，实在太喜欢文学了，就调到了省作协。

这个好青年其实早已显山露水。1979年我们一块儿在一张为高考学生提供的小报上发表时文，我还记得他有一篇慷慨激昂的文章登在头版头条，名字叫《自豪吧！自卫反击战的英雄们》。读大学时，他还写过一首歌词《脚印》，谷建芬谱的曲，传唱于大江南北。在歌词中，铁军同学告诫我们：可以喜爱洁白的雪花，但要从大自然中悟出人生的道理，不要虚度了年华。

十八年前那个炎热的夏季以后，短发的刁铁军渐渐化作长发的刁斗，包括我在内的许多文学青年也共同步入了“愤青”

时代。刁斗本来是刁铁军的笔名，一个十分中国化、古典化的名字（“戍楼刁斗催落月”“刁斗声中忽惊岁”），但在刁铁军这儿，这个笔名反而意味着一个愤怒的青年与旧我决裂的起点。从那以后，即使到银行取钱等俗事给他带来再多的麻烦，刁斗也再未以刁铁军的名义出现在社会舞台上。

长发刁斗渐渐与这个社会格格不入起来，穿了件质地松软的红色坎袖上衣，短裤，拖鞋，坏笑于作协机关各个角落。在沾了酒精的聚会上，他要闭着眼扭着身唱崔健的《假行僧》，并伙同我们几个用周璇《四季歌》的旋律合唱《三大纪律八项注意》，此后再用“革命军人个个要牢记，三大纪律八项注意”的腔调去唱“春季里来百花香，大姑娘窗下绣鸳鸯”。但他最精彩的节目还数用摇滚形式演绎当年的少儿革命歌曲：“小弟弟，小妹妹，大家来开故事会。你讲黄继光，我讲董存瑞，雷锋王杰邱少云，革命精神放光辉……”

这时候，刁斗已不再写诗，小说的初期尝试后，开始向他认准的某些方向较劲。他是个干力气活的好手，写东西有壮士风范，好勇斗狠，刀刀见血，几十万、几百万字埋头写下去，颈椎都弄出了毛病。你不论什么时候往他那个写作间打电话，多半都会找到这位壮士。那些日子里，我不幸为刁斗做了个小小的贡献。那是一次笔会，我与刁壮士同居一室。那次的笔会被啤酒、扑克、怀旧歌曲和迪斯科占满了，是真正的狂欢，唯独没有笔和纸的位置。一日晚饭后，我在洗手间冲淋浴。冲罢，我开始在大镜子上寻找自己的胸大肌。洗手间雾气腾腾，镜面模糊不清，我用手划了下镜面，右手食指忽然锐利地疼痛起来。

原来镜面上有一道裂痕。那镜子我们用了几天了，但雾气和对于胸大肌的自恋干扰了我的记忆。打扑克归来的刁壮士见到我那只包扎的手指刨根问底，之后在他的单人床上抱腿翻滚，笑起没完。后来，这个细节就出现在《作为一种艺术的谋杀》中，作为美女丰丰浴后在大镜子上画眼睛的原始素材。我以我血为一个小说家的重要作品添了颜色，但美女丰丰却承蒙了刁壮士的怜香惜玉，小说中的洗手间镜子没有裂痕。

在刁斗的小说系列中，《作为一种艺术的谋杀》也许是具有里程碑意义的一部，他后来的许多重要作品都与《作为一种艺术的谋杀》有着某种互文关系。这类作品的基本内容都是城市青年男女之间错位的、迷乱的情爱，这些奇男俊女通常都是小资或白领，一个比一个有个性，我行我素，爱谁谁。他们仿佛生活于烟火尘俗之外，他们只为刁斗心目中的爱和情欲活着，或死去。对此，我们一些朋友曾存有深深的忧虑，觉得小说家刁斗对于好青年刁铁军的反叛，走得也忒远了。但是小说家刁斗一意孤行，不惜冒天下之大不韪。他笔下的青年男女越来越放肆，越来越惊世骇俗，他们胆大妄为，一不做二不休，浑身上下充满了激情。这样的叙事语境与好青年刁铁军的歌词《脚印》反差太大了，但个中必有缘由。由刁斗的情爱小说我们没法不联想到用“身体写作”的诸位“美女作家”。我不清楚那些“美女作家”的真正写作动机，却坚持认为，刁斗这类小说的写作原动力是愤怒——而这种愤怒又绝不仅仅源自男欢女爱本身，它们有着更为深广的社会、历史成因。

刁斗最为愤怒的是虚伪，他不提这个事时还可以嬉皮笑脸，一提它气就不打一处来，努力调动最恶毒的语言甚至于沈阳市井的脏话，不遗余力地抨击它。他心中的虚伪之最即是国人对于性的虚伪了，不过后来的刁斗，已将这愤怒升华为一种智性的、持久的因而也是勇敢顽强的探究。与许多青年小说家不同，刁斗在他的小说中张扬的是情欲，而不是爱欲或性欲。他执拗地认为所谓 “爱欲” 已近于虚伪，而“性欲”又差不多使人降低为动物。只有灵与肉和谐统一的 “情欲” 才是健康男女之间理想的状态。因此，刁斗的掌上人物在让我们目瞪口呆之时，也每每令我们为那些沉痛的激情而激动。可惜我们许多人只剩得那份沉痛，而不再具有那份激情了。

刁斗的情爱故事拒绝圆润，甚至拒绝诗意，他好像总在用钝刀之类的东西悄悄地割我们心灵中最幽暗的地方，让我们心里不是滋味。这家伙笔下的男欢女爱过于惨烈，形而下的也是形而上的，像法国故事片《巴黎最后的探戈》给我们的感觉一样，让人心里闹得慌。他的作品就是在这样的惨烈和 “割痛” 中获得了深度、力度和人性的尊严。

在我的印象中，刁斗的为数众多的小说仿佛可分为两大类，一类是相对封闭地写现代情爱，另一类则是将现代情爱重叠在相对开放的社会历史视野之内。窃以为，“重叠” 式写法在他的写作中或许意义更为重大，他曾有一部中篇小说的篇名即是《重叠》。在刁斗的偌多小说中，给我印象更深的是他那“重叠”性的作品，比如《延续》《初吻》《真纯岁月》等等。这些作品将少年的情感成长重叠在复杂的成人世界以及成人世界之后更为斑驳的历史背景中，还是男欢女爱，还是情欲的迷乱，还是诡异的想象与创造，然而在人类延续和社会历史的多重光影中，那样的迷乱更惊心动魄，常令我们像刁斗的另一部作品名称那样——“为之颤抖”。

在与刁斗相处的许多岁月里，我们无数次为小说争论着，急头酸脸，不共戴天，道不同不相为谋的样子。许多年过去了，我们这些生牤子已完全熟透，我也逐渐理解了刁斗的小说趣味——反讽的、略述的、书面语的、间离的、讲求结构机巧的叙事方式。我眼中的刁斗是从书本到书本的书斋式作家，以智慧化写作为天职，这一点有些像阿根廷国立图书馆的某任馆长博尔赫斯。他对于将窗外现实信手入书的写作方式不屑一顾。他阅读最多的是一部部世界名著，语言营养主要来自翻译文体。不过，这里边存在的相应问题是，就算那些译文再信、达、雅，毕竟也只是间接文本，刁斗迷恋于它们的结果，是使他的小说语体过于雅驯和书面化。即使一个破口大骂的场面，经过刁斗式的略述，也多半会显得文绉绉的。当年他最为得意的一件事是扬州的一次会议后，大家都忙着去游瘦西湖和其他扬州胜境，从未到过此地的刁斗居然不为所动，躺在宾馆床上读了一天雅言雅语的外国小说，像是他笔下的又一个奇男子在“坦腹东床”。

刁斗在以他特有的方式表示对俗世的不屑吗？后来我们渐渐明白了，他的心灵深处从未与这个世界隔绝过，他骨子里还是入世的。他在以愤怒的方式寻觅这个世界某些可以让他一爱的东西，比如激情的、单刀直入的、灵肉同一的情爱。

十多年过去了，刁斗作为一个小说家已成了气候，他的长篇《证词》《回家》，中篇《身体》《解决》和短篇《捕蝉》《古典爱情》等许多作品（包括前面提及的若干部）都值得再三玩味。这个人愤怒依旧，诡异依旧，嬉笑怒骂依旧，但他仿佛又回到了人民的怀抱。许多年前，我们混迹各种宴会当食客时，刁斗出门入户皆大摇大摆，旁若无人。而去年冬日，我们说着话步入一家餐厅时，我们的朋友刁斗忽然意外地停了下来，执意让同行者先行，之后尾随着进去。酒桌上居然还敬起酒来，甚至学会了布菜。但他今日的谦和同他昔日的愤怒同样是非功利的。父亲去世后，他们夫妻俩同伺候卧床不起的父亲近十年的母亲一块儿生活。那对婆媳大约是我们视野里最为优秀的两位妇女了，她们像真正的母女一样一块儿讨论菜谱，讨论窗帘的色调，讨论某本书或某一部电视剧，声音清越并轻盈，有学术气。据说婆媳中一人若外出，另一位在家观电视剧者要做一些记录，然后向外出者认真传达。有这样一双好女人做背景，刁斗身上的许多谜面都有了谜底。

“刁斗”，古时军营用具，铜质容器，有手柄，在遥远的边塞，日间用来烧饭，夜间翻转来打更。烧饭时一身烟火气，夤夜击更时，又清幽玄远，仿佛白发征夫梦中的家乡锣音。

小说家刁斗已进入中年，烟火气渐浓，加上说书人的一副好身手，更热闹的好戏应该还在后面。

万琦印象

万琦，多亮堂的名字。先说这个“万”。万琦本姓董，战争年代的革命英雄董存瑞的董，和平年代的知青模范董加耕的董，当然又是共和国开国元老董必武的董。但文学院的学生都管他叫万琦老师，语速一快，“琦”字也时常省略。吾国称呼人习惯二字三字，不习惯东洋西洋那种四字以上的称呼，好多人索性就叫他“万老师”，这听起来反而比“董老师”更像他。

他的朋友和学生也真多，倒不一定非得达到“万”这个整数，但若较起真儿来，他的朋友和学生的数量肯定比我们的朋友和学生的数量离“万”更近。那位可能要说了，他在文学院当班主任嘛，接触的人当然也多了。您还别不服这个气，班主任怎么了？现而今，让人背后戳脊梁骨的班主任还少吗？让人想一个鞋底子飞过去的班主任也不是没有。

万老师不一样啊，一个囊中羞涩的学生急着回家乡，他会提醒他坐哪列火车更便宜，学生们合起伙来要请他吃饭，他会拉着他们找一个最便宜的小店，去了就问人家有尖椒干豆腐没。他还会带一个交不起伙食费的学生去食堂，让师傅们“关照关照”。学生们回忆起文学院的旧日时光都会说，他们进院见的第一个人肯定是万老师，就搁那儿安静地坐着，用“蒙娜丽莎”式的永恒的微笑恭候着他们。学业结束后，他们抿着眼角、一步一回头地离开文学院时，最后在他们视野里的还是万老师。万老师得把你们一个一个送走啊。他会送出文学院大门吗？他会向你们频频挥手吗？而不管怎样我都猜得出，万老师望着你们的背影渐行渐远时的心情。前一晚儿你们开毕业联欢会，万老师为你们吹口琴时眼睛都弄湿了，现在他向你们挥不挥手，心情都注定不会平静。

万老师风流倜傥，这一点诸位没什么异议吧？万老师富于骑士精神，人称“水仙骑士”，这一点没什么不同意见吧？万老师据说还有一顶“情诗王子”的桂冠，我知道他胸中蓄满了诗意，比大伙房水库的库容量还大，但他的“情”岂止是爱情（对此我倒不持异议）啊？他笔下流露更多的是对大千世界、四季流转、沧桑人生的感慨，对美好事物消逝的忧伤。我们对“情诗王子”这顶桂冠也不会投反对票。

但让我困惑的是，一个风流倜傥的骑士兼情诗大佬通常容易一身毛病啊，比如牛哄哄，比如重色轻友，比如表里不一、自视甚高、小肚鸡肠、自恋，再比如，装……万老师有这些毛病吗？我还没发现，你们谁发现了偷偷告诉我，我就把这段删了。

万老师的性格直至人格之美一直让我处于猜谜状态，我与他相知三十多年了，却并不清楚他的家世，只听说他父亲是省里的一位高官，但从没在他嘴里听说过，多少次我们酒过三巡、开始进入合法吹牛单元也从没听他说起过，仅从这点就可看出他的家风来。我是信家风的，如果一个人一身毛病，他的父母他的家庭肯定应负一定责任，即使不必像某类交通肇事那样“负全责”。如果一个人一身美德（我指的当然是真的了），那和他的家风他的父母必有某种因果关系。三百六十行万老师不干别的，偏要到最初条件很差的辽宁文学院当班主任，而那也正是全民下海、齐捞“第一桶金”的大经商时代，单从这一点上看，万老师那个“高官家庭”跟现在的“高官家庭”就不一样。他喜欢写诗，却并不急三火四地非要暴得大名，他也需要“实现自身价值”啊，却总是从容不迫，宠辱不惊。当年我在《鸭绿江》杂志社当编辑时，一次见诗歌来稿中有一署名“万琦轻松”，觉得挺好玩儿的，那时我已经认识万老师了，却不知他娶了位很有才气的文学院女生为妻，还以为那是万老师的笔名呐，有意思。他要是真叫了“万琦很累”“万琦沉甸甸”，就不是我哥们儿了，没准儿是个特能装可关键时刻也最容易翻盘子的伪君子。后来我才知道，那是人家万老师夫妇合写的诗作，合称的名字。万老师的妻子叫李轻松，一开始就叫这个，不是“青松”后改的。原来人家万老师的岳父人也好哇，女儿一生下他老人家就希望孩子一生轻松，别再像他们那么沉重。轻松了才能搞艺术，搞精神文明建设，提升文化软实力，沉重则意味着国家还在折腾，老百姓日子还不宽裕。这两口子真叫绝配，这两家父母若坐到一起喝酒会亲家，气氛也必定轻松。

万老师这个“琦”字也好哇，琦是啥？美玉！咱们说万老师是块美玉没啥意见吧？有意见的请举手……我没看见有举手的。但我还想把“琦”这个字再拆开了讲，我一直觉得万老师是个奇人。奇人也是多元多解的，不一定非得飞檐走壁，喷火吞金，料人生死，温酒斩了谁谁谁……奇人的概念也得与时俱进。只要是这个世道奇缺的难得之人，我就想管他叫奇人，比如万老师。他也吃五谷杂粮，也有七情六欲，跟我们没什么两样对吧？但我们的火气咋就那么大呢？还不是革命歌曲里唱的那种“青春似火”的好“火”、革命口号里喊的那种“到火热的斗争第一线经受考验”的正确之“火”，我们的“火”是邪火，是看谁和我们不一样就想灭了他的邪火，看谁比我们强就寝食不安的邪火，看谁比我们差就想要一要他的邪火。

万老师没这个，他的包容精神堪称现代公民的典范，他的喜怒哀乐不形于表又颇有中国古代魏晋风度的余韵。可以说人人皆有偏见，人人皆有独特的好恶，而面对异于己者的态度，就见出修养的高下。我不信万老师没有他的好恶，但他总能把那控制在最低的程度，和各色人等平和地坐在一起。说来有趣，我这个非诗人当年和他们那些诗人不知厮混过多少场，都是万老师的盛情我实在难却。一大帮男女诗神诗酒飞溅，豪气惊天，就我一个混子在里面蹭酒喝，还得装作胸中多少也有点诗意的样子。万老师再约我时，我就打起退堂鼓，万老师当然不干。那时诗人聚会也真是多，名堂五花八门，全国各地什么样的诗人都有，一来沈阳，就住在万老师家，喝梅河口啤酒佐以小菜，晚上打地铺，算上他们两口子最高纪录共有十位诗人同处六十平方米，人均六平方米。诗人们狂欢在精神世界里，万老师两口子还得把各位的物质世界也安顿好。万老师的妻子李轻松是难得的好女人，创作上才华横溢，佳作不断，家庭事务上又是那样贤惠能干，善解人意。我再一次重申家风的重要性，而且仍以万老师家为例。两口子要是好就都好，要是差也可能都差，互为对方的镜子。不是一家人，不进一家门。当我得知好多诗人都端过万老师家的碗，便后悔，当初还不如从了万老师，和他们喝喝酒就一块儿写诗去算了，这样也有了去万老师家蹭饭的由头。

但是！各位还别以为我和万老师只是酒肉朋友，我是无数次去辽宁文学院讲课时与万老师渐渐熟稔的。和他的学生们一样，每次去我看见的第一个人也是万老师，他把我迎进他的有音响（经常仙乐袅袅）的办公室，掏出烟为我点上，再沏上一杯茶。一会儿，他就把我领到文学院的大教室兼会议室兼舞厅兼联欢会场，准备上课了。过午，离开文学院时我最后看见的人也还是他。

万老师后来又去了辽宁省作协创研室，这位诗人兼骑士开始为“辽宁文学蓝皮书”撰写每一季度网络文学的综评，一气写了几十期。这活儿可挺高端啊，但让我们惊喜的是，万老师干得照样不错。话又说回来，组织上交给万老师什么任务他干砸过呀？

1987年秋，我结束了为期一年的扶贫工作队生活，从辽宁省铁岭市西丰县返回省作协。那一天我到大帅府一楼作协办公室去报销票据，办公室的同志们不知何事都出去了，只有一个人静坐在角落里，穿着一身时尚的运动服，我记得是浅灰颜色，上身是套头的，瞧着像作协的一位家属，年轻，帅气，个头不矮。那时还没有“酷”和“小鲜肉”的美称，否则，他全都符合。

这个“小鲜肉”就是后来的万老师。他大概刚调到辽宁文学院不久，身上还隐约有股子傲劲。盛京老城长大的小伙子嘛，谁还没几分傲劲？记得我好像问了他一句不大得体的话，诸如“人儿咋都没了？”之类，万老师当即回了句俏皮话（可惜我没记住），温和而不失棱角地表示了不满。

那时候我们还不知道，用不了多久，我们长达一生的友谊就要拉开序幕了。

编辑部往事

《鸭绿江》七十岁了，她四五十岁那段，我曾为之效力六年。此前最辉煌时，她的月订数近四十万册，今天看简直是天文数字，但在“文化大革命”结束后的二十世纪七十年代末，那一点都不夸张。据说老作家李宏林的小说《大海作证》刊出后，曾出现过读者排队争购那期《鸭绿江》的盛况。

1986年夏，我从东北师大读研毕业后，先分到辽宁省作协创研部，年轻人喜欢扎堆凑热闹，我很快就和斜对门《鸭绿江》的“少壮派”们混熟了。那时刁斗头发还在，还很俊朗，言谈举止和着装还比较规范，离写下“洁白的雪花飞满天”那首歌的北京广播学院的“刁铁军”还不太远。他一度负责的二编室除开小说什么都编，但后来他除开小说什么都不在乎了。

那时张颖（女真）冬天还穿着黑色长筒皮靴呢，她毕业于北京大学中文系，与李敬泽是上下届，和他一样，也是她们家乡的文科状元。她刚做一编室主任时才二十几岁，时常组来小说名家的稿子，又善读自然来稿，用简约的评语把一篇篇稿子的优缺点说透。当年时兴的机关交谊舞会上，她也总是起着模范带头作用。

那时李黎还梳着精精神神的小短发，没戴上红边近视眼镜呢，也许因为张学良的大青楼里有太多文学大汉吧，她最初给我的印象如同今天看电视突然调到了高清频道，人物一下子就清新起来。她毕业于南开大学中文系，手里常有天津小说家的稿子（没白在那儿待一回），歌唱得很好，即使鼻子受到季节困扰时也还是。

那时一编室的另一位主任刘元举午饭后必须轰轰烈烈地打上一个钟头的乒乓球，大剂量地组稿、编稿、写小说、写散文、写报告文学，同时还要照顾爱女，仍无法耗尽他过剩的精力。

那时散文和评论编辑宁珍志的藏书量在年轻一代中已可称霸，连买书出手够重的刁斗都略逊一筹。小宁（如今的老宁）对书的鉴赏力也高，我们提到的书他全了如指掌："这个版本译得不错"，"那本书印得差点"……他甚至藏有两套杨绛的经典译著《堂吉诃德》，后来送给我一套，我也把西班牙作家乌纳穆诺的一部长篇小说回赠与他。

1990年我调入《鸭绿江》时，持续十几年的文学热渐呈颓势了，杂志已由市区内最大最好的印刷厂转至铁岭一家中型印刷厂印刷，纸张也不如原先那么白亮挺括了。可那仍然是我们一生中美好的岁月，那时我们正年少，主编迟松年、副主编童玉云和于成全等老同志都还没我们现在老呢。

刁铁军已彻底变成刁斗，夏天常穿着旖旎的红色无袖薄纱衫，牛仔短裤和拖鞋，能记住好多拗口的外国小说家的全名，编稿之余喜欢像捧碗吃饭的山西农民，蹲在编辑部的旧沙发上侃某部外国小说。你最好别另起炉灶，否则他会不客气地对你那本书说："我不喜欢。"

诗人柳沄不久也成了《鸭绿江》的诗歌编辑，1992年春省作协从大帅府搬到省军区招待所后，我和他分到一个办公室。他几次和我聊起福克纳的《喧哗与骚动》，这让只跟小说厮混的我暗自惭愧，自此也开始买和读起诗集来。你们谁听过诗人柳沄歌唱？现在我告诉你们，他是会唱歌的，虽然只唱一句，在他从一间办公室走向另一间办公室的当口。他要去的地方再远点，会不会多唱一句呢？反正我们听到的永远是："走走走走走啊走，走到九月九……"

"稿源"这个词就像"学苗"，带有某种宿命色彩。在《鸭绿江》那六年里，我曾外出向众多文学名家组过稿，最远的有湖北的方方，四川的裘山山，陕西的陈忠实（正在乡间为当时谁也不知道的《白鹿原》收尾，他淳朴的妻子接待的我）、路遥（被《平凡的世界》劳累得边大口吃面，边大口喘气）、京夫，还有上海的格非（先是以华东师大中文系英俊的青年教师刘勇的名义接待我）、金宇澄、孙甘露、陈村、吴亮、李劼，北京的王蒙（我是他分室接待的若干访客中的一位）、刘心武、刘震云、朱晓平等，但记得只有王蒙和刘心武寄来过随笔之类的小稿，其他人大都没给过稿子。该受责怪的是我还是《鸭绿江》还是他们？都不是。他们都是好作家，写大部头已用去太多时间，数量有限的中小作品也几乎全被京、沪几家大刊物和各自家乡的刊物包下了，不满意的东西又不会拿来敷衍我们。但他们态度都很诚恳：“以后有机会争取合作！”

谁不愿意发名家稿子（哪怕并不出色）啊？可没有他们的稿子，也不能把《鸭绿江》晾在那儿呀。你必须练就一双慧眼，练就在众多文学后生和自然来稿中沙里淘金的能耐，把后起之秀甚至无名小卒一点点助推成文学名家。那才叫真本事，也正是边地办刊人的骄傲所在。

七十岁，老话讲叫“古稀之年”，而如果按联合国对年龄段的最新划分（这很可能是个美好的玩笑），《鸭绿江》才刚刚步入中年。当年我们都为她流过汗，争过光，她也造就并养育了我们和我们的儿女。昔日的“少壮派”们今天已接连退役，但仍长存怀旧和感恩之心，目送她继续远行，祝福她永远不老。

向那些背影行注目礼

重读金河，仍会有些激动，因为那也是在重读自己的青年时代，重读一个国家新的历史时期——“改革开放年代”。

1986年，我读研毕业，回家乡进了辽宁省作家协会。8月的一个下午，末伏正与秋老虎交接之际，我首次参加《当代作家评论》的编务会。那会儿作协还在张作霖的大帅府，编辑部设在二楼西南侧，我和主编（新四军时期的红小鬼）陈言先生在紧里面栅上的小间内坐对面桌。当年好多办公室里都“官兵不分”，你和领导对面坐着是寻常小事，你甚至可以跟他们没大没小，胡说八道。

那正是中国由封闭走向开放的大变革年代，大学里的青年学子多半书生意气，棱角分明，与其说我们不够成熟稳健，不如说是一个新时代催生出的新气象。但这会儿，我得尽快完成校园学子到机关工作人员的角色转变了。我备好笔和记事本正要起身，从大办公室外走进一个人来，没什么特殊动静，可我就是感觉到了来人的特殊性。陈总似乎在让座，来人却说等一下，我先见见刘嘉陵。

我从里间迎出来，一位中年汉子正走向我，短短的平头，一身浅灰色夏季薄料制服，上衣半袖，四个兜，好像都有兜盖儿。不劳陈总介绍，我知道他就是这儿的最高领导，获过三次全国短篇小说奖的作家金河。他给我的第一印象是眉眼英俊，笑中略含善意的讥诮，却无通常的大领导派头，倒有几分像阅历和绝技都很丰富的民间智者。会间，他边听我们汇报，边用小本子记着，迎着我们目光的时候比不迎的时候要多。最后，陈老总请他作指示。他从内蒙古大学中文系毕业后，先下部队锻炼，后在赤峰干过一段新闻报道，不久即开始写小说，1972年处女作《交鞭记》发表时他署名“金河”，从此与“徐鸿章”这个原名渐行渐远。很多时间他都在当领导，先是赤峰市医院的党支部书记兼院长，后是铁岭县委副书记，再后又到了省里，做了省作协党组书记兼主席。可在我这个后生眼里，这位长官只是在说有价值也有趣的新鲜话，却没在“作重要指示”。

彼时，中国文坛新星闪耀，刚写出《红高粱》的莫言、刚写出《棋王》的阿城、刚写出《你别无选择》的刘索拉等正大红大紫，前一年获诺奖的法国作家克劳德·西蒙的小说《弗兰德公路》也在被争购。稍后，以《十八岁出门远行》出名的余华、以《冈底斯的诱惑》出名的马原等新锐小说家又掀起“先锋派”狂潮，王朔热也拉开了序幕，马尔克斯的“多年以后”式开头更是摧枯拉朽，惊艳八方。我和脚前脚后进省作协的年轻人都在做作家梦，一茬接一茬中国的外国的新小说晃得我们眼花缭乱。实话说，在这样落英缤纷的文学大环境下，金河在我们眼中更多的是令人敬重的行家型领导，虽是1979、1982、1984三届国家级文学奖获奖者，但他的作品并不在我们首要关注的作品中。作为创作研究室的一员，我只是从工作角度慢慢接近金河小说的。那时候啊，我们全被“一九三九年古历八月初九，我父亲这个土匪种子十四岁多一点”（《红高粱》）、“麦乳精冲成稀稀的六碗，喝得满屋喉咙响”（《棋王》）、“他已经把一本‘和声学’学了七年，可他的和声用在作曲上听起来像大便干燥”（《你别无选择》）这类文笔迷住了。

许多年过去，金河已年近耄耋，我们也都花甲荣退。无须任何功利性考虑之时，再读他三四十年前那些代表作品，却意外地发现它们并不陈旧，也并未过时。那场大的动乱早成历史，人们仍在为它的是非曲直争论着，而所有人仿佛都是真理在握的高评者、干干净净的局外人，金河的成名作《重逢》却将共忏悔和同救赎的理念引入单向的追责中，将审判者与被审判者并置于共谋性的历史天平上。当年这篇小说曾引起很大争议，过于固化的非此即彼二元对立的思维方式不欢迎这样的作品。但那个崭新的时代的确迷人得气象不凡，1979年，《重逢》在赞赏与争议声都有的情况下仍获全国短篇小说奖，并成为金河的重要“名片”之一。

他写于1980年的另一小说名篇《大车店一夜》，又以老辣的笔法和浓烈的色彩，直面新时代一个过于脏旧的隐秘角落，令读者深为震撼，“调子灰暗”及古典小说中草莽英雄式的写法再次引起争议。江湖好汉大辕马的“时代特色”是什么呢？

他不该只像罗中立油画《父亲》原稿那样“自然主义”吧，为何不在人物耳上加一支意味着社会发展的圆珠笔呢？《大车店一夜》曾遭遇退稿，后被《人民文学》头题发表，这令人想起阿城的小说处女作《棋王》初投被退稿后，在《上海文学》头题发出。此外还有好多这类例子，中国的《平凡的世界》《白鹿原》，外国的《包法利夫人》《追忆逝水年华》《了不起的盖茨比》《洛丽塔》《查泰莱夫人的情人》《蝇王》《草叶集》《动物农庄》《第二十二条军规》《安妮日记》等。有人的书稿甚至被退了几十次，如后来写下“天书”《尤利西斯》的爱尔兰作家詹姆斯·乔伊斯，他此前的作品《都柏林人》曾被二十二个出版商退稿，折腾九年后才在美国出版。这给今天的我们的启示重点不在出版商“走”没“走”眼（换了我们去审那些书稿，也可能成为第二十三个写退稿信者），而在于作家们能否坚持自己的创作个性和特色。

在《市委大院的门柱》里，金河以近乎荒诞的寓言方式反思官场的某些规则，大院左侧门柱忽然倾斜了，几天后又正了，却在下沉，那么到底修还是不修？首长指示若与实情有出入，当如何在“一言九鼎”之下做最该做的事情？小说中“有为”与“无为”之间的吊诡关系尤其意味深长，篇尾总务处长王同顺发了句很耐咀嚼的牢骚：“我看明白了，效率低也未见不是一件好事。”

从成名作《重逢》开始，金河的小说常呈现出对历史性困惑的两极考量。《鹦鹉嘴有个天下乐》中人性善恶不再被简单化处理，在时代大潮的严苛淘洗下，善与恶还是绝对地二元对立、非此即彼吗？我们可以质疑给好人以缺点、给坏人以优点的“加花椒面”式的商业化戏剧人设，但历史的复杂诡谲、人性的幽深难测也的确无法一言以蔽之，作为一门艺术的现代小说更应勤于做深海的探测仪。《打鱼的和钓鱼的》如画般地描述了官本位社会里昔日同事、今朝上下级关系的变换带来的尴尬与不平等。《渔父》则揭示了新历史时期人际关系中“鱼”与“渔父”的角色互换。谁是“鱼”？谁又是“渔父”？谁都是“鱼”，谁又都是“渔父”。小乡官用小鱼为两万多口乡民钓大厅长的几十万投资这条大鱼，手段也许令我们不齿，但他若只是“守正”却无政绩，我们又会怎么看他？改革开放几十年来，这样的悖论一再困惑过我们，金河小说的两极考量则令反思进入更深层次。《白色的诱惑》从一个乡村家庭切入，对商品经济时代安贫乐道与下海经商之间的矛盾加以新的探究。经商既已历史性地摘掉了贬义的白帽子，与乐道之间就不再是善恶的冲突了，作家拒绝机械地非此即彼，只用鲜活的文学形象和有说服力的叙事逻辑，将同样合理却相互龃龉的两极价值取向（男主人公是继续来回三十里清苦教书，还是停薪留职助妻子养鸡喂貂？）交由读者去评断。小说结尾，为养鸡场劳累一天的妻子理解了丈夫的从教（在乡镇职高教农作物病虫害防治）情结，不再勉强他了，说：“我还不知道你这个人？”继而令读者心又一动地说：“加工点面，明天你上班好给你烙几张饼带上，哪能天天都带米饭？”

而在金河的一系列作品中，《不仅仅是留恋》更为我所偏爱，它的历史抉择中的撕裂感带来的悲剧性令人唏嘘。一位生产大队的老支书，大年初六吱吱嘎嘎踩着积雪去第三小队开会，但那不再是往年春节后鼓动社员收收猫冬心，准备投入春耕“大干”的动员大会了，人民公社就要变“乡”了，生产小队就要“包产到户”了。年富力强的小队长仍像从前那样请他“作指示”，但老支书心里清楚，他的时代结束了，在下一出历史大戏中，他这个老戏骨没戏份了，即使勉强有，也不会站在中心位置唱主角了。老支书不失为早年基层组织中的好党员、好干部，三小队开始抓阄分牲口，病困户刘五婶手气太差，只抓了个狗那么大的驴驹子，便如从前那样向老支书哭诉求助，老支书于是喝令儿子把刚抓到的花色母牛让给她。

这一人物形象很典型，那个年代这样的乡村干部为数不少。但他们品德越好，对一项事业越忠贞无二，时代变迁带给他们的悲剧性就越浓。包产到户大会开过了，分到牲口的社员（不，村民）们纷纷散去，老支书却想起了1955年冬刚入社的时候，他还是个三十来岁的青壮后生，就像眼下三小队的队长一样，是乡村中的新兴力量，对崭新的时代、美好的未来无限地憧憬。为了起“模范带头作用”，他第一个把家里的独角黄牛牵出来入社，被老顽固的爹爹大骂了一顿。

老支书最后一个怅然离去，“他似乎看见马棚这块地方长出了大腿深的赖草、苍耳、猪毛菜和臭蒿子。在他的有生之年，也许再也看不到这个大院的昔日景象了，后人还会说起巩大明吗？”

地上的积雪咯吱咯吱地响着，西北风卷起雪粉，在空中发出五颜六色的闪光，太阳只有淡淡的红晕。巩大明感到脸上又湿又凉。唔，怎么哭了？真没用。他看看附近没有人，才狠狠地擦了一把……

我常在想，老支书巩大明对公社化的昔日“不仅仅是留恋”，那么还有什么？就生于斯、长于斯的乡村后人金河而言，即使福楼拜说过包法利夫人就是他本人，我们仍无法妄下结论说金河就是巩大明。但熟知乡村且乡思绵长的金河，也的确把自己的历史性困惑及悲情注入到作品中了。新的何以又旧了？旧的何以又新了？是历史的简单轮回还是螺旋式上升？在时代大潮中高涌的一朵朵浪花消逝过后，还如何估价它们曾经的绚丽？

读《不仅仅是留恋》时，我惊异于生活与艺术的巧合。我们家当年“走五七”，下到那个村的生产队刚好也是三小队，我们那个生产大队支书的家刚好也在三小队，巩大明望着马棚（那是1958年他任三小队队长时盖下的），蹲在小队部房檐下闷头抽烟那情形，与我的记忆严丝合缝。那时我下地劳动，常听老农民一面播种、施肥、锄地，一面聊入社往事。我们的三小队和巩大明麾下的三小队估计差不多，都是穷队、差队，经营状况逐年委顿。从前把农民组织起来后，肯定曾有过相对辉煌的时期，但后来渐渐地不再辉煌。我们的三小队连年吃“返销粮”，就是说，我们每年打下的粮食勉强卖给国家一部分，国家还得把它们再“返销”给我们，否则全队老小就得喝西北风。即使那样，每天十个工分总还值三四角钱，一个整劳力一年挣下三千多工分，还能分回百十块钱。在他们的记忆里，三小队最好的时候，十个工分可值五六角钱。别的生产小队比我们稍强，一小队就曾有过十工分值块儿八角钱的好年景。但后来，虽然年年“学大寨，赶昔阳”，月月“大干、苦干加巧干”，天天“挑灯夜战”，那个村的经济还是每况愈下，到了1976年，我们三小队甚至出现了负增长，大家辛辛苦苦一年全白干、“倒贴”了。

1976年底，我以知青身份被抽调回城。我在乡村小学也白教了一年书，作为非正式的“民办老师”我虽然挣了四千工分，但还是自掏腰包，才把“返销”的口粮买回家。几年后我重返那里，社已改叫乡，大队已改叫村，小队也改叫组了，三小队旧址上的马棚不复存在，杂草丛生，一切皆如《不仅仅是留恋》中预测的那样。三小队的乡亲们倒没大富大贵，但已衣食无忧，并重享曾心向往之的“小农式散漫”。那以后，青壮后生的身影越来越少，田野上再不见群体劳动场面，成规模的升级的农业机械化登堂入室了。再后来，外国电影里才见得到的情景也成为我们的现实，一只只石磙似的圆草团遍布四野，那是用“秸秆收割粉碎除尘打捆一体机”高效率干出的漂亮活，而从前，那得耗费大量人力和时间。农民工进城了，城市化加速了，非农业人口逐年下降和中国农业的现代化、集约化形成了良性的反比关系。（诚然，今日乡村又出现了一些新问题，如闲暇无意义、脱贫后的不理性消费、赌博顽疾、社会关系失衡、传统村落文化的衰朽等，因此有专家提出“再集体化”的乡村振兴新路径，但那已不再是计划经济时代政社不分的强制性集体化了。）

《不仅仅是留恋》发表后再度引起争议，小说虽只讲述了一个普通生产小队的“分家”故事，却牵涉到改革开放、家庭联产承包责任制、人民公社改制等重大政策的是是非非，不过最后，它还是因其历史景深和有血有肉的文学力量，荣获1982年度全国优秀短篇小说奖。评奖前还有个小插曲，评委会虽已认可了这篇现实力作，但它会不会与国家的大政方针不相协调呢？他们报请中央农村政策研究室审批，审批结果是：可以评奖。

金河和他的获全国奖的同伴——当年的小说翘楚们，总是最先敏感地意识到历史的重要节点，历史也因而青睐了他们。金河的好多小说都被《新华文摘》等重要选刊选载过，也都被《作品与争鸣》“争鸣”过。今天的文学作品已多如牛毛，浩如烟海，数量仍呈几何式增长，但谁还有时间和兴趣真正为之“争鸣”呢？倒是有太多的“网络喷子”，作品甚至都没读或没怎么读，却见一个喷一个，而那早远离了“争鸣”的原意，一犬吠形，百犬吠声罢了。

金河所作常被定义为“问题小说”，这没问题，问题是“问题小说”的审美价值反而被认定有了“问题”。而以我们的阅读经验，中外经典小说哪一部又不源自某一或某些“问题”呢？否则它们还会那样伟大还会传世吗？当然，回头望去，有的“问题”只具阶段性，更“现实主义”，有的“问题”则具人类性，更“现代主义”。美国文学理论家（人称“评论家中的评论家”）哈罗德·布鲁姆曾为人们阅读短篇小说提供了一个“双重判断”：“在契诃夫－海明威模式与博尔赫斯模式上，我们绝不必厚此薄彼。我们以不同理由需要它们：如果说第一个模式满足我们对现实的饥渴的话，第二个模式则说明我们对我们所假定的现实以外的东西的饥渴依然是多么地有增无已。显然，我们以不同的态度阅读这两大流派，用契诃夫来追求真实，用卡夫卡－博尔赫斯主义者们来追求把真实翻转过来。”（《如何读，为什么读》，译林出版社2011年1月版）

三十二年前的这时候，我的中篇小说处女作《硕士生世界》问世，金河特意写给我一封信，后作为“公开信”发表。那会儿我还是个文学青年，在小说田地上刚刚抡锄不久，除了占有的题材较为稀缺，叙事方式稍有不同，作为小说文本，今天看来它还差得远。但金河前辈却给予了热情的肯定，这对当时和日后的我，助推作用都太重要了。他当然不全赞同我，比如硕士生小圈子的封闭性，“无意或有意淡化了他们的外部世界”，在“奋斗—胡闹，胡闹—奋斗”的怪圈中是超越还是迷失?“在文体意识上，你有一种无拘无束的自由，这一点我着实羡慕不已。……但我又觉得，在文学的自由中也不能忽视某种不自由，不管结构如何开放，不能忽视小说文体的基本界定，倘若什么都不讲，小说就变成别的什么了。恕我直言，你的小说的章节，像排起来的一溜大筐，随便把哪个筐提走，都不影响其他筐的存在，随便哪个筐里都可以再塞进许多东西；还可以再增加无数只筐。……这样的文体结构如果不是不允许的，至少不能说是优秀的。令人高兴的是你没有把大筐无限地摆下去，而且大筐里装的东西经过了认真选择，取舍有度，详略得

当。”（《金河致刘嘉陵的一封信》,《鸭绿江》1989年第3期）

我从没觉得自己的东西真值得一位小说大家兼省作协主席以“公开信”的方式推崇，那是金河前辈在热望文学新人多出几个，不仅发扬本土的现实主义传统，若再新锐些，哪怕和他本人的小说美学不一致也无妨，花色品种多些最好。信写得那样平和、温润，像老资格八级工匠善待一个刚上手的毛头小子，低八度说着到家的行话。他是在拿我做个不太一样的新例子，催生辽宁文学更新的气象，同时也是对愈演愈烈的“现代派”“先锋派”开放心态的一种表征。几十年过去了，中国文坛经历了“先锋派”的洗礼，应是利大于弊，即使后来，先锋的不再先锋，那股气息也融进了血脉，浸入几代小说家的骨子里，丢掉的只是些表面化的光怪皮毛。

有位已经不在的老批评家曾说我的叙述有点“贫嘴”，并说金河赞赏我是因为他也有那样的问题。老人家是真正的“批评”家，永远只批评不表扬，但因为他对谁都一视同仁，就谁都不介意他的批评了。不谈作品时老人家对我们宽厚有加，一涉及作品决不客气，后来他还批评过我不能老是“理解万岁”（影响人性剖析的深度），这都令我当时不快日后受益。但他说金河的小说也有“贫嘴”问题却可以讨论，在我眼里，金河的小说藏着大幽默，却相当节制，甚至太节制了。他有自己的“小说原则”，又愿意接受些新东西。“现实主义不但是当今我国文坛的主潮，而且我相信它的生命力是同人类共存的。不过，在沿着这条路走下去的时候，我也以深厚的兴趣注视着具有某些现代特征的文学在我国的发生和发展，以及它同传统的现实主义文学的互相侵入、互相吸收和融汇。……我国近年来出现一部分具有某些现代特征的作品，很新鲜，很有生气，很有动势，是成功的。当然也有不很成功的，让人头疼的。这不要紧，可以多设计几套实验方案，这个不行来那个。为了认识和表现现实生活，达到不同的审美效果，多有几招还是比只有一套拳脚好。"（《白色的诱惑·后记》，文化艺术出版社1988年6月版）

人的一生只是“万古长空，一朝风月”中的“一朝”，每个人都是匆匆过客，先看前人背影，再把自己背影示于更后者。曾几何时，我们还正年少轻狂地先锋、现代、后现代呢，倏忽间我们也成了渐渐远去的背影。

向那些背影行注目礼吧，在我们的灵魂里，他们的影响仍在，只是深潜得（或由于我们忘恩负义）好像已经不在了。

与我们对他的敬意一道不朽

——为“东北作家群”前辈骆宾基而作

骆宾基，本名张璞君，1917年2月生于吉林珲春。他曾把那里称作“东北三等小县城”，但它地处中、俄、朝三国交界，在中国版图形象“雄鸡”的下瓣嘴上，满、汉、回、朝四个民族杂处，边陲小城的地域民俗风情殊为独特。

张璞君的父亲张成俭曾是山东平度县的贫苦农民，清光绪年间闯关东到海参崴应招做劳工，后在离海参崴很近的珲春落脚谋生，开过赌场和杂货铺，还经营过茶叶生意，于是有资料把他称为“二等绅士”。但这个“二等绅士”之家“日子过得较为艰苦，属于下中农式的生活”（骆宾基《六十自述》）。张成俭夫妇痛感没有文化之苦，张金氏用手工缝纫积攒的“私蓄”供孩子读书，为张璞君日后变为“骆宾基”打下重要基础。

“九一八事变”前，张成俭在经营中误收大笔贬值的沙俄卢布，生意遂告破产。骆宾基后来在其自传体长篇小说《混沌》中讲述了小说主人公的父亲在海参崴十几年的心血，却在珲春县城被换谱的“把兄弟”汇兑作废卢布而付诸东流。作者表白，这虽是自传体小说，却不是历史实录，但“二等绅士”张成俭对家人严苛、对外人懦弱这一点应该也是事实。

“九一八事变”后，张家早年领有执照的三千亩“占荒地”也被日本关东军“征用”，张家沦为小城贫民。在如此家境中，张璞君先在珲春读了私塾、县立高级小学，后到山东读中学，还在中国大学、北京大学做过旁听生，逐步接触马恩理论和中外文学名著，渐生以文学创作为终身职业的心思。1936年从东北流亡到上海，不久成为抗日的、左翼的文化战士。1944年至1949年间，曾两次作为“政治犯”被捕入狱。中华人民共和国成立之初当选为山东省文联副主席。

“文化大革命”中后期，这位历经“思想改造”“灵魂深处爆发革命”的老作家、老知识分子再也无法欣喜于“摆脱了十九世纪旧现实主义消极影响，开始向革命浪漫主义和革命现实主义相结合的文艺新路阔步迈进”了，转向《春秋批注》《金文新考》的著述和《货币集》《兵铭集》的考证。这是“革命文艺”的胜利，却是一位“奇笔逸才”的大作家的悲哀，而又远非他一个人的悲哀。

暂无资料表明，1936年5月起在上海亭子间埋头写作长篇小说《边陲线上》的十九岁东北青年张璞君，为其处女作署名的“骆宾基”同“初唐四杰”之一的骆宾王有何关系。也许我们可从“基”字架构中暗含着“王”，揣测他喜爱骆宾王的诗文，熟读过《讨武曌檄》中那些名句：“入门见嫉，蛾眉不肯让人；掩袖工谗，狐媚偏能惑主。”“南连百越，北尽三河，铁骑成群，玉轴相接。”“以此制敌，何敌不摧！以此攻城，何城不克！”“请看今日之域中，竟是谁家之天下！”

那些激越的文字一定曾引起这位沦陷区的热血青年强烈的共鸣，张璞君也为“骆宾基”所取代。可惜斯人已逝，而健在时并未得到足够重视和更为深入的研究，因此关于他名字的问题只是我的臆测。

骆宾基同萧军、端木蕻良并称“东北文坛三老”，他们三位都同萧红有过是是非非的情感纠葛，但我们今天不应再去深究那些各执一词的前尘影事，而应把更多注意力放在这“三老”对中国文坛和现代小说史的贡献上。

骆宾基因1936年才由边地入关，进入大上海，故被称为“东北作家群的后卫”。彼时萧红、萧军已因《生死场》《八月的乡村》名盛文坛，比他稍早进关的端木蕻良也已写完成名作《科尔沁旗草原》（郑振铎誉其为“这将是中国十几年来最长的一部小说，且在质上，也极好”），而他还只是位默默无闻的文学青年。

但骆宾基比“东北作家群”的所有名将都年轻，比萧军小十岁，比萧红小六岁，比端木小五岁，即使是舒群、罗烽、白朗、李辉英、穆木天等“其他作家”，也都无一例外地年长于他，穆木天甚至比他大十七岁。这个十九岁即写成一部十几万字长篇小说的“东北作家群的后卫”后生可畏。

看他1946年秋在杭州拍下的黑白照片，琇琅近视眼镜，浓眉，略显忧郁的眼睛，文静而黑密的分头，格西装，白衬衫，深色领带，青年时代的骆宾基算得上清隽儒雅。那时距他在香港陪同萧红度过最后四十多天已过去四年，而他一生中最重要的作品《乡亲——康天刚》《北望园的春天》《吴非有》《罪证》《红玻璃的故事》(与萧红合作)、《老女仆》《一九四四的事件》《由于爱》《混沌》(第一部《幼年》及第二部《少年》初稿)等都已完成或即将完成，文学史家称他“进入了自己创作史上的黄金季节”。

骆宾基不能算高产作家，但其作的文品、艺术质地及对现代文学的贡献，却应予更高评价。战乱年代他写过为民族战争服务的《边陲线上》《东战场别动队》《一个倔强的人》等，1949年后也写过为社会主义政治服务的《王妈妈》《夜走黄泥岗》《山区收购站》等。然而多年过去，真正经得住时间之水淘洗的还是早年那些艺术价值更高的作品，如《乡亲——康天刚》《北望园的春天》等，特别是长篇小说《混沌》。虽然作者在《我的创作历程》中称，“自己在解放前国统区所积累的社会生活（写作素材），已经黯然无光了”，“我突然发现自己已是两手空空一无所有的文学工作者了”，“旧的艺术标准，例如资产阶级的‘人类之爱’一类的东西，在我的头脑里，似乎已经崩溃了；而新的艺术观，还没有形成。我怎么写呢？用什么为祖国和它的优秀的儿女们服务呢？我感到‘灵魂深处’从来没有的空虚”，“我的艺术观岂不是原封不动地仍然站在十九世纪世界文学所建立的批判现实主义的立场上么？如果这样自然主义地来写真实，那么这个作品的艺术价值在哪里呢？它的价值不是需要依据无产阶级的革命的政治效果来衡量么？”但依我们今天的眼光看，骆宾基最有魅力和味道的作品反而是那些他自贬为“黯然无光”的旧作。

发表于1943年5月的短篇小说《乡亲——康天刚》是一部浓缩的闯关东史，故事发生在清代，皇朝发祥地的解禁圣旨颁布之后。主人公康天刚原本是山东大地上一个乐天任性的汉子，喜欢唱曲拉琴、玩鸟打猎，只因和邻村财主的闺女产生了感情，不得不贱价卖掉仅有的半亩祖茔地，带上财主女儿祝他发财的观音瓷像，抛家背井，越海跨山，到荒凉的关外大地、草原森林中去寻觅幸福之梦。极想拆散他们的财主后来承诺："若是三年以内，他能够置买二十亩小麦地，另外再有耕地的牲口和一柄送肥的农车，那么他绝不再苛求，准备把他的闺女嫁给他。"但康天刚始终无法通过采掘名贵山参而尽快致富，一晃儿十七年过去了，人"一年比一年苍老，眼光一年比一年犀利，而且冷酷，脸色也一年比一年顽强"，"两腿受了风湿，精神顿然颓唐。本来他的头发已经花白，盘在头上的辫子就细弱得很可怜了，现在又时常脱发，同时脸色也更加憔悴，而且也越加沉默了"。

这个寻梦汉心性很高，"有月亮不摘星星"，急于发大财后回乡娶亲，同乡孙把头几次劝他在自己新占的山地上垦荒，一步步积累家业，他都婉拒了对方，将致富理想系于成功系数很小的采掘山参的"访山帮"，终至一事无成。但就在他把爱犬抛入山涧、自己也准备带着瓷观音跳涧自尽时，蓦然发现"离他立足处二十丈深的悬崖底下，一个岩石围绕的泉水口旁，有支千把年的老山参，须枝粗壮，周围野草都向它俯着头，永远跪拜着它一样，月光映照着泉水，那老山参的影子是清清楚楚的，可以分辨出是支'二等甲'"。

康天刚在遥远的异域停止了呼吸，却把珍贵的商业信息传送给最后一伙也要摒弃他的“访山帮”乡亲。感动并悲恻的乡亲们用珍贵的棺木装殓他，运送他回山东老家。路经老友孙把头所在地时，孙把头还为他举行了路祭。

作品以苍茫、沉郁、寂寥的境界映衬着闯关东人命运的神秘与悲凉，主人公用一生与天命较量的传奇故事令人震撼，更令人唏嘘。读这篇小说，不由得景仰并感激骆宾基，他把多少代东北人时常挂在嘴上的“闯关东”历史给复活了，却又是高度概括和凝练的，呼之欲出的小说人物成为印证那段历史的“活化石”。

同好多东北人一样，我的祖籍也是山东，闯关东的先祖也是清代刚刚颁布解禁令后不久来到东北大地的，我已是第八代传人。但我们对先祖充满辛酸的垦荒史和冒险史总停留在极粗疏的一两句话上。现在，可以凭借骆公的小说穿越时空，与先祖气息相通了。

发表于1943年9月的短篇小说《北望园的春天》，则取材于作者在战时大后方桂林的一段经历，看似平静却暗含调侃与悲悯地描画了山河破碎而偏安一隅的国人众生相：忙着筹备画展的名画家梅溪，他的贤惠温和的妻子林美娜，政论家杨村农，他的严肃而刻板的太太胡玲君，独身的美院老师赵人杰，以及赵人杰一直想画进作品的街头摆糖果摊的老婆子，等等。

这一写旧时代知识分子的小说名篇，着意刻画了“国内有名的政论家”杨村农和艺术学院穷教师赵人杰这两个人物，对杨村农明褒暗贬：“本来是个谈笑自若的好心肠的绅士，可是一见赵人杰，神气立刻就不同了。又高贵又尊严，仿佛我们身旁带着一个从仆，若是一个体面的绅士在从仆面前不矜持，那像是什么话呢！”而对赵人杰这类中国旧式知识分子的典型人物，却寄予了深切的同情。虽然他潦倒孱弱，“廿七岁的人，看来倒有三十四五。整月不刮髭子，身着一件冬大衣，又旧又破，五年也没洗过一次似的”，微薄的薪水常令其生活难以为继，有时只买得起两三块木柴，黄昏时夹在腋下回住处。但他仍持守着传统知识分子起码的人格底线，在“我”邀他和杨村农共进晚餐，几次婉拒未果后，不得已同两位一道去了餐室。

我说：“赵先生，我们吃酒，你不要吃，就尽管吃饭好了。”

“好。”他说，可是一个米粒一个米粒地向嘴里送。五分钟就停停筷子，十分钟就夹一口菜，而且只夹一小片白菜。明明是他饿了，可是他还陪着我们吃酒。他的命运就似乎决定是为了别人而生活的。

我说：“赵先生，有肝尖，有肥肠，有鱼片，你是吃嘛？”

他说：“我是吃呀！”

我说：“你不要客气，这些菜我们是吃不完的，你尽管吃呀！”

他说：“我是吃嘛！秦先生太客气了。”

他依然是夹着白菜叶，或是小块的笋片，他尽力避讳着鱼肉，只一片小块笋，他就满足了。

而就是这位捉襟见肘的穷教师，当“我”想把广告社的一桩塑半身模特的活儿（可支付四百块钱的材料费）给他时，他却拒绝了，一再说："我这两天就发薪水了。""我有钱，就要发薪水了。"

几天后，他的薪水仍未到手，就快揭不开锅了，才勉强开口向"我"借了五块钱，并承诺晚上五点钟一定还钱。但那晚，他实在无力还钱，向"我"致歉时，"仿佛他的身体有两万吨那么重"。

赵人杰终于领来区区一百二十块薪水，理了发，还了钱，还买了三块钱花生米，"仿佛招待一顿盛餐那样几次地让我：'吃呀！吃呀！'"并与"我"一同动情地怀念起北方的家乡。

这个不幸的人并不像他看上去那样，是个可怜委顿的庸才，在他最穷困时，曾卖掉两本"珍贵的意大利版的油画集子"，却总在想："我是要把我的作品拿出来，拿到世界上来。可是我的生活牵掣我。"在他心底，艺术理想的火花一直在闪烁，虽然微弱。

他曾和"我"谈到罗丹的雕塑和洛基朗盖弥（原文如此）的艺术生活，那时候，"赵人杰的脸色也就越来越光辉，他的生命在这些谈话里复活了。眉眼间也闪出青春的闪光"。他说起自己有一个画稿，在脑子里酝酿很久了，可是总没有心情来画。但却不曾停止思索："中国画家不是没有天才的，全给在形式上追求的倾向损害了！""一个真正的艺术家哪有不在内容的发掘上追求的呢！""现在的中国画家呢！不注意作品里的人物，而注意整个画面的背景和情调……"

赵人杰心中那幅画稿来自街口摆糖果摊的老婆子："从她的

眼睛所含蓄的意义上看，全世界仿佛是死寂的，全世界只有她一个人，只有她那方盘上的二十几块糖果。……我每天必定从她那糖果摊前走几趟，没有一次看见她有交易。有时，看见几个穷苦人家的孩子，蹲在她眼前，环成一圈，望着她，也许是观望方盘上的糖果，可是总没有碰见他们买块糖的时候。那老婆子呢！可是天天在她那营业地方出现，这又仿佛是她每天确也有些交易。……只有廿几块呀！她在排列上消耗着脑力，而且极有兴趣。这就是她的全部的生活意义了。……秦先生！你说这不是一幅很好的油画吗？”

战时的一个穷知识分子却在怜恤一个卖糖果老妇，遗憾没把那已经升华为艺术美的情境用油画表现出来！

小说结尾，“我”已离开桂林北望园，但对那里的一切情意拳拳，在心中祝福赵人杰已“脱去冬大衣”。

我怀念北望园，怀念北望园的深夜，……赵人杰一定还是瞑坐在他那阴暗屋子里遐想……现在北望园的深夜应该有一片蛙鸣了……

《北望园的春天》不应只认作中国旧时代知识分子的一曲哀歌，作者在以人文精神、人性光芒照亮赵人杰的时候，毋宁说也在礼赞这位古之圣贤的后世化身。

骆宾基的长篇自传体小说《混沌》同样产生于旧时代，是二十世纪四十年代作家从桂林到重庆的五六年间用力最多的长篇力作，也是标志着作家艺术成熟期的代表作品。小说以童子眼光看纷乱世相，用成人思乡和怀旧情愫讲述家世：二等商人的父亲被把兄弟设下的作废卢布圈套所害，以致家道中落，而这个家庭的败落恰好与当时的中国社会悲惨现状互为镜像，如作家所言："虽非历史实录自传可比，但它却记载了作者的幼年与少年两个时期的天真而纯洁的心灵。这个心灵反映着通过家庭而显现出来的一个东北三等小县城的社会风貌。记载了'九一八'事变之前这座满、汉、回、朝四个民族杂居共处的边陲城镇的风俗、人情、自然，它们都盖有半封建半殖民地的时代烙印的。"

小说中无论写人，写旧式家庭，写边地风俗，写夏季的木排，冬季的冰场，垦荒者的窝棚，高丽酒窟，日本商行，京戏园子，俄式四轮篷车，流亡的白俄军官开的糖果店，正红旗没落皇族，依附于日本领事馆的"韩国通事"等，都极富边地特色和绵长的人生况味，是去国怀乡的作家对遥远的大东北及童年深情而幽婉的咏叹。

"混沌"者，混沌初开，璞玉未琢。以此喻小说童年主人公的质朴纯真恰如其分，而统观小说文本，则实属上乘之作。女作家张洁曾有如下结论："他有多么扎实的生活基础啊，表现手法，又是多么娴熟。我敢说，他的小说，在中国文坛上，堪称一流。"（《帮我写出第一篇小说的人——记骆宾基叔叔》）她举了几个例子，1949年后骆公写的《父女俩》《山区收购员》等。但我以为，她更应以《混沌》《北望园的春天》《乡亲——康天刚》《红玻璃的故事》等为例。

1947年，诗人唐湜在比较"七月派"小说家路翎与骆宾基时曾写道：“路翎从日常生活里酿造了热情的灼人的传奇风的酒液，而骆宾基则从日常的生活里勺取了一些平淡无奇、略有甘味、饮后转觉醉人的绿茶。”这对骆公小说的整体美学风格当是较为中肯的判断，但既然“饮后转觉醉人”，就不会真的“平淡无奇”，至少《乡亲——康天刚》不是，《一九四四年的事件》不是，《由于爱》不是，《罪证》不是，《混沌》就更不是。然而“略有甘味、饮后转觉醉人”的确是一种高级的审美状态和艺术境界，这是骆公留给我们东北文坛晚辈的一笔值得继承的遗产。

多年以后我们意识到，早年东北作家更可贵之处在于奠基于国恨家仇、故土记忆、塞外风貌上的独特鲜明的创作个性，而不仅是为阶段性政治服务的“齿轮和螺丝钉”的“阶级”共性。他们同郭沫若、茅盾、巴金、老舍、曹禺等现代文学大家一样，最具永恒性、可以传世的大都还是写于民国时期的旧作，这对今天的文坛具有重要的启示意义，即文学艺术的“双为”不能再简单等同于行政化地大量催生急就（也必然速朽）的应景趋时之作，不能再简单等同于对症下药式的“对口创作”。苏联作家爱伦堡在其回忆录中《第一次苏联作家代表大会》一章里写道：“所有的代表团都来‘讨债’：纺织女工要描写织布女工的长篇小说，铁路职工埋怨作家忽视运输问题，矿工们请求描写顿巴斯，发明家坚持要求写发明家中的英雄人物。（人们并非永远都能指出他们到底需要什么。有些作家急于还债，出现了几百部以生产为题材的长篇小说，但读者同时也成长起来。……图书馆的管理员们说，铁路职工读契诃夫的短篇小说读得入迷，矿工们喜爱阿·托尔斯泰的《彼得一世》，织布女工读《安娜·卡列尼娜》时流泪，发明家们爱读没有任何创造发明的长篇小说，从《静静的顿河》直到《老人与海》。)”

骆宾基逝于1994年，在他的《混沌》再版之后，享年七十七岁。他暮年的照片苍老憔悴，面色黧黑，一副历尽沧桑之后疲惫不堪、饱受疾病之苦的样子。张洁说：“比起他的文章，他的面孔，他的仪表，可就显得逊色得多了。不论什么漂亮的衣服穿在他身上，很快就会变形，或总有一两个纽扣不在自己的位置上。”但“要想说服他才难呢！任你口沫飞溅地说上半天，他要么轻轻地问上一句：‘是哦？’要么一言不发，笑嘻嘻地看着你。小小的眼睛里，有着狡黠的闪光”。

即使在他年轻时代，珍珠港事变后寄居在张洁家里，留给童年张洁的印象也是“那样地奇特”，“好像是个大烟囱”，“清早起来，只要一打开他的门，便有浓浓的烟雾，从他那窄小的房门里滚滚地涌出。那个房门，活像个烟囱口”，“以后几十年的岁月证明，就是在我有了婶婶之后，他也依然如故：衬衣的领子总好像没洗干净；质地很好的毛呢大衣里藏着不知多少尘土；被子、床单全是和衬衣领子差不多的颜色……好像他仍像从前那么穷，仍然过着没人照料的、单身汉的潦倒日子”。

读到这里我们会惊异地发现，骆宾基同他笔下的赵人杰何其相似。《北望园的春天》里，叙述人“我”（秦先生）同赵人杰仿佛是骆宾基的双重自我。

然而，1946年留影于杭州的那位清隽儒雅的东北流亡青年更是骆宾基的永恒形象，与他的作品和我们对他的敬意一道不朽。

我一生都在适应这个名字

半个多世纪前，我爸爸在我毫无选择能力的情况下把“刘嘉陵”给了我当符号，我一生都在适应这个名字。实话说吧，没有一次我在回答“你叫什么名字”时理直气壮过。

人们总十拿九稳地问我，你是四川人吧？我抱歉地摇头，说自己是土生土长、地地道道的沈阳人。哦，他们胜券在握地接着说，那你是在四川生的！我继续摇头，他们便有些不悦。这加剧了我对这个名字的排异反应。在我周围，叫长江的，叫黄河的，叫泰山的，叫华山的，什么名字都有，可没人问他们是不是在那边生的，到我这却例外了，好像前述名山大川都属于国家级，而嘉陵江只属于地方级，不允许跨省用名。我开始为这条江抱不平了，它的名字毕竟也是我的名字，且不提白居易都写过“嘉陵江近好游春”，元稹也写过“一夜嘉陵江水声”，苏东坡还写过“似闻嘉陵江，跳波吹锦屏”。

上小学时，班里男孩笑我取了个女孩名，管我叫“小陵”“陵陵”。多年后我才得知，有些男孩自幼渴望做女孩而不得，后来社会进步了，他们总算通过现代医学手段如愿以偿，成为了“她们”。我不一样啊，就想踏踏实实好好做男孩。我放学回到家，在饭桌上正式同父母交涉，要求更名。他们一笑了之，没搭理我这个十岁不到的小屁孩。我该庆幸生在一个现代开明家庭，否则不得去刘氏祠堂当众扒下裤子挨板子？但我不服，我爸爸自己叫的就不是爷爷一开始给他取的名字，他用过的名字一打儿都不止了，那个时代的文人没有十个八个笔名怎么在文坛混啊？再说他还干过地下党。几天后我又提出更名请求，我的做新闻工作的爸爸没显得不快，当然也没喜气洋洋。他听我陈述完一条条理由，沉默一会儿，问我，那你想改个什么名字呢？这个我还真没想好，我以为他会脱口而出一个他也满意我也满意全家人齐声叫好的新名字，但是没有。他说，你先自个儿想一想，把你喜欢的名字都写上，我看看再说。

第二天课上课下我几乎都在想，兴奋得心怦怦乱跳。晚上我交给爸爸一份誊了几遍的备选名单，上有五个新名字，都写得工整而难看，排在首位的是“振江”，第二个是“振海”，以下还有“向阳”“志刚”“志强”，都是当年最流行的红色小说、红色电影里战斗英雄的名字。先说说“振江”，它来自红遍大江南北的长篇小说《平原枪声》，里面有位神枪手叫赵振江，评书演员李鑫泉正在收音机里夜夜播讲。那位抗日英雄眉清目秀，一身好武艺，人称“赛赵云”，还有一手好枪法，能飞快地把墙上一排香火头逐一打灭。我们爱不释手的《平原枪声》系列小人书里，有一本就叫“赵振江神枪退敌”。另一个我心仪已久的名字是“向阳”，来自黑白故事片《平原游击队》，主人公李向阳手使双匣子，浓眉大眼，英勇善战，人也诙谐好玩，一点不装。我们当年没一个不是他们的超级粉丝。

我爸爸看着我那张巴掌大的小纸片，好像笑了下，也好像没笑，一句话都没说，这件事就此不了了之。奇怪的是，我也没再坚持。看来我得感谢我爸爸，多年后我长大成人，最初效力的单位还真有个同姓老同志叫“振江”，唐山口音，对我很好，现在在公园散步还常能遇见。我要是跟这位前辈叫了同一个名字，即使不论商标事务的“注册在先”原则，仍然是失礼的。我也多亏没改成“向阳”，后来我效力的另一个单位有位同姓领导就叫这个名字。你不能蹭领导的热度。

香港影星刘嘉玲大火以后，我的麻烦更多了，时常被人自作主张地写成她的名字。我身高一米八六，肩宽膀阔，鼾声如雷，生着络腮胡须，列位却把我往小巧“玲”珑上弄。再有什么活动人家介绍我后，我都要歉意地加上一句：“也许我更应该叫刘德华。”每次去银行我都心神不宁，我从窗口屈身把稿酬单递给一位黑衣美少女，她先低头看了下，再抬头瞥我一眼，把单子丢给对面另一位黑衣美少女。另一位也瞥了我一眼后，金融双姝相视一笑。我试着猜她们心里在说啥，很可能是：“你也配？”要不就是：“我的天！”

曾经有一次，一伙报刊精英聚会，座中有位航空报主编和我一样人高马大，豪壮善饮，名叫马晓晴。二十世纪八九十年代，内地有位女影星就叫这个名字，她演过电影《啊！摇篮》《顽主》，电视剧《北京人在纽约》，等等等等，势头不输刘嘉玲。《顽主》里，她手托双腮，向即将火起来的葛优（扮演杨重）说：“我发现你特深沉，特爱思考。”我举杯向那位男马晓晴提议：“来吧，咱们两位女影星喝一个。”

若干年前，法国萨特的“存在主义”风靡我邦良久，一对青年男女相亲，小伙子和姑娘聊着聊着若来句“存在先于本质”，那姑娘嫁给他的几率就会大好多。但我一直苦于萨大爷只说了“本质”前面有一个“存在”，却没说“存在”前面还有一个什么。我的“存在”前面就还有个我一直在适应的名字，“名字先于存在”。我爸爸为我们取名很随意，他才不管我们应该“犯”什么、叫一个字还是两个字呢，我大姐叫刘宁，大哥就叫刘阿音，二哥叫刘齐，二姐就叫刘维莎。按说到我这儿又该一个字了，但我生下后，他怀念起在流亡到四川的东北大学读书的那段生活，便把那条江用作了我的名字。1941年秋，他曾在嘉陵江上坐着木船，听着豁亮悠长、山谷回响的川江号子，辗转去四川三台的东北大学就读。就在那里，他带着对国破家亡的怒火，成为中共领导下的“危险分子”，出“危险”壁报，演“危险”话剧，参加“危险”社团活动，后来还被用大洋支付月薪的特务学生密报：“斯数人者，行踪诡秘，暗中时有活动，思想甚为左倾……”提到我爸爸时评价还挺高，说他“善于演剧”。

我直到三十七岁才真正见到嘉陵江，在重庆朝天门码头。我是从陕西乘火车过来的，一路为《鸭绿江》杂志组稿，准备再搭轮船去武汉。印象中，一磴磴长长的石阶从江边顺山势陡峭而上，仿佛一直能攀到天际，江轮汽笛不时吼一声，憨重如巨牛。所有南腔北调的外地人都在惊呼，为又一个泾渭分明的水文奇观——嘉陵江与长江交汇。

又过了二十七年，初夏时节，一位女小说家忽然在微信里发给我一张手机照片，先什么都不说，我一看就明白了：是今天的嘉陵江与长江在今天的朝天门码头交汇。多年的工业化后，一切都在变，但我那条江仍执拗地拒绝同黄汤子长江合流，界限分明，碧绿清朗依旧。

我想我该接受这个名字了，可惜父亲已经不在，没办法跟他说了。

坐直了，目视前方

一百年前，父亲刘黑枷出生了，进入了时间轨道。十九年前，他又返回时间之外。人们都叫他“报人”，现在我要告诉各位，他还可能成为“剧人”。大学时代他曾剃光头，粘上用黑白毛线仿制的长胡须，扮演过一出抗战戏里的伊斯兰教老拳师，一登台即获满堂彩。他还参演过《日出》，先准备演戏份较轻的黄省三，后来扮李石清的同学去重庆曾家岩，没赶回来，他又临时顶替，演了回戏份重些的李石清。他真动过当职业“剧人”的心思，一度想把《骆驼祥子》搬上舞台，虽然只动笔改编了几幕就忙别的去了。

那些昔日的“演艺”辉煌父亲却从未炫耀过，即使酒后也没有。我是多年后在他的自传里看到的。在我的记忆中他更偏爱银幕而非舞台，当年的节假日里，他动辄率全家六口浩浩荡荡赶赴哪个电影院。那时候沈阳太原街有家“新闻电影院”，我们去过不止一回，看过一部彩色纪录片叫《非洲之角》，还看过一部彩色科教片叫《带翅膀的媒人》。我全都没兴趣，连同那个不放故事片的电影院。

几年后倒是我又迷恋上了舞台，总想粉墨登场，出演“样板戏”中的英模人物。变声前，“样板戏”的所有高腔我都不在话下，但慢性副鼻窦炎影响了我的音色。为这个，1972年初夏我从父母“走五七”的乡下几次来沈就医，想通过鼻腔穿刺消除鼻音。罪可遭了不少，鼻音却压根就没离开过我。最后一次沈阳之旅唯一的亮色是，看了场市“样板团”的现代京剧《龙江颂》。票是父亲搞到的，彼时他正在沈城作为“五七战士”集体受训，期间安排了几场观剧活动，这是其中的一次。他马上想到了我，又多讨来一张票。那天晚饭我们是在我表姐家吃的，她做的饭菜没的说，但她女儿正在学习小提琴，像我一样梦想干“演艺”，她便有了个“不情之请”，求我们带她九岁的女儿同去。父亲犹豫了一下，还是答应了。两个都有票的大人捎带一个没票但扎着红领巾、会拉小提琴的美丽小女孩，不算过分吧？

我们匆匆赶到中街大舞台，还真被拦在了外面。身着整洁灰制服的父亲一再向守门人检讨，并提议按价补张儿童票，他可以在边道站着看，绝不影响别人。但话全白说了，剧场里已传来《龙江颂》的开场音乐。父亲让我先领小外甥女进去，我不肯，他急了，厉声命令我，我们只好先进去。座位真不错，在前几排中间，演出也精彩，至少对我这个穷乡僻壤来的小子是这样。但我心里很不好受，对身边的少先队员也没好脸。看了会儿我出去一趟，父亲还在门外勉为其难地争取着，守门人仍绷着脸不肯通融。见到我，父亲生气地说，你出来干啥呀？我说，爸你进去吧，我不看了，演得不怎么样。我说了假话，泪差点下来。守门人和另一个守门人闲聊时，父亲小声告诉我，这个不好说话的要下班了，等会儿他走了，再争取下那个好说话的。快进去吧，别耽误看戏！

第四场《窑场斗争》刚启幕时，父亲疾步进来，扶着前座，碰着众多膝盖往我们这儿移动。“五七战友”们纷纷问，老刘！怎么才来？父亲笑道，嘿嘿，有点儿事，来晚了。他总算坐下来，我把小外甥女抱在了腿上。

变声期过后，我的嗓子开始降调，用梨园行话讲，“倒仓”了，再无法登台。我灰颓了一阵子，又往乐器上铆劲，不甘心就此终结“演艺”生涯。父亲后半生不仅亲银幕远舞台，也不喜欢大的响动包括音乐。可摊上我这么个痴迷音乐的小儿子，他也只好将就了，以极大耐性容忍我吱吱嘎嘎的胡琴声。乡村岁月，他居然和我母亲自备椅子，到大队部看了我们知青点的好几次演出。有一晚不记得啥原因了，轮到我们演出已近午夜，疲惫的社员们大都回去歇息了，大灯泡底下只剩下二十几名铁杆观众，中有我爹我妈。

次日一种说法传遍全村：刘五七和闻五七昨黑间看剧一直看到后半夜！几年后父亲任市委宣传部部长时，曾有好多演出等着他去看彩排，作指示，接见主创人员，他都因忙于报纸事务，让主管文艺的副部长去了，很少看作为文艺大省大市的专业院团的表演。然而那个村野之夜，习惯早睡的他和我妈披着外套端坐在自备的椅子上，把整场演出全部看完。

有的乡亲又说：人家哪是在看剧呀？是看儿子呐。

父亲果然告诫我：拉琴时要瞧着演员，不拉时也要坐直了，目视前方，不要和旁边的人交头接耳嘻嘻哈哈，更不要挠头皮，打呵欠，东张西望。他为我演示了一下。

许多年过去了，每次我目睹舞台上乐手们的庄重台风，都会想起父亲。

新时期大学校园生活的另类书写

——访“秋天好书”入选作家刘嘉陵

辽宁作家刘嘉陵入选2018年度“秋天好书”的长篇小说《把我的世界给你》，复现了大学时代的纯情、浪漫、青葱。久远的记忆中，纯真的爱情、真挚的友谊、远大的理想、狂放的激情，形成了青春生命的壮丽篇章。

下面是辽宁文学馆邀请的记者就他这部小说的创作历程做的访谈。

采访嘉宾 / 刘嘉陵

记者：刘老师您好！首先对您的长篇小说《把我的世界给你》被评为本年度“秋天好书”表示祝贺！您对此有何感受？

刘嘉陵：先只是好奇，以为准是哪些好心人想要抚慰一下我们这些辛苦的码字者，不忍心看着各位起早贪黑白忙活一场，多少给点掌声吧。但一看评选说明，原来是辽宁文学馆通过书店、网络征集作品，邀请作家、评论家担任评委，经过初评、终评，最终评选出全国范围内的十部作品，这才开始高兴，感谢。经过这么多评选环节，初评完了还有终评，这样的结果应该是有含金量的，作为写作者不能不为之振奋。

记者：您认为您这部作品主要靠哪些东西赢得读者的青睐呢？

刘嘉陵：可惜我无法直接面对这些读者，只能猜一猜了。我想首先应该是这个比较稀缺的大学题材吧，资料显示，2016年时全国受过大学教育的人口已占十三亿多人口的百分之十二，有一亿多人了，以后的统计数字还要高，就是说，每十个人里起码有一个上过大学的。这么高的比例四十年前想都不敢想。但同时，大学题材的长篇小说在每年五千部左右的长篇小说产量中，比例又很低，这大概就是我这部小说的优势之一吧。此外，随着自上而下地庆祝改革开放四十周年和恢复高考四十年，民间正兴起一股怀旧风，怀念“黄金的八十年代”。当年那些“文化大革命”后激情浩荡、大展宏图的新时期的大学生，今天已经烈士暮年，他们的青年时代正好与国家的大变革和民族的新崛起重叠在一起，因此成为他们一生中最自豪和最为留恋的一段光阴。我这部书大概契合了这样的怀旧心理吧，虽然小说的主人公是位被剥夺了学习权利的“黑生”，以他为重心的校园生活也比较“另类”，充满挑战性。

记者：一部受到欢迎的文艺作品在题材因素之外，还应该有艺术上的因素。您这部作品除了“写什么”，在“怎么写”上也有独到之处，比如双重的叙事结构。

刘嘉陵：这是今天的长篇小说应该具备的，换言之，艺术上的贡献。说到这部小说的结构，第一稿时几乎就是一部单一结构的大叙事散文，后来觉得不行，自传体小说并不就是自传，更应该是小说，并且应该同今天对接。第二稿时我把单一结构扩展为双重结构，由“儿子”林晓来讲父亲林一木的故事，父亲也跟儿子交叉着讲，父子俩像在唱二重唱，老故事不但与今天对接了，还形成了和声关系。“儿子”并非变相的讲叙者，他自己的恋爱故事也同父亲的故事搅在一起。当然这是个艺术化的结构，真实生活中我只有一个女儿，学的也不是音乐，是美术。国家“开放二胎”时我已垂垂老矣，来不及儿女双全，连弄音乐带搞美术了。但海明威的小说人物说过：“这么想想不也很好吗？”我就让一个并不存在的“儿子”来讲我的故事，这使叙事更富于变化，表现力也更强了。

记者：您的小说叙事风格很有特点，亦庄亦谐，幽默与感人交织，揶揄、反讽中又透着浪漫、纯真。

刘嘉陵：我心目中的优秀小说应该是举重若轻的，有分量亦有趣，以乐景写哀，以哀景写乐，含着泪的微笑。自传体小说容易自恋、自辩、煽情，写作过程中我尽量避免这样的倾向，时常以自嘲来抑制自恋，作者刘嘉陵时常通过林一木之子林晓之口嘲讽父亲，拿父亲开涮，形成一种反差效果。

记者： 您这部作品中好多奇特的故事都是您亲身经历的吗？

刘嘉陵： 当然不都是，也不应该与真实生活完全等同，艺术真实才更重要。我从没爬过大烟囱，但当年的大学里的确发生过爬烟囱事件，一个毕业生为了抗议分配不公。后来我就让我的主人公林一木也爬了一回，抗议读书权利被剥夺。另外，京剧版的《列宁在一九一八》也是我写小说时自己造出来的，包括对“样板戏”唱词的戏仿，如果哪个文艺团体真有兴趣演一演，我担保完全可行。

记者： 谢谢您！祝您冬安快乐，创作丰收！

人生经历是一部伟大的小说

——与作家刘嘉陵对话

林喦（1972—），男，文学博士，教授，新闻学硕士生导师，从事文学与传媒教学和研究工作。

刘嘉陵（1955—），男，沈阳人，插过队，当过乡村教师，谱过曲，开过机床，做过扶贫工作队员。1986年毕业于东北师范大学（中文系古典文学专业明清小说研究方向），获文学硕士学位。中国作家协会会员，辽宁广播电视台高级编辑。曾获“老舍散文奖”“清明文学奖”“辽宁文学奖”等奖项。著作有《硕士生世界》《记忆鲜红》《自由行器》《妙语天籁》《把我的世界给你》等。《记忆鲜红》被列入清华大学“《中国近现代史纲要》课程学生阅读书目”。

主持人：作家刘嘉陵一直在用文学讲述他的人生，无论小说、散文，还是随笔、评论，都有他亲身经历的那个时代的气息和曾经“在场”的人生的轨迹，生活的“钻头”深深钻到了中国社会的深处和他的心灵深处，给他的记忆留下了不可磨灭、挥之不去的烙印。当然，这一“钻”也为他开启了文学创作的泉眼，汩汩涌动的生活源泉凝结成一篇篇鲜活多彩的作品。他的小说纯虚构的比重不大，相当数量的小说都有“自叙传”的味道，带有他早年间所处时代的鲜明特征，用当下的流行话讲：“很有年代感”。

二十世纪五十年代生人的刘嘉陵，阅历与他的同代人大体相近，但也不无差异。由于家庭原因还有他幼时对音乐、戏曲的特别兴趣，他的“童年印象”留存在记忆中的深刻性成为他“怀旧”和“反思”的重要基础，也成为他文学创作的主要素材源。他身上多于常人的“艺术细胞”不仅源于他的文化色彩浓厚的家庭，也源于那个年代作为人生出路之一的“革命文艺工作者”的巨大诱惑力。据了解，青少年时代的刘嘉陵最大的梦想是进“京剧样板团”演“革命英雄”，不料变声期过后，他原先很高的嗓音降调了，没法再唱李玉和、杨子荣和郭建光了，只好换了个梦想——进“样板团”做一名京胡手，“为英雄们伴奏”。再以后他还梦想过考入音乐学院，将来当作曲家。自然，那些梦想都令他沮丧地全部落空了，但失之东隅，收之桑榆，多年后，那些仿佛白费了的努力却成就了他的文学事业。我们读他的小说、散文、随笔和文艺评论，常能感受到字里行间浓浓的艺术气息和音乐性，当然那都是在他浑然一体的文学形象中自然流露的，信手拈来，涉笔成趣，绝无牵强、冗赘或卖弄之感。

林喦：刘老师您好！利用这个时间，我们聊聊天。其实，和您聊聊文学的想法很久了，总是寻不到合适的机缘。我和很多作家进行过对话，真还是有一个“机缘”在里面，即便是“刻意”的，也有“刻意”的机缘。所以，今天有这样的机会和您聊天，也是“机缘”到了“巧合时”（笑）。这里还需要说明的是，很多人认为我做作家研究，选择作家是“看人下菜碟”，其实准确地说，我是“看作品选择人”。从2011年开始到现在，关注当代辽宁文学和当代辽宁作家近八年时间，做专栏研究四十八期，应该说，在学界和业界形成了一定的“影响力”，也获得了很多专家和作家的认可，这也是我继续坚持下去的一个重要原因。我一直认为，做当代辽宁作家的专项研究是有意义也有价值的。

刘嘉陵：林喦你好！很荣幸被你们选中，像得了一项什么奖（笑）。早就注意到你的文学研究团队和你们研究成果的影响力了，时常在心里嘀咕，林喦他们的雨点啥时候能砸到我头上啊（笑）？关于创作者和研究者的关系有几种说法：互相隔膜的陌生人啊，圈子里互相吹捧的哥们儿啊，等等。我们既不属于前者，也不属于后者。我倒觉得，我们和你们更像是庄稼人和雨水的关系，我们把庄稼种出来了，你们得经常下点雨呀，别让我们的庄稼旱死。但雨也别太大太勤了，庄稼也一样受不了（笑）。那其实就相当于捧杀或者是棒杀，都不是创作者的福音。很高兴你们不是这样的。暗中窥视过（笑）你们几期研究成果，觉得你们的态度是认真的，学风是严谨的，功课也做得扎实到位。你的当代辽宁作家研究很有意义，对辽宁文学的发展有意义，对我们作家的创作更有意义。所以今天能落到你们手里（笑），觉得特别踏实。巧不巧啊？正好又到了一年一度的春耕时分，感谢你们适时而降的雨点（笑）！

林喦：谢谢您的肯定！我也是借这次聊天的机会，讲一下我的想法，但这不是我们聊天的主题。这次的聊天，您是主角，算是专访式的对话吧。对这种“专访式对话”您应该不陌生，因为您的职业身份也是新闻人，如果从我在大学里从事新闻教学和科研的角度讲，我们有密切的“职业”关系。大家都算“新闻人”吧。我在大学里从事新闻专业的“教书育人”工作，也常常“教育”学生不仅要学好专业，还要有和专业、职业相近的爱好特长，而“新闻人”最近的“爱好特长”就应该是“写作”，不仅会“新闻体”的写作，还要会“文学体”的写作。有的新闻人不仅有记者的身份，还有作家的身份。无论是国外，还是国内，好记者都是好作家啊，比如我国记者、作家魏巍、穆青、梁衡，比如传播学史上具有重要影响的学者——美国新闻评论家和作家沃尔特·李普曼（Walter Lippmann，1889—1974），再比如海明威和马尔克斯，等等，就不一一列举了。您在媒体工作，也从事文学创作，您觉得媒体工作对您的创作有什么作用和影响呢？

刘嘉陵：在新闻媒体工作对创作当然有好处啦，比如走南闯北啊，信息灵通啊，比如对社会生活变化的比较高的敏感度啊，但如果你本人太消极，得过且过，总是不求有功但求无过，也会有相反的影响，比如创新精神的萎缩，成为一个枯燥乏味的简单的“新闻机器”等等。我在广播电视台工作时很幸运，干的仍然是离文学最近的那一行：电视剧。等于兼得了新闻和艺术两大优势，这对我后来的文学创作的确大有帮助。影视剧领域的深度介入，让我对如何在创作中注入更宏大的精神力量和叙述魅力，如何设置起承转合、戏剧化情境、矛盾冲突，还有对话等方面，有了更深的体悟。多年后重新写起小说，并且是写更有难度的长篇小说时，又有了新的突破和飞跃。我很感谢那段工作经历。

林嵒：您的“书香”家庭和最初的成长环境对您走上“文学之路”也有很大影响吧？

刘嘉陵：没错。我出生在一个——用今天的话讲叫“文科知识分子”家庭，我习惯于把一个个家庭像中学分文科班、理科班那样，分成“文科家庭”和“理科家庭”（笑），这当然并不科学，我只是想借此强调一下家庭环境对孩子成长的影响。有的家庭的确带有比较浓重的文科色彩，那家的孩子一般来说语文都比较好，写的作文里成语都连成了串儿，后来上中学，就被分到文科班了，直到最后报考大学。还有的家庭，父亲手很巧，喜欢修理自行车、手表甚至收录机，孩子们也喜欢搞点小发明小创造什么的，理科也更好些，家里订的杂志不是《航天知识》就是《飞碟探索》之类的，看电视常喜欢调到科教频道，以后他们读完大学再念博士后，早晚都是国家科技和制造业等方面的人才。我父亲呢？他是抗战期间读的东北大学中文系，当然不会是在沈阳读了，那时的东北大学已经流亡到四川三台。我觉得他们那代人是真牛，国破家亡，战祸不断，民不聊生，那样艰难的条件下，他们居然一边抗日救国，一边读天下名著，写慷慨文章。我父亲青年时代就是比较有成就的小说家和散文家，在郭沫若、靳以、胡风那一代大文人编的文学刊物上都发表过作品，还获过奖。投身革命后，组织上又安排他从事新闻工作，1949年后，他一直以报人的身份建功立业，晚年又重回文学创作轨道。这对我，还有我哥哥刘齐都有很大的影响。即便是我的没从事文学这一行的姐姐们，中学时代也都是班里的语文尖子。老实说，青少时代我并不喜欢文学，语文老师当众讲评的我的作文都是我姐姐帮我写的（笑），我完全被音乐和戏曲迷住了，不能自拔。可后来，“文科家庭”影响的巨大惯性还是把我扭回了文学轨道（笑）。

林喦：“文科家庭”熏也把你熏成了作家呗。

刘嘉陵：确实有“耳熏目染”的功效。

林喦：近日读了您的几部作品，包括散文随笔集《记忆鲜红》《自由飞行器》《妙语天籁》，也包括您的长篇小说《把我的世界给你》。这些不是您作品的全部，但我也有了“窥一斑可见全豹”的感觉。比如说您写随笔，从选题上讲，您一点“不挑食”，生活中随处可见的一件小事、一个物件、一触即发的感想等，都能被您无拘无束地挥洒成篇，像评论也像杂文，还时常穿插着故事，理性和感性水乳交融。

刘嘉陵：我的文学创作是从小说开始的，1981年刚读大三时就发表了小说处女作，是我们79级第一个上杂志的。那以后，短篇、中篇都写了不少，也收获了不少掌声，可是渐渐地我进入了创作的“瓶颈期”。写作有点儿像开超市，既然是在做生意，总不能让货架空着吧，没这个，还得有别的，小说暂时写不下去，我憋得实在受不了，就像奶牛（笑），便开始写散文、随笔，并继续写评论（我研究生毕业后，最初是在辽宁省作协创研室工作），再后来还做过八年跟影视剧相关的工作。应该说，大量的随笔写作帮助我在文学道路上走得更远，那是一项有益的训练，就好比中国京剧的“文场”（乐队），好乐手全都是“六场通透”，拉京胡的也会弹月琴，会弹南弦子，会打鼓和打大锣、小锣，其他人也一样，都是一专多能。你不信就去哪个京剧团瞧一瞧，那些乐手什么乐器都能来一来，而且都不差，那可不叫“有两下子”了，不定几下子呢（笑）。那些年我也有点像戏班子里一专多能的乐手，什么都能来几下子。而随笔我写得最多，短的，中的，长的，视报刊约稿者的需求而定，最短的几百字，最长的万八千字。短的曾用于给《南方周末》写的专栏，长的主要是反思“红色文艺”的系列文章，后来都收进了《记忆鲜红》，其中一篇《反面人物》还被《新华文摘》转载了。多年后我虽然又回归了小说创作，但各种文体的普遍尝试，加上影视剧领域的深度介入、广泛实践，对我的小说创作可谓益处多多，真有“如虎添翼”之感（笑）。我一直向文学朋友们主张，各文体之间不应当互相轻视甚至敌视，而应当互相学习、借鉴，条件允许的话，最好都尝试一下，没有坏处的。你看啊，好多优秀的小说家都曾经写过诗，对吧？而好多精彩的散文都出自小说家之手，优秀的报告文学家们都操着一手漂亮的散文文笔和高屋建瓴的政论笔法，而优秀的剧作家们写起小说、散文来也会有他们的优势（再牛的小说家写对白也写不过剧作家吧）。我庆幸自己曾在多种文体之海中畅游过，这使我不管运用哪一种文体时，仿佛都有多种实践经验在暗中助力。当然最重要的实践还是“叙事”，优秀的文学作品（无论什么文体）大多是“泛叙事化”的。沈从文1972年在给友人的信中曾说“搞文学，首先要会叙述，把理论融化到叙述中，才会发生广泛好影响。《沙家浜》的改编者汪曾祺，廿五年前在西南联大写散文就极出色，会叙事”。“会叙事”这三个字我是牢牢地记住了。

林喦：时代留给您的印记太深了，您的散文随笔集《记忆鲜红》和《妙语天籁》，小说集《硕士生世界》，还有您获第二届“辽宁文学奖”的中篇小说《清烟一缕》，等等，这些作品既有对特殊年代的痛苦记忆，又有对后来社会转型中出现的种种新问题的困惑，但痛苦和困惑并未能遮盖住您的一颗童心，一颗赤子之心、向善之心。您在嬉笑怒骂之余，总能让读者感受到对真善美的真诚向往。

刘嘉陵：人生经历本身就是一部伟大的小说。我们那代人尤其是父辈，一生经历得太多了，有饥饿，有苦难，有各种大折腾，大无奈，也有命运的大起大落，人间百态几乎都尝到了。但多年以后，那也成了一份宝贵的文学资源，就当是仁慈的上帝给我们的补偿吧（笑）。不过在具体的创作中，我还是不愿过多沉湎于昔日的个体性苦难，当然也不愿意虚伪地假装自己一直很幸福，“感谢苦难”“以苦为乐”“以苦为荣”。苦难永远是文学的大主题，个体的苦难也未必都是琐屑的、无关宏旨的、与“大我”格格不入的、无足轻重的，否则今天就没必要搞“口述历史”这类意义重大的征集活动了。人类的所有苦难都理应受到重视，都值得一再书写。但这里面与其说有个“舆论导向”问题，不如说有个“艺术均衡”问题，有个“接受美学”问题，我还是喜欢拿出符合艺术辩证法的、内涵和滋味更为丰富复杂的作品给读者。什么叫艺术辩证法呀？简单说就是处理好哀与乐的矛盾关系，在盐里撒点糖，或者反过来。

林嵒：您好像可以同时操持两种笔法，一面沉痛感人，一面却又幽默诙谐。这两种东西都很可贵，都是读者需要的，但却不大容易集中在一个作家身上、一部作品里面，可是您做到了，而且两种异质的东西在您笔下并行不悖，相得益彰。这是否就是您所说的“艺术辩证法”？

刘嘉陵：是的。我心目中的优秀文学作品应该是举重若轻的，轻与重，哀与乐，都是艺术辩证法的对立统一体。过去我们评价一部作品常喜欢说，某某作品“很有分量”，或某某作品“分量轻点”。但是一部作品如果只让人感到“沉重”也未必就是上品，它的艺术层面恐怕存在些问题。文学艺术除了文史哲层面、社会学层面的意义和价值之外，还有个重要功能就是娱乐，我们曾经有个文艺原则叫“寓教于乐”，就很好，那其实也等于在说“寓重于轻”，是这个道理吧？这个“轻”当然不是指轻佻、轻浮、轻浅了，而是指更容易让人接受，娱乐功能在起作用。电影理论中有个“杂耍蒙太奇”的概念，指的就是用观众喜爱的娱乐方式，引人入胜地把你的三观传输出去。我很喜欢举重若轻的艺术效果，有分量的同时又有趣，以乐景写哀，以哀景写乐，这才能达到艺术的最高境界：含泪的微笑。就像意大利早期黑白经典片《警察与小偷》那样的效果，它真是让你捧腹大笑起没完的大喜剧，但到最后，又真成了让你想要落泪的大悲剧。非常好！我在写长篇小说《把我的世界给你》时，就常提醒自己“艺术辩证法”一点儿，别太沉重了。倒不是说失学之痛就不是人类的苦难之一，但我时常以自嘲来抑制自恋和自辩，作品中的林一木常常成为作者刘嘉陵嘲讽、调侃的对象，以幽默来化解紧张，用活泼来讲述严肃，举重若轻。古人说的“以乐景写哀，以哀景写乐，一倍增其哀乐”，是我一直追求的美学境界。我有个大学同学读完这部小说后，给我发了条信息说：“我被《把我的世界给你》感动得稀里哗啦，虽说你在各种时候都不忘记幽默一下，可是我咋会那么伤感呢？”关于这本书我听到许多表扬（当然也有批评），但这条信息最让我高兴，因为那正是我要的效果啊。

林喦：我也读了您的长篇小说《把我的世界给你》，这部长篇小说看似写校园、写青春、写爱情的，但当我们认真思考以后，会发现，这更是一部“励志小说”，还是一部“社会问题小说”。您是基于什么想法创作这部小说的呢？

刘嘉陵：关于这部小说还有其他的归类，京东购书网归为“青春/都市/言情”类，我的老友、著名文学批评家高海涛戏称它是“新才子佳人小说”（笑）。我照单全收了，包括你说的“励志小说”和“社会问题小说”，这说明我的作品“有很大的阐释空间”（笑）。改革开放四十年的历史充满了曲折，并不是一帆风顺的。今天我们说它给国家和民族带来了巨大进步，但每一置身于其中的个体都有着独特的命运轨迹，小说主人公林一木先是恢复高考的幸运儿，转眼又成了一条僵死规定的受害者，这正是那个大时代复杂性的体现。这部小说是根据我当年的亲身经历创作的，高海涛说林一木是“刘嘉陵的升级版”，其实整个故事后来都“升级”了，通过个体际遇展现历史的丰富性和复杂性，这种思考也是我在近五年的长篇创作中逐渐形成的。我收集了很多相关资料，电话采访了当年我们班的大部分同学，惊讶地发现，对曾经朝夕相处的同学们我还了解不深，特别是他们上大学前的经历，每个人和他们的家庭都有故事，都很特别。他们对大学生活的回忆，也填补了我记忆中的许多空白，虽然很多素材没有用到创作中，但对那段历史的全面了解无疑让我的书写更有底气。随着庆祝改革开放四十周年和恢复高考四十年，民间正兴起一股怀旧风，当年那些“文化大革命”后傲立潮头的新一代大学生，今天都已两鬓染霜，他们的黄金时代正好同国家的大变革和民族的新崛起重叠在一起，因此成为他们一生中最自豪和最为留恋的一段光阴。我这部书一定契合了这样的怀旧心理，但我不希望它仅仅具有“怀旧”的功能，还应该涵盖得更多，走得更远。

林嵒:《把我的世界给你》中，人称（你、我、他）的转换，父辈（以林一木为代表）与年轻一代（以林晓为代表）的对话，这样的结构方式构成了两个年代的碰撞与交织，展现了更为开阔的历史时空，这也是您小说创作的一次大胆的尝试吗?

刘嘉陵：今天的长篇小说应该警惕同质化的危险，必须勇于和勤于尝试各种新的写法，不能像文学批评家李敬泽批评的那样:“在习惯的区域舒服地滑行。”我这部长篇写了近五年时间，第一稿几乎就是单一结构的大叙事散文，虽然各个局部都还不错，但后来觉得不行，自传体小说并不就是自传，更应该是小说，并且应该同今天对接。第二稿时我把过多的人物合并同类项，又把单一结构扩展成双重结构，由“儿子”林晓来讲父亲林一木的故事，父亲也交叉着讲，父子俩像在唱二重唱，此起彼伏，老故事不但同今天对接了，还形成了和声关系。“儿子”并非变相的讲述者，他自己的恋爱故事也和父亲的故事搅在一起。当然这是个艺术化的结构，真实生活中我只有一个女儿，学的也不是音乐，是美术。但我让一个事实上并不存在的

“儿子林晓”来讲“我”的故事，会使叙事更富于变化，艺术表现力也更强些。

林喦：我们注意到，您新近发表的短篇小说《帅府广场上的新娘子》和通常的短篇小说有点不一样，和您以往的短篇小说也不大一样。

刘嘉陵：多年没写短篇小说了，这是应《芒种》杂志之约写的，主题事先定好了，就是写沈阳故事。同时受约的还有孙春平、周建新、女真（张颖）等几位作家。最开始是周建新、女真和我在前年的一次文学活动期间，私下里聊天时一块儿约定的，我们提出了一个问题：王朔写北京，金宇澄写上海，池莉写武汉，阿成写哈尔滨，那么谁来写沈阳呢？我们或生于沈阳或生活在沈阳，沈阳的历史那么悠久丰富，地域特色又那么鲜明，我们这些作家不能视而不见吧？要是总写不出东西，那只能证明我们无能，证明我们对沈阳一点感情都没有。我们当时在宾馆房间里聊得挺来劲儿，周建新后来就向《芒种》那边正式建议了，《芒种》也的确有个宣传沈阳的义务，他们觉得这想法不错，开始实施这个计划。我大概是几位作家中最晚交稿的，毕竟多年没写了，不像别的朋友们一直在写短篇小说。当然我刚写完一部长篇，还怕写短篇吗（笑）？交得晚是因为我想尝试点新手法、新样式，好像汪曾祺说过这样的话：小说如果写得太像小说就快走到头了（大意如此）。短篇小说传统的定义是“截取生活的横断面”“表现人生的某一（永恒的）瞬间”。

这都没错，但我手里不同时期的沈阳故事太多了，可以串连起一个世纪，多少代人，我等于是用了长篇的架构来写这个短篇的，一百年大穿越（笑）。后来有评论说“这篇散文如何如何”，看来我的“不太像小说”的目的达到了，那应该算是散文体小说，散文的高度概括和小说化的描述、气氛渲染等，都融在了一起。一种新的尝试吧，也许走得远了些。真希望更多的朋友都读一读，为它做个鉴定，实在看得太来气了就亮开嗓子骂一骂（笑）。

林喦：您今后有什么创作计划？还是小说、散文、随笔、评论几般武艺一块儿施展吗？

刘嘉陵：不想那么四面出击了，就想在小说上多花些时间和心血，中篇、短篇和长篇都写一写。生活给每个人的馈赠都是有限的，就算给你的再多，总有用完的时候，即使你的经历、你的个体经验永远写不完，那种一般性的简单复制也不是我想要的。为啥我老了老了又重操小说旧业？不是因为我的个人经历都写完了，再无可写的了，只好用虚构方式瞎编滥造，添枝加叶，不是的。小说的最大好处是，它不但可以告诉我们生活是什么样子的，更能告诉我们生活应当是什么样子的，还可能是什么样子的。小说（当然是优秀的）反而会抵达更大的真实，而拘泥于一己经验和新体验生活得来观感的快速散文式复写，反而容易表面化。小说更能实现艺术真实的最大化，真正优秀的经典小说事实上都奠基于也包含着相当比重的非虚构成分，比如《红楼梦》《战争与和平》，甚至很魔幻的《百年孤独》等等。如果仅仅用“虚构”或“非虚构”来二元对立地判定文学的真实和虚假，意义和价值，会推导出很荒谬的结论。在“非虚构”的基础上加以重组、“虚构”、升华、飞翔，才最令我兴奋，我管那叫“有中生无”，而不是“无中生有”。

林喦：您的读书情况我也很感兴趣，您平时都在读什么？

刘嘉陵：主要还是小说，这和我的创作计划是配套的。但前些年小说读得太多太杂了，应该结束东一榔头西一棒子、饥不择食的胡乱阅读了。我在微信上读过一篇文章，题目很有启示意义：《开卷未必都有益》。信息爆炸时代，那么多小说你读得过来吗？就算读得过来，也未必都适于你，必须选择性地读了。我经常读的、不止读一部的、一部不止读一遍的经典小说家有几十个吧，英国的格雷厄姆·格林、毛姆、奈保尔、麦克尤恩，美国的海明威、福克纳、索尔·贝娄、海勒、纳博科夫、奥康纳、塞林格、雷蒙德·卡佛，法国的纪德、塞利纳、莫狄阿诺，德国的君特·格拉斯，捷克的昆德拉，拉美的马尔克斯、胡安·鲁尔福、略萨、博尔赫斯、科塔萨尔，等等。小说以外的当然也读一些：《极端的年代》《焚书之书》《第三帝国的语言》《光荣与梦想》《香料传奇——一部由诱惑衍生的历史》《中国京剧史》《世界通史》等等。

林喦：这一大串作家名字和书目真让人眼花缭乱（笑），

但有时间读读书确实是一件惬意、舒服的事情。我常这样想，人世间最有意义的事可能就是安静地读书了。好，今天就聊到这儿，谢谢刘老师！祝您身体健康，笔力雄健，再创文学佳绩！